东张东望
dong zhang dong wang

东亚人文·知日文丛　主编：秦　岚

董炳月／著

全国百佳出版社
中央编译出版社
Central Compilation & Translation Press

图书在版编目（CIP）数据

东张东望/董炳月著.
-北京：中央编译出版社，2011.12
（东亚人文·知日文丛）
ISBN 978-7-5117-1118-2
Ⅰ．①东…
Ⅱ．①董…
Ⅲ．①随笔－作品集－中国－当代
Ⅳ．①I267.1
中国版本图书馆CIP数据核字(2011)第232054号

东张东望

出版人	和 龑
责任编辑	王丽芳
编辑信箱	shememe@sohu.com
责任印制	尹 珺
出版发行	中央编译出版社
地　址	北京西城区车公庄大街乙5号鸿儒大厦B座（100044）
电　话	(010)52612345（总编室）(010)52612349（编辑室） (010)66161011（团购部）(010)52612332（网络销售） (010)66130345（发行部）(010)66509618（读者服务部）
网　址	www.cctpbook.com
经　销	全国新华书店
印　刷	北京瑞哲印刷厂
开　本	850×1168毫米　1/32
字　数	231千字
印　张	11
版　次	2011年12月第1版第1次印刷
定　价	38.00元

本社常法律顾问：北京大成律师事务所首席顾问律师　鲁哈达
如有印装质量问题，本社负责调换。电话（010）66509618

"东亚人文·知日文丛"缘起

与异国的风土、文化亲近是一件有趣的事。在一块土地上生活的时间长了,那里的风土、习惯、文化会从知识变出滋味,引你品尝它的丰富和浓郁。

说一件有关"咸菜"的小事。初到日本,正值樱花满开的四月,第二天我就随丈夫去富山长庆寺参加赏樱会。赏樱的雅致且束之高阁,却说那"美丽"的套餐最后,还上来了一碟儿咸菜。我大惑不解:中国人不会用咸菜招待客人啊。但是,黄瓜茄子白萝卜鲜润适量,碟儿又朴素别致,我愉快地接受了,那浅渍的甘爽成为我舌尖长久的记忆。那之后,我时常会收到咸菜礼物,一包一袋的,京都的千枚渍、奈良的桂瓜渍、福岛长久保的紫苏卷,甚至盛暑和年底还有外地的朋友寄一两盒来。我好奇怪:日本人干嘛这么迷恋咸菜?后来,我去了很多地方,走到哪里,都看得到大大小小的咸菜屋,我也学着日本人的样子,每去一个地方就买些咸菜送朋友,自称为入乡随俗。日子长了，去日本人家做客的次数多了，我发现日本人收到咸菜，晚餐桌上就会摆出一盘来。一家人围坐着，边吃饭边聊上一阵子咸菜的话题。一家人吃着咸菜聊着咸菜，对寄咸菜的人怀着感谢之情。那份儿安恬，如口中的咸菜淡而醇，让你品味到"送送咸菜"背后自然而深厚的东西。

"送送咸菜"毕竟是小事，但道理相同。了解日本社会、日本文化、日本人的心理，都不是从书上看两眼，到日本掠一眼就可以获得的，需要生活在那个环境中咂摸的过程，需要把书本中的和个人理解的日本与身边的日本联系、认证并深化的过程，否则，你眼中、笔下的日本就很可能是"咸菜的颜色和碟子的形状"等外观的东西，而外观会不断"改观"的。

从深入了解出发的研究必将是切实、深入的。研究的终极境界是文化的相互丰富、融合，但是，必须承认，我们尚行走在中途，研究的明确目的是为了本国的利益。众所周知，日本从古代开始就花大力气学习中国文化，从书本学习，派留学生现地学习。藤原佐世的《日本国见在书目》存录的汉籍就有1568部，17209卷之多，那还是公元9世纪。之后一千多年过去了，日本人一直关注中国，日积月累，日本的汉学成了全世界中国研究的重镇。一架架有关中国的研究图书，从政治制度到文化习俗到语言文学到物产甚至到游戏，为日本人了解中国铺就了条条路径。《孙子》云：知己知彼，百战不殆。相当一段时间，这个岛国，居然在和中国的交锋中占尽先机，这和日本人迅速而虚心地向西方学习有关，更和对中国的充分了解、研究分不开。

回过头来反观中国人对于日本的了解和研究，直到今天也只能说仍不尽如人意。很多重要的领域依旧留有大量的空白，误读与表面化解读、从自己方便的立场解释日本，或在误读之上一厢情愿地"深入分析"等问题仍然存在。虽然1900年前后也曾经出现过留学日本的高潮，但我们留学日本，重点并不在于对近邻日本的重视和研究上，正如张之洞所说，是因为"游学之国，西洋不如东洋：一路近省费，可多遣；一去华近，易考察；一东文近于中文，易通晓；一西书甚繁，凡西学不切要者，东人已删节而酌改之。中东情势风俗相近，易仿行，事半功倍。"图的是多快好省曲线吸收西洋的知识，而把日本作为自己的关照对象加以认真研究的，不过数人而已。

　　这种情况在上世纪80年代以后有了很大改观。很多青年学子乘着第二次中国人留学日本的浪潮，走出国门到日本留学。他们或学业有成，归国服务，或扎根扶桑，成为新侨。就是从这批留学生中间，涌现出了一代新学人。"东亚人文·知日文丛"的作者就属于这一代学人。他们有自己鲜明的特点：一是旅日时间长，多者近20年，少者也有数年以上，有丰富的现地生活经历；二是赴日前大都已经打下深厚的学术基础，学有专攻，看世界看问题各有视角；三是大都把自己研究的焦点对准日本本身。他们能够把"深入了解"的日本在重新阅读史料和思考中将细节的日本提升到深入的研究层面。日本有个说法叫"石上十年"，可以说如今他们都到了收获的季节。把他们的果实采摘到一起呈现给社会，是非常有价值的事情。

　　"东亚人文"是"清华东亚文化讲座"着手编辑的系列

丛书。这套丛书包括学术研究、典籍资料、文化译丛等，"知日文从"是其中有关日本的文化随笔系列。"清华东亚文化讲座"从2004年创立起，便着力从多种角度来讨论东亚问题。伴随世界经济的区域化发展，伴随中国的文化复兴，在新的世界格局中重新思考东亚问题，是"清华东亚文化讲座"致力探索的方向。我们深知，如何对待历史，如何面对今天，如何面向未来，这些存在于中日之间的大问题，并不是这套"知日文从"能够解决的，我们只是期望这套丛书的编辑和出版，能够给愿意思考这些问题的读者朋友提供一些新的思路和参考。

秦　岚
2007年6月18日

目录

远景近景

鞠躬 / 002

中国语剧 / 006

日本的纳豆 / 012

青木老人的死 / 016

里谷多英的帽子 / 019

白仓正子的理想 / 022

贺年片 / 025

不忍池的碑 / 028

越境者礼赞 / 033

折原兄 / 037

遥远的富士山 / 042

包书纸 / 048

黑泽明不宜吃 / 053

暧昧的"日货"(外一篇) / 056

1945年8月15日:"玉音"回响在日本人心中 / 063

中国与日本:历史问题的现实化 / 083

一群"日本另类" / 103

自私自利者为虫/106

革命酒吧/109

我读即我在

关于《我认识的鬼子兵》/122

女性与太阳的两种颜色/127

荞麦面条的味道/135

"留学"、"爱国"与大象耳朵/143

过客与过客/147

真优美的"星之诗"/151

山田正行的历史认知方法/156

"闲话"的态度与权力/162

《时雨记》的伦理学/169

四十亦惑/174

文学之波,历史之澜/178

日本诗人的"战后"/182

文学与历史的纠缠/187

虚拟的病,虚拟的死/191

东瀛文化的中国解读/196

姗姗来迟的"太宰鲁迅"/199

大米、水与《华严经》/207

鲁迅·革命·孙中山/211

高仓健：健者多情/214

比中国人更严厉/218

三个艺妓的回忆/221

并非"艺妓"，亦非"艺伎"/227

学人之旅与书籍之旅/231

新生代政治家的声音与理念/235

用另一面镜子照自己/241

日本如何"美"？/245

日本的面孔，中国的面孔/257

游记、国家与文化/261

卓南生的日本论/267

越境心影录

声音/274

业余教徒/277

难见江东父老/287

国境线上的忧郁/292

扶桑二度/298

独坐听寒蝉/310

笔名弥生/316

"知日"是个词组（编后记）/325

■ 远景近景

鞠躬

英语中有个专用名词,叫做Japanese smile,译成汉语就是"日本人的微笑",特指日本人那种含义不明、莫名其妙的笑容。西方人把那种微笑看作日本人的重要特征,实际上,我觉得"日本人的鞠躬"也许比"日本人的微笑"更能体现日本人的独特性。

在北京时就知道日本人习惯于、甚至是喜欢给人鞠躬。有的书上说日本人不仅当面给人鞠躬,甚至打电话的时候也给电话机鞠躬。有的书上说日本人发明了鞠躬训练机,以使鞠躬动作规范化、标准化。根据鞠躬对象身份的不同,训练机把鞠躬者弯腰的角度分为十五度、四十五度、九十度。九十度鞠躬的时候,上半身和下半身就构成了九十度的直角。那时我以为这些说法有些夸张,是打趣日本人。鞠九十度的躬为了免于跌倒,前脚掌也未免太吃力。但来到东京,才发现那并不是夸张。虽然还没有参观鞠躬训练机的荣幸,但确实看到过不止一位打电话的时候对着电话机鞠躬的日本人,而且亲身经历了两次难以忘怀的"被鞠躬"。一次是徒步去代代木公园,迷失了方向。已经走到紧靠公园的代代木国立竞技场,还不知道公园在哪里。把周围的人巡视一番,我选择一位散步的老人去问路——从他脸上近乎咬牙切齿的庄严和悠闲自得的步履我断定他是日本人，而且就住在附近。没想到我刚开口，他便后退一步，深深地给我鞠了一躬，然后无言地扬长而去。我当时目瞪口呆，而且至今捉摸不透那鞠躬的含意。另一次是芦田先生开着他的车带我去长野，好像是刚刚过了群马县的高崎市，一位日本小姐站在加油站前的路边对着芦田先生的汽车毕恭毕敬地鞠了一躬。我大惑不解——汽车只是匆匆驶过，无论是欢迎汽车去加油，还是对车里坐着的两位男士表示尊重，好像都没有鞠躬的必要。问芦田先生，才知道那位小姐是用鞠躬表示抱歉，因为一辆在她这个加油站加油的汽车刚刚从加油站开上公路，致使正常行驶的芦田先生的汽车稍稍减慢了速度。当时我还真有些感动。

不少中国人对日本人的鞠躬似乎并无好感。把日本人的鞠躬称作"点头哈腰"就是明证。有人甚至把"点头哈腰"作为日本人"虚伪"的证据之一。我想，这是因为不了解鞠躬这个动作在日本人生活中的含意，或者是把日本人的鞠躬与中国人的鞠躬混为一谈了。在中国，鞠躬确实是一件"不得了"的事情——"文化大革命"中给"毛主席他老人家"三鞠躬，追悼会上与死者作永远的告别时鞠躬。但在日本，鞠躬实际上是一种普遍性的、大众化的"肢体语言"，在某种意义上类似于中国人的握手——有时比中国人的握手还要随便。在街上问路，向指路的人鞠躬致谢是正常的事，但如果走过去和人家握手，则莫明其妙。确实，日本人常常用鞠躬表示感谢，但鞠躬表达的并非全都是感谢。相扑（日本的国技）比赛中战败的一方给对手鞠躬之后才退场，表达的也许就是"服了"或者"下次等着瞧吧"的意思。总之日本人的鞠躬与中国人的鞠躬含意大不相同。在日语汉字中，鞠躬这个动作被写作"辞仪"（发音jigi），由此可见中日两国鞠躬动作的不同含意之一斑。如果把"鞠躬尽瘁"这个中国成语写成"辞仪尽瘁"，大概没有几个人能懂吧。

在日本社会生活的许多方面，鞠躬都发挥着重要作用。乘电车，看到两个人占了三个人的位置，无须说"请让一让"，更无须钉钉子一样往两边挤，只要用二分之一秒鞠一个十五度不到的躬——实际只是点头而已，对方马上心领神会，给你让出一个位置。于是人人彬彬有礼，社会秩序井然。进商店的时候店员一个小鞠躬、一声"欢迎"，出商店的时候又是一个小鞠躬、一声"谢谢"，于是生活中有了人情味儿，阴雨天也好像有太阳照在心上。表面看来鞠躬是一种谦卑的动作，但受惠于这一动作的并非仅仅是接受鞠躬者，而且包括鞠躬者本人。或者说，鞠躬者是在用一种看似谦卑的动作为自己创造空间——现实中的空间与精神上的空间。双方面对面地鞠九十度的躬的时候，为了避免两个人的脑袋相撞，至少要保持一百五十厘米的距离吧。对于生活来说，距离是必不可少的。从这个角度，也许应当把鞠躬看作日本人"生活的智慧"之一种。一亿两千万人挤在这么几个小岛上，居然没有挤到海水里去，与这种生活的智慧多少有些关系。

我本来对日本人的鞠躬很不习惯。特别是对方年龄比自己大却给我鞠躬的时候，则惶恐又别扭。在北京时，一位日本朋友为了帮我摆脱这种"困境"，曾建议我学习他们的鞠躬，"以其人之道还治其人之身"，我当时的回答是一句反问："我有毛病？"但来到东京，渐渐发现日本人的鞠躬确实是一种很优雅的动作——特别是身穿华丽和服的日本女子的鞠躬。由于被鞠躬的机会多一些，条件反射、潜移默化，自己也有意无意地"点头哈腰"起来，并且常常受惠于这种"点头哈腰"。但我提醒自己不要养成习惯，免得回国后有意无意地给人鞠躬而被骂作"假洋鬼子"。不过我觉得，中国人不一定学习日本人的鞠躬，但应当学习日本人的"鞠躬精神"。如果大家有了这种"鞠躬精神"，每个人的天地都会变得开阔一些。

2004 年 6 月 15 日写，18 日改。于东京。
（载 1994 年 7 月 24 日香港《华侨日报》）

中国语剧

所谓"中国语剧",简言之就是外国人在舞台上用中国语表演的戏剧。最早对"中国语剧"有明确的认识,是由于读了东京大学教授藤井省三所著《东京外语学校支那语部——在交流与侵略的夹缝中》(日本朝日新闻社1992年版)。据该书记述,早在1927年前后,担任横滨高等商业学校中国语教师、热心向日本社会传播中国新思潮的武田武雄就组织学生演出了胡适的独幕喜剧《终身大事》。作为中国人,我为此感到欣慰,同时又为这种演出距我们已有近七十年之遥而感到遗憾。没有想到,去年11月13日午后,应东京女子大学下出铁男副教授的邀请,我有幸观赏了他的学生们表演的中国语剧。

去年11月的12日、13日是东京女子大学的学园祭——"学园祭"是日语汉字,译成汉语或许应当叫做"学生节"。按照惯例学园祭期间学生们要举行各种各样的活动——从举办音乐会、展览会到摆小吃摊等等,由日本文学科和日本史学科的学生为主组成的中文会,举办的活动则是演出中国语剧,演出剧目是中国现代著名剧作家洪深创作于1936年11月的独幕喜剧《咸鱼主义》。

在中国，即使是中国现代文学研究界的人，如果不是专门研究戏剧或者洪深，对《咸鱼主义》大约也知之甚少。因为洪深作品中被写入文学史的只是《五奎桥》、《香稻米》、《青龙潭》三个剧本构成的"农村三部曲"。《咸鱼主义》叙述的故事发生在1936年的上海：中国将要和日本入侵者开战的风声越传越紧，四十多岁的商界人士陈炳荣把夫人预备买皮大衣的五十块钱全都用来买了咸鱼，以便打起仗来闭门自保。但一个月之后仗仍没有开打，那足够夫妇二人一天三顿地吃也要吃半年多的咸鱼却成了大问题。这一天是陈炳荣的生日，按常规本应去餐馆请客，但陈夫人为了处置咸鱼，便请道喜的朋友来家里吃饭，做的每一道菜都离不开咸鱼：咸鱼炖鸡子、咸鱼红煨肉、清蒸咸鱼、醋熘咸鱼、咸鱼笋片豆腐汤……一位朋友的夫人觉得自己受了侮辱把桌子掀掉，大伙儿不欢而散。夫妇二人互相埋怨，陈炳荣依然大谈咸鱼的好处："第一，这是荤腥；第二，价钱便宜，五十块钱可以买许多；第三，藏得长远，日子多了也不会坏；第四，这是咸的，没有盐卖的时候照样可以吃……"于是，他的妻弟、青年教师汪道源对他进行了严厉的批评："中国在和敌人打仗的时候，凡是一个中国人，不出来参加，反倒希望找到一个太平的地方，不论是外国或者是上海的公共租界，跑出去躲着藏着，只管'自救自'的，这个人就是汉奸"；"日本人不停止他们对中国的侵略，不把那些非法夺去的利益归还中国，大多数的中国人是不能忍受的。"——剧本就是这样把富于现实感的重大主题寓于轻松幽默的喜剧形式之中。

演出在一个大教室里进行。教室的一半是舞台——设计成陈家客厅的模样,当中摆着桌椅,墙上、天花板上挂满了纸做的"咸鱼"。另一半是观众席。虽然这场戏已经连着演过好几场,校园里与中国语剧演出同时进行的其他活动也有许多,但观众席上还是坐满了人,来晚的只好在刚进门的地方站着。专门研究中国当代文学、曾经把中国的许多优秀电影翻译介绍给日本的刈间文俊,也带着夫人、孩子来观看演出。刚进门的地方放着一张桌子,桌子上摆着演出说明书,观众们可以自由领取。演出说明是手写之后用复印机两面复印的,很朴素,但内容很丰富,折叠方式也别出心裁。正面印着有关作家洪深的介绍、《咸鱼主义》的创作背景和故事梗概,还郑重地画着一个刊头:几朵花,一条在波浪间跃起的鱼,上面写着"咸鱼主义"四个字。背面分别对每一位剧中人物及其扮演者做介绍,并附有扮演者的一句话,以及同台演出的同学给这位扮演者的赠言。女子大学没有男学生,扮演男主角陈炳荣的是日本文学科二年级学生关悦子。大概是由于她的表演比较成功,以至于她本人曾经被误认为男学生,所以她写下的一句话是:"和去年一样,我今年仍然要扮演男性角色。但在户口簿上我可确实是女孩子呀!虎丸先生,今年您可别再弄错了!"这里提及的虎丸先生,就是以研究中日近现代文学和思想广为人知的著名学者伊藤虎丸。他是东京女子大学教授,也是这次演出的四位指导者之一。另外三位指导者德永淳子、下出铁男和代田智明,也都是对中国很友好或者以研究中国文学为职业的人。德永淳子五十年前就在中国参加中国人民的革命战争,成为一位日籍八路军女护士。下出铁男主要研究以萧军、萧红为主的东北女作家群,代田智明主要研究鲁迅,并且各有建树。也许只有他们才会选择这样的剧本,并且热心地组织、指导自己的学生进行中国语剧演出吧。当时我突然意识到他们那种日本学者特有的、近于冷漠的沉默和彬彬有礼中,潜藏着沉重的历史责任感。那天演出的时候,四位指导者也都到场,"演出说明"的最后部分写着学生们对他们的指导表示感谢的话。

　　一阵短暂的黑暗之后舞台上的灯亮起来,演出开始。每个演员都演得很认真,并且颇能进入角色,观众席上不时发出笑声。关悦子身材比较高,穿着男式西装,打着领带,来回踱步或者摊着两只手叹气的时候真像是一位满心烦恼的"丈夫"。史学专业二年级的天野祐子扮演青年教师汪道源,又扮演东北沦陷后逃难到上海的一位老乞丐,但她把爱国青年的慷慨激昂和流浪老人的无可奈何表现得泾渭分明、淋漓尽致,无怪乎关悦子写给她的一句话是"名演员风采任人皆知"。日本文学科三年级的川崎美穗和清水敦子分别扮演陈炳荣夫人和邻居陆太太,都穿着旗袍,那形象使我想起三十年代的上海女性。如果就那样穿着旗袍走到街上去,她们恐怕会被她们的同胞看作中国人……

　　演出持续了一个多小时,所有的台词她们居然全都记住了,并且能够完整地讲出来,虽然她们的专业并非中国语。"同文同种",日本人和中国人外貌上本来没有太大的区别,加上她们在舞台上又是中国人打扮、讲汉语,所以那场喜剧倒有点像是中国的南方人在表演——讲普通话颇有些吃力的南方人。直到卸装之后她们大声说笑,满口流利的日语,在我眼中她们才还原成天真活泼的日本女学生。

演出结束后,大家一起乘车来到吉祥寺,在事先预约的一家台湾人开的中华料理店聚餐——也算是演出总结会。那家料理店的名字有些奇怪——叫做"西洋乞丐"。店里倒着贴的"福"字和写在大红纸上的对联洋溢着浓郁的"中国气氛"。不知她们是有意还是无意,中国语剧演出结束后到中华料理店来聚餐,开总结会,在我看来是意味深长的。

曾经看过许多戏剧表演,但没有哪一场演出像《咸鱼主义》这样给我留下如此深刻的印象,让我常常记起。表演者与剧作叙述的故事的奇特关系,五十八年的时间落差,上海与东京的空间转换,无论是对于中国人来说还是对于日本人来说都值得反复品味。在青年人大多崇拜欧美、追求享乐的日本社会,这些女大学生能够对中国感兴趣并且对中日间的历史关系怀有责任心,则使作为中国人的我深受感动。聚餐会上,关悦子对我说她钦佩诸葛

著者留日第一年居住在东京大学驹场国际学生公寓时房间里的照片。当中那个纸鱼就是东京女子大学学生们演出时的道具

亮、曹操，并和我谈论起日本在中国的残留孤儿、亚洲在世界中的位置等问题的时候，我甚至有些惊奇。那份演出说明我认真保存着，特意带回的一条"咸鱼"一直挂在我住在目黑区时的房间里，两个月前搬家的时候才丢掉，但丢掉之前我给它照了一张照片收在影集里。

她们告诉我，《咸鱼主义》的演出从该校中文会前几届学生就已经开始，该剧是中文会的"保留节目"。今年是那场不幸的中日战争结束五十周年，我想，今年的学园祭她们还会再演《咸鱼主义》，并且会演得更成功。

1995年5月25日写于东京上祖师谷
（载1995年8月4–6日香港《华侨日报》）

日本的纳豆

　　日本食物中广为人知的是生鱼片和寿司，纳豆似乎还没有多大知名度。大概是因为它实在难合外国人的口味。其实，某种意义上，纳豆也许比生鱼片还要"日本"。至少是在东京，能吃纳豆比起能吃生鱼片会让日本人觉得你更接近日本。

　　煮熟的黄豆发酵之后，就成为纳豆。原料是大豆，名称里自然应当有个"豆"字，至于为何在"豆"之前加个"纳"字，就不得而知了。"纳"似乎并无发酵的意思。但在日语汉字中它确实被写作"纳豆"，挺别致的。发酵而成的纳豆粘在一起，有一股淡淡的霉味儿，用筷子一挑，会出现长长的粘丝，视觉上并不能引起人们的食欲，但日本人很爱吃（大阪一带的关西人除外）。把生鸡蛋打在纳豆上面，加上芥末和一种类似于酱油的调料，搅匀了，吃得津津有味。一般的食品店甚至学校的食堂都有纳豆卖，装在小小的四方形泡沫塑料盒里，卖起来吃起来都很方便。据营养学家分析，纳豆不仅营养十分丰富，而且有防治心脑血管病的特殊功能，日本人长寿的原因之一就是吃纳豆。今年夏天Ｏ－157病菌袭击日本之后，又有研究者发现纳豆有杀死Ｏ－157的功能。

中国人来到日本，能吃生鱼片的人不少，但能吃纳豆的人好像不多。不过一旦吃出了味道，同样会上瘾。我第一次吃纳豆是在朝鲜族出身的中国同胞小金那里。也许是因为朝鲜毕竟比中国离日本近，小金来到东京很快习惯了纳豆，并且学会了一种特殊的食用方法：把生鸡蛋的蛋黄和切碎的生章鱼、洋葱拌在纳豆里，再加上芥末、酱油等调料。确实是"味道好极了"。我本来对纳豆望而却步，但从那以后喜吃纳豆，并且留心与纳豆有关的问题，长了不少知识。我知道日本最有名的纳豆是水户纳豆，而水户纳豆中的"天狗纳豆"尤其有名。我还发现纳豆并非日本特有，中国同样有。在我的故乡江苏睢宁一带，就有一种和纳豆十分接近、被称作"盐豆"的家常菜。商店里有卖，自家也可以做。但那并非将煮熟发酵之后的纳豆直接食用，而是进行再加工，加工方法很多。明治末年留学日本的周作人在晚年写的《日本的衣食住》（收入《知堂回想录》）一文中也指出，日本的纳豆就是浙江的咸豆豉。还有一次看电视里一个有关日本记者在中国昆明采访的节目，那位日本记者在昆明街头也发现了摆摊儿出售的纳豆。因此我得出了日本纳豆应当是来自中国的结论。

就像吃川菜应当去成都或重庆，吃纳豆也应当去水户才对。今年三月初与友人去北部枥木县的盐原温泉乡旅游，开车的日本朋友折原茂带我们绕道茨城县首府水户去看偕乐园（日本三大名园之一）的梅花节，无意之中为我提供了一次品尝水户纳豆的机会。

水户在东京东北大约一百公里处，是一个清清爽爽、与中国颇有缘分的城市。明朝末年的朱舜水抗清失败后逃亡到日本，就是在水户度过晚年,并且收水户侯德川光国为学生,死后也是葬在水户。留学日本的青年鲁迅从东京去仙台,是从水户经过,并且记住了"水户"这个地名(沿途被鲁迅记住的另一个地名是"日暮里",见《藤野先生》一文),后来还专程来凭吊朱舜水的墓。我们到那里的时候,偕乐园旁边的常磐神社里正在举办茨城历史文化展,很多展览内容与朱舜水有关。身为炎黄子孙,看到展柜里摆放着的朱舜水用过的端溪砚,不禁有些感慨。

果然是纳豆的圣地,偕乐园外离停车场最近的那条街上,有许多家纳豆专卖店。这里的纳豆不是装在泡沫塑料盒里,而是扎在一束干稻草里,乍一看就是一束脱粒完毕的稻草。五束捆成一捆,外面包上印有"水户名产/天狗纳豆"大字的包装纸,算是一份。那散发着田野香味的稻草,勾起了我对故乡的回忆。童年时常吃的祖母做的盐豆,也是散发着同样的草香味。因为祖母是把煮熟的大豆装入瓦罐埋在麦草里发酵的。包装纸上有一篇题为"水户天狗纳豆的由来"的说明文,读之,知道关于日本纳豆的来源果然有两种说法。一种是说纳豆产生于日本的弥生时代。不过,我怀疑两千五百年前钻木取火、结绳而志的弥生人是否真的会吃纳豆。一种是说纳豆在奈良时代(约一千年前)从中国传入日本。这种说法大概有历史根据。水户黄豆质量高,纳豆自然质量也高。明治22年(1889)水户铁路线开通的时候,许多穷人家的孩子为了生计,纷纷跑到水户火车站前卖纳豆,于是,粒小、柔软、丝长、用稻草的清香勾起人们对故乡回忆的水户纳豆,就渐渐随着南来北往的旅客名扬日本各地。称作"天狗纳豆",是因为幕府末年水户的天狗党在日本历史上掀起过不小风波，颇有知名度。这有点像绍兴人给茴香豆取名"孔乙己茴香豆"，是利用名人的广告效应（托鲁迅的福，孔乙己应当算作绍兴名人）。包装纸上那个光头、红脸、长鼻子、黑胡子的漫画像，画的大概就是一百三十年前的天狗党。我买了一捆纳豆提在手里，走过架在铁路线上的那座天桥的时候，看到不远处的水户火车站，好像听到那里传来卖纳豆的儿童的叫卖声。中午在一家餐馆午餐的时候，我们问有没有本地特色菜，服务小姐毫不犹豫地回答："纳豆。"纳豆上来了，是从未见过的吃法。纳豆包在面粉里（类似于包汤圆），外面粘着芝麻，烤得黄橙橙的。做法奇特，口感自然也与普通吃法不一样。

　　水户之行归来，那散发着稻草清香的五束纳豆很快吃完，只好继续吃装在塑料盒里的"城市纳豆"，虽然味道差一些。某一天，我在商店里发现了一种新食品：纳豆三明治。纳豆＋面包，可谓真正的"东西合璧"。这种纳豆新吃法，也许适合于常吃面包的西洋人吧。倒也应当让西洋人尝尝东方的纳豆。

　　　　　　　　　　1996年12月12日写于东京上祖师谷

青木老人的死

青木老人死了。

青木老人死的时候是秋天。南窗外银杏金黄,北窗外枫叶鲜红。但是现在,春天已经来临,南窗外的樱花北窗外的樱花,都绽放在温暖的春风中……

其实,如果青木老人不死,我也许不会知道他是一位老人。虽然在两个月的时间里,我曾经生活在离他那样近的地方。

去年九月中旬,我搬到东京郊外这个巨大的公共住宅区,住进十八号楼七层这套一室一厅的公寓,开始了寂寞紧张的博士论文写作。南窗外,天晴的时候,富士山遥远的雪峰隐约可见,北窗外,武藏野铁路线上电车驶过的声音清晰可闻。我知道,在电车匆匆忙忙的来来去去之中,铁路线两边铺天盖地的荒草由绿变黄了。在金黄色的连天衰草中,武藏野线上红色的电车是一个顽强的生命。武藏野线上的电车车身为什么要涂成壮烈的铁锈红?是为了铁路边上夏天碧绿、秋天金黄的荒草吧。

我很少乘坐武藏野线上的电车,我坐在榻榻米上写论文。听着北窗外的电车声,对着南窗外的风景。黄昏的时候,我就去爬楼梯,从一楼,爬到最高层。爬楼梯的时候从八楼那家人的门前经过，看到门边的名牌，我知道那家人姓青木。但没有见过面，也没有听到过那个房间里的声音。虽然直上直下只隔着一层水泥板。

十一月下旬的某天上午，小松老太太来敲门。她问我："这几天你听到楼上有什么声音没有？""没有。好像从未听到过什么声音。""住的是八十五岁的老爷爷。门上的报纸好几天没取了。""是吗？我还以为住的是公司职员，出差去了，所以报纸就那样插在门上的信箱里。"

小松老太太忧心忡忡地走了。说是要和老人的儿子、女儿联系。

下午来了急救车、医生、警察。黄昏的时候有人抬着一个木盒子上去了。

青木老人已经在三天前死亡。孤独的死。

死亡是如此简单，如此切近。原来在那之前的几天里，我的天花板上面就是老人的遗体……

我没有见过青木老人，没有听到过他的声音——甚至没有听到过他的脚步声，但是我对他感到抱歉。在这个寂寞的世界上，我也变得冷酷、自私、对他人漠不关心了吗？

也许青木老人会拒绝我的抱歉。也许青木老人满足于那种孤独的死亡方式。也许在他生命的最后时刻，他曾经留恋地眺望南窗外金黄色的银杏。他有儿子，有女儿，但在生命的最后时刻，他选择了孤独。

我梦见了自己的死。在枫叶与银杏凋落的季节，在沙漠一样寂寞的时间里，生命化为白骨，白骨上长出绿色的锈……

在温暖的阳光中，南窗外的樱花盛开了。但是，1997年秋天的枫叶成了青木老人最后的记忆。

有人在搬家。八楼青木老人住过的那套房子里有人入住了。狭窄的走道里，他在搬衣柜。看我走过来，他给我道歉："对不起，碍了您的路。"

我知道，自己离他其实很遥远。

1998年3月29日写于三乡

三乡团地冬景。远方是农田。1998年早春摄自十街区18号楼704室的阳台。

里谷多英的帽子

2月11日,在冬奥会自由式滑雪障碍技巧的比赛中,出生于某小镇、幼年丧父的里谷多英小姐以快速的滑降和精彩绝伦的跳跃为日本赢得了女子项目的第一块金牌。赛场为之沸腾,里谷小姐也被誉为"雪中的灰姑娘"。但是,冬奥会结束之后,她并没有像获得百米滑冰金牌的清水宏保和获得滑雪跳远金牌的原田雅彦那样被"炒"起来。在日本代表团的"解团式"(代表团解散仪式)上,清水作为"旗手"向日本奥委会交旗;原田有NHK做的专题节目,他的故乡北海道的一家拉面店还专门为他出售137日元一碗的"计测不能拉面"以示庆贺——因为他在赛场上跳出了超出原有测量标志的137米的好成绩。连"计测不能拉面"都上了2月26日晚上7点的NHK新闻。而我们的里谷小姐呢?却好像被遗忘了。真为这位"雪中的灰姑娘"感到不平。问题出在哪里?

大概是因为那顶帽子吧。

在里谷小姐获得冠军那天晚上的发奖仪式上,当太阳旗在《君之代》的旋律中升起来的时候,她没有脱帽。于是在第二天的采访中就有人问:"昨天升国旗时你为什么没有脱帽?"里谷有些不好意思,说:"开始想把帽子往观众席上扔,但头发乱糟糟的……确实有些不庄重。"这不等于说自己是故意不脱帽吗?小姑娘还是太老实。应当这样回答:"看到国旗升起,听到国歌响起,我激动得要晕过去了,哪里还记得帽子?"

升太阳旗的时候不脱帽的选手,自然不应享受太多的荣誉。日本人挺"爱国"的,"政治意识"挺强的。记得有日本学者曾撰文批评中国人对待体育比赛胜负的态度中包含着狭隘的民族主义情绪,现在看来日本人比中国人也不差嘛。其实,国旗一升,"政治"已不请自至,国歌一响,"民族主义情绪"也就油然而生了。

在国际性体育比赛中升国旗、奏国歌,这个仪式本身就是一种政治行为。因此许多国民才在自己国家的选手获胜时欢欣鼓舞、如痴如狂,在别国选手获胜时怅然若失;因此才有某些国家纵容运动员使用违禁药物;因此才有对裁判员的贿赂与收买;因此嫁到日本的何智丽打赢了球升起来的是太阳旗才令吾辈心里别扭;因此……

在体育比赛中升国旗、奏国歌,是哪位发明的呢?未必是一件好事。体育本来是健身的手段,是人作为大自然的创造物展示自身能力、向运动极限挑战的活动,为什么一定要和"国家"联系起来,并且升国旗、奏国歌要求运动员脱帽呢?

因此我主张:取消国际体育比赛中的升国旗、奏国歌。只有取消这一仪式,体育才能从国家观念和民族意识中摆脱出来,成为"体育"自身,运动员才能成为"人类"的一员,而不再仅仅是一位"国民"。如果一定要升国旗,那也未尝不可。但应换个形式。比如，日本人胜了，升中国国旗；中国人胜了，升美国国旗；美国人胜了，升秘鲁国旗；……依次转换。这样一来，中国人为日本运动员助威，美国人为中国运动员加油，秘鲁人为美国运动员呐喊……于是乎，国界消失，世界大同，人类成为一体。运动员也不会再为升国旗时的帽子问题而受指责。

未知萨马兰奇先生与读者诸君能接受鄙人之观点否。

1998年3月13日写于三乡
（载1998年5月1日《留学生新闻》）

白仓正子的理想

"青春メッセージ"这个日语词翻译成汉语大概应当叫做"青春之声"。每年1月15日的成人节到来之前,NHK都要向日本的青年人发出征文通知,让他们谈自己的理想,然后选择其中的优秀者,请他们在成人节这一天参加NHK主办的讲演比赛。这个电视节目的名称就叫"青春之声"。

在今年成人节的讲演比赛中,一位小姐宣布她的理想是修建新型厕所。当时从收音机里听到她的讲演,我确实很钦佩。几天之后,在创价学会免费赠阅的《圣教新闻》(1月21日)上,我又看到了关于那位小姐的报道。小姐名叫白仓正子,从报道所附的照片上看还很漂亮。少年时代她曾是学校少年合唱团的成员,上大学之后她把"从事对人们有用的职业"作为自己的人生追求,大学毕业的时候提交了题为《以厕所空间为中心的企业经营战略》的论文,大学一毕业,她就创立了自己的厕所综合服务公司。在成人节那天的讲演中,她表示要从厕所开始世界革命,声称:"卫生间并非仅仅是排泄场所。卫生间是文化的标志、心灵的绿洲。""我要在研磨卫生间的同时研磨我自己,由卫生间了解社会,使冷漠的社会变得温暖,给世间的人们以心灵的安宁,改善地球环境。"

把修厕所作为自己的理想，白仓小姐的这种理想确实很平凡。仔细一想，持这种平凡理想的日本青少年似乎不在少数。

1995年冬天去新泻的妙高高原滑雪，住在妙高少年之家。晚上闲着没事，去电视房看电视，遇到三个十几岁的日本男孩子，便一起打扑克闲聊。我问他们将来的理想，一个男孩说他还没有理想，一个男孩说自己的理想是当棒球选手，另一男孩的理想则是当木工、建房子。当棒球选手这一理想还算远大，而把当木工、建房子也称为理想，这理想有些平凡。在今年三月NHK主办的全国卡拉OK大赛中，来自北海道一家医院的护士东海林逸子获得了优秀奖。那次比赛中除了冠军之外优秀奖只有两名，年纪轻轻获得这种国家级比赛的优秀奖，当个歌唱家大概没有问题。但当节目主持人问及东海林逸子的理想时，东海林逸子却说她的理想是当个好护士，用自己的歌声去安慰病人。这理想依然有些平凡。

和日本人的这种普通、平凡的理想相比，中国人的理想似乎要远大得多。"天下兴亡匹夫有责"这种士大夫精神对中国知识分子人格的浸染自不待言，"胸怀祖国放眼世界"、"树雄心立壮志"也是几十年来中国青少年所受教育的主要内容之一。在中国，想当大官（说得好听一点是当政治家）、想当科学家、想当大老板的青少年一定不少，但如果哪位儿童说自己的理想是修厕所或者当木工，大概会被人看作没有出息。

我常常思考中国国民性与日本国民性的不同。这种理想的大与小的区别，或许是国民性的差异之一？抱有平凡理想的日本人，实在是让我钦佩的。大家愿意当平凡人，愿意做平凡的事，社会的每个角落都有人在努力地、认真地工作，并且因为这工作受到尊重，这样社会才变得健全。相形之下，中国式的远大理想不仅太沉重，有时甚至是扭曲人性的。树雄心、立壮志，想当名人、伟人，想出人头地，就意味着同一社会中的"他人"都是自己潜在的对手。于是，生命的过程就有可能变成一部"鸡狗三部曲"。先是"鸡眉狗眼"——各怀竞争之心并由竞争之心而生戒备之心，于是你看我不顺眼我看你心里别扭；继之"鸡鸣狗叫"——为实现理想出人头地而展开竞争、混战一团；最后"鸡飞蛋打"——斗来斗去最后两败俱伤，都没有什么收获。在某种意义上，中国历史大概就是一部"鸡狗三部曲"反复上演的历史。而中国式的妒嫉以及中国式的自卑与自豪（无礼），也似乎与这种以"理想"为表象的价值体系不无关系。七、八年前，一位电影明星曾经在北京街头公然殴打一位清洁工人，因为清洁工扫马路的时候挡了他的车。他一边打还一边振振有辞："就打你这个扫地的！你能把我怎么样？"在这位明星看来，"扫地的"似乎不是人。在这样的社会价值体系中，青少年会把修厕所或当木工作为自己的人生理想吗？

由白仓正子，我想起了六十年代北京的掏粪工人时传祥。时传祥确实是伟大的，因为他使生活变得干净。而雷锋的"螺丝钉精神"，也似乎具有永恒的价值。

1998年10月31日写于埼玉三乡
（载1999年1月1日《留学生新闻》）

贺年片

11月初的某一天，与朋友约定在涩谷车站忠犬八公铜像前见面。比约定时间早到了半小时，到周围闲逛，在一个小摊子上买了一张音乐唱盘。一张唱盘而已，摊主却将它装在一个精致的深蓝色塑料袋里。塑料袋重重的，里面显然还有其他东西。该不是为拉生意给顾客送什么礼吧？心里嘀嘀咕咕走到旁边掏出来一看，原来是一叠印制精美的广告。广告内容几乎相同：本店已经开始承印贺年片，欢迎惠顾。

刚入11月而已，日本人又开始忙贺年片了！连这种街头小摊子，也都帮着散发起广告来了。无怪乎大小餐厅都已挂出"承办忘年会、新年会"的广告。邮局在街头橘红色的邮筒上张贴广告招收寒假临时工，显然也是为了应付那些雪片一样飞来的贺年片。

那些承印贺年片的广告做得很精细。首先是形式多样。几乎所有样式的贺年片都被设计出来了。彩色的，黑白的；横着印的，竖着印的；带图案的，不带图案的；字体有手写体，还有印刷体。其次是内容丰富：有为新婚夫妇设计的，有为刚生了孩子的人设计的，有为刚参加工作的人设计的，还有为因居丧不寄贺年片的人设计的"免寄通知"。总之,无论你是什么身份、喜欢哪种样式的贺年片,承印店都可以立即满足你的要求。贺年片似乎成了一种等待你进入的形式。日本真是一个形式主义的社会。无怪乎日本成了世界上发行贺年片最多的国家。

翻阅那一叠贺年片印制广告,我忽然意识到,贺年片对于日本人来说具有"时间"的意义。他们是在用制作、寄发、欣赏贺年片这种形式,获得一种对于时间的具体感觉,就像他们在春天的赏樱花和秋天的赏枫叶中获得对于时间的感觉一样。刚入11月就开始购买、印制贺年片,年底寄发贺年片,年初欣赏贺年片。如果有奖贺年片中了奖,七月中旬之前还要去兑奖。于是,一年间约有三个月的时间要和贺年片打交道。另一方面,寄、收贺年片对于日本人来说,又是一种具有社会契约性质的仪式。它证明着一个人与社会的关系,标明了一个人在社会这个巨网中的位置。如果你不寄贺年片也收不到别人寄的贺年片,那就意味着你已经从正常的社会秩序中疏离出来。在这个意义上,形式主义的日本其实是一个"仪式主义"的日本。在一家邮局里,我曾经看到一位虾一样驼着背的日本老太太。她吃力地举起手把钱递上柜台,要买五十张贺年片。老人大概是要用寄贺年片这种方式证明自己生命存在的意义。

来东京之前读过贾蕙萱所著《日本风土人情》,知道对于日本人来说寄贺年片的重要性,所以每年年底寄贺年片都很认真,因此也收到过不少日本友人寄来的颇具个性的贺年片。北野小姐喜欢宝塔古寺,她每年都亲手雕刻、制作一幅以宝塔为主题的版画,印在贺年片上,寄给友人。上了她的贺年片的中国宝塔已经有许多座。镰屋先生年近花甲,却用电脑把贺年片做的色彩分明、极富现代气息。而那文字,却又很古典、很传统。比如1996年是猪年,他就从《山海经》中摘出一段与猪有关的话印上,再发表几句对人生的看法。富士井先生是一位工作狂,每年都有新著出版,所以他总是在贺年片上告诉朋友他当年出版了几本书,并将书名和出版社一一列上。于是,贺年片上也充满了为学术研究奋不顾身、勇往直前的英雄气概。将他每年的贺年片收集起来,若干年后再编他的著作目录就简单了。门仓老师是一位平静、恬淡的女士,所以其贺年片也流露出几分恬淡与宁静。1997年是牛年,她寄出的贺年片上就画着一只伸出长长触角的蜗牛,画上一行字:蜗牛角上争何事? 收到那张贺年片,我同时也收到了一份平静与淡泊。这些先生、女士与小姐,都在日本社会模式化的"贺年片行为"中表现出了自己的个性。不用说,他们是不会去贺年片承印店印制贺年片的。虽然他们要和许许多多的日本人一样寄发贺年片。

1998年12月23日写于北京
(载1999年2月1日《留学生新闻》)

不忍池的碑

在日本，一年中有许多节日，2月8日的"针供养"亦颇为耐人寻味。每逢这一天，家庭主妇们和裁缝们便停下针线活儿，把平日用旧或者用断的针插在豆腐块、魔芋块上，用纸包起来供奉到神社里，在对针表示感谢的同时，祈求自己的手艺越来越精。歌人饭田蛇笏（1885－1962）有这样一首咏唱"针供养"的俳句：古妻や　針の供養の　子澤山。如果根据俳句五·七·五的音节构成、用十七个汉字来翻译的话，不妨译成："相守有余年。贤妻将针供神社，群童戏堂前。"那该是一幅多么古朴、温馨的庶民社会生活图景！

在"针供养"这种祭祀活动中，小小的缝衣针不仅获得了生命，而且在某种程度上被神圣化了。或者可以说，"针供养"体现了日本人世界观中的"泛神倾向"。泛神，就是指神无处不在、万物之中皆有神，因此万物皆有生命。这种"泛神倾向"，显然已经积淀在日本人的深层心理结构之中。比"针供养"这种传统的民间祭祀活动更具体地体现着现代日本人世界观中"泛神倾向"的，大概是上野公园不忍池中弁天岛上的那些石碑。

上野公園的不忍池之碑

不忍池的碑……… 029

弁天岛上的石碑中，有许多并非为人而立。刻有"鸟塚"二字的那面高大的石碑是为飞禽而立，刻有"鱼塚"二字的碑是为鱼而立。立"鱼塚"碑的东京渔业联合会在碑文"建立趣旨"中说明了四面环海的日本自古以来从鱼类所蒙受的许多恩惠，对鱼们满怀感谢之情。鸟与鱼尚有生命，或翔于空，或游于水，而无生命的菜刀，也在弁天岛上占了一席之地。那就是上丰厨师协会所立的"包丁塚"（"包丁"二字在日语中为"菜刀"之意）。厨师供奉菜刀与家庭主妇、裁缝供奉缝衣针，体现了完全相同的文化心理结构。

在为无生命而立的碑中，紧靠刻有"不忍池"三个大字的那块巨石而立的"眼镜之碑"最为引人注目。这座碑以黑色大理石为材料，眼镜的造型是以性格坚忍、工于谋略的江户幕府初代将军德川家康（1542－1616）的眼镜为原型。碑文较短，谨译于此：

> 四百二十余年前，眼镜越过浩瀚的大海来到日本。随着文化事业的发展，人们越来越离不开眼镜，眼镜为文化、政治、经济的发展贡献了巨大力量。由于眼镜行业者的努力钻研，眼镜业获得了今天这样大的发展。鉴于此，在明治维新百年纪念之际，为了表彰开拓者们的功绩，特于与慈眼大师关系密切的上野不忍池畔建立此碑，以示感谢。

眼镜是现代文明的一种象征，而日本人在追求现代文明的同时,仍然怀着一颗具有原始泛神倾向的古朴、天真的心。

由"针供养"、鸟冢、鱼冢、包丁冢以及眼镜之碑,亦能窥见日本人道德观、伦理观之一斑。日本人常常是重"恩"的。受人之恩一定要"谢恩",每年的中元(农历7月15日)与岁暮都是谢恩的季节。因此他们甚至把施恩于人看作给人添麻烦。社会因为这种"恩意识"而充满温情,也因为这种"恩意识"而变得冷漠。

留日有年,每次从上野站下车去学校,都要穿过上野公园。上野公园在我的记忆中永远美好。春天,樱花凋谢的时节,我曾不止一次坐在公园里的樱树下,看一片片花瓣在风中陨落如同悲壮的生命。秋天,不忍池中的荷叶变黄、衰败的时候,

不忍池弁天岛上的眼镜之碑

也曾不止一次在落雨的黄昏打着伞走在池边,品味一下"留得枯荷听雨声"的寂寥。然而,置身弁天岛,与那一座座石碑并肩而立时体会到的人与自然万物的交融,最是让我难以忘怀。

1998 年 10 月 20 日写于本乡

(载 1998 年 11 月 1 日《留学生新闻》)

越境者礼赞

没有护照,没有签证,或者护照和签证都是假的,躲过边防人员的视线擅自进入另外一个国家。——这种行为在汉语里被称作"偷渡",在日语里则被称作"密入国"。

其实这两种叫法都不妥当。

先说"偷渡"这个词。"偷"真不好听。只不过是在同一个地球上从一个地方走到另外一个地方而已,为什么要用"偷"这个不体面的词呢?东京大学的一位地理学教授曾经批评对密入国者不友好的日本政府,说:"他们也就是想来挣点钱嘛。想来而不能光明正大地来,只能提心吊胆偷偷摸摸地来,这本来已经够可怜的了,警察还去抓他们,太不人道了。国境线是你们划的,要是没有国境线,他们有什么必要偷渡?"教授这话是用日语说的,而且经过了他的学生———一位中国留学生的转述。但我听了之后仍然颇受启发,觉得这位教授很伟大。据说伟大教授年轻时代留学法国,在欧风美雨中洗尽岛国人的偏狭,获得了世界主义和人类主义精神,很能体谅在异国生活的人们的艰难。从伟大教授的高论中,我发现"偷渡"这个词确有歧视性,应当取消。

再说"密入国"吧,虽然这个词准确表达了"秘密进入一个国家"这个事实,但这个词本身容易引起误解。初来东京,在报纸上看到"密入国"三个字,我还以为美国、法国、中国、日本国之外又出现了一个与宗教有关的叫做"密入国"的小国家。

所以,我用"越境"这个中性词来取代"偷渡"和"密入国"。那些"偷渡"和"密入国"的人,应当叫做"越境者"才对。

日本有不少大陆过来的越境者。新闻媒体经常不怀好意地传播他们的消息,弄得许多持真护照、真签证的同胞也灰头灰脸。其实在我看来,越境者可是"功劳大大地"。屈指数来,就有如下数种:

第一,给日本人提供了就业机会。没有越境者,日本海上保安厅和警察署岂不因为工作量减少而缩编?那样的话,日本现在的失业率恐怕就不止4.7%了。

第二,给日本的资本主义建设事业作出了贡献。不妨到日本的建筑工地或卫生清扫界去数一数,有多少越境者在勤奋地工作着。没有越境者,日本的"三K仕事"——きけん(危险)、きつい(辛苦)、きたない(脏)——谁来做?据说,连长野冬季奥运会的建筑工地工程都洒下了越境者的汗水呢!

第三,在给日本新闻界和政界提供攻击、嘲弄中国人的借口的同时,培养了日本人的民族自豪感。不让你们来你们花钱买通蛇头偷着来,你们这些中国叫花子!呸!我们大日本帝国真是人间天堂呀!我们大和民族是多么伟大呀!——无怪乎日本人的鼻子要高起来了。

第四、第五……第X。

别看日本政府嚷着对付"密入国",又是加强海上保安厅的力量，又是要求中国警方合作，其实心里或许是欢迎越境者的。如果他们真的不欢迎越境者，那方法很简单。只要给非法雇用越境者的日本大小企业以重罚，责令他们承担越境者的越境费及归国旅费，这样日本企业就不会再雇用越境者。千难万苦越境来到日本，找不到工作挣不到钱得不偿失，谁还会越境？

　　大家千万别以为我这是"里通外国"给日本人献计，砸越境同胞的饭碗。聪明绝顶的日本人什么招数没有？用不着谁来献计。越境者给日本做出了那么大的贡献，日本人不会真的赶他们的——至少目前不会真赶。警察和电视高喊"抓、抓、抓"，"三K业"则在不停地用、用、用，这叫"双簧"。一方面利用你的廉价劳动力、榨取你的剩余价值，一方面又说你"密入国"、污蔑你的国家和同胞，这叫"高明"。真不愧是"日本鬼子"！——我并不是在否定的意义上使用"鬼子"这个概念。本来，"鬼"这个词在汉语里亦并非完全是贬义。才能超群的人是"鬼才"，聪明绝顶的人称"鬼精"，饮酒的最高境界是"鬼饮"（夜里灭了灯干喝）。这些"鬼"都含褒义。而且，"鬼子"一词还含有"青出于蓝"的意思。"鬼"已经够"鬼"的了，"鬼之子"该是如何之"鬼"？其实，中国人如果不变成"中国鬼子"，则既不可能与"日本鬼子"建立真正的"友好"关系，也不可能成为"日本鬼子"的对手。这不，越境者就被人家多方面利用，利用得落花流水。

　　所以，我要礼赞越境者。你们胸怀国际主义精神，万里迢迢来为日本的资本主义建设事业贡献力量。你们流血流汗，挣来日元，在故乡建起一座座楼房，造福子孙，展示社会主义制度的优越性和改革开放的新成果。你们上贼船、下东海、顶风险、战恶浪,夫妻同行,父仆子继,创造出一个又一个惊心动魄的人生传奇故事,使莎士比亚、巴尔扎克相形见绌。你们含辛茹苦、忍辱负重,给我等合法越境者以廉价优越感。你们——伟哉越境者!

我这样礼赞越境者,日本人或者要眼馋了吧?不用着急,其实越境者并非中国的特产,日本也曾经有过的。现在生活在南美大陆的130多万日裔巴西人,就是当年日本人越境的产物(满洲移民这里就不提了)。今年正是日本人巴西移民就是周年,喜欢搞各种"祭"的日本人应当搞一个"巴西移民祭"。——如果搞的话,本人愿意把这篇不伦不类的杂文作为薄礼献上。至于当年巴西人是怎样对待日本越境者的,本人就不得而知了。

1998年7月14日写于埼玉三乡
(载1998年9月15日《留学生新闻》)

折原兄

"折原"是他的姓。

日本人的姓氏中"田中"、"铃木"、"山田"等多如过江之鲫,而"折原"则寥若晨星。在至今为止认识的日本人中,姓"折原"的只有他一位。最初听到这个姓,我想起了"莫待无花空折枝"、"折戟沉沙铁未销"等古诗名句。"折原"这个姓氏似乎蕴含着一种悠久的文化。

折原本是我朋友的朋友,认识他是在1996年3月初。当时,我们住在世田谷区的一家留学生会馆里。那天,折原开了一辆车来,要带我们去旅游。出发之前还未确定目的地,他问我想去哪里,我说:"离开东京就行。一切听您安排。"折原善解人意,说:"东京太拥挤,生活又紧张,呆久了是不行。"于是,他带我们出东京往北,到水户的偕乐园看梅花,到盐屋崎看灯塔和名歌手美空云雀的纪念碑。晚上在小名浜品尝了海鲜之后,去栃木县盐原温泉乡他哥哥的别墅住了一夜。第二天,他又带我们到白雪覆盖的扫帚川里洗了露天温泉。托折原的福,那次旅游时间虽短内容却十分丰富。

回到东京之后,一起旅游的几位朋友都说"折原是个'玩

在偕乐园与"梅小姐"合影。五位男士左起依次为刘海波、折原茂、孟浩、著者、孟卫。

家'。"我也把折原看成了一位衣食无忧、会吃会玩的日本人。他开的那辆车,就是一辆颇为豪华的丰田SUV。熟悉之后才知道,事实正相反。折原开过商店,但失败了。没挣到钱,反而欠了债。年过不惑,只能靠打工维持生计。丰田车是他借朋友的,他垫了汽油钱。旅游归来把车还给人家,他还要穿上工作服去餐馆打工呢。我问他为何不去公司当职员,他说他喜欢自由,不愿意过那种循规蹈矩、受制于人的紧张生活。——原来是一位贫困但很潇洒的日本人。

不久,折原买了一辆旧卡车,当起了搬运工。单身过日子,有时候天晚了路过留学生会馆不想回家,他便来我处借宿、聊天儿。一聊,就聊到深夜。对于日本社会的政治、经济、教育等问题,他都有自己的看法。常来常往,会馆的好几位中国留学生都成了他的朋友。知道有人喜欢集邮,他不知从哪里搞来好几本日本皇太子结婚纪念的集邮册相赠。知道我爱听藤亚耶子的歌,他送给我一本精致的《藤亚耶子写真集》。他说那本写真集是别人送给他他转赠给我的,但我不相信。我知道,他是既要送写真集给我,又不愿让我感到为难。还有一次,他用纸箱把许多音乐磁带、唱盘之类搬到会馆,送给喜爱音乐的中国朋友。他说那些东西都是他大学时代用过的,现在不需要了。我知道折原和现在的许多日本青年一样,曾经有过美好的大学时代。

1997年秋天,留学生会馆的房子即将到期,到东京探亲半年多的妻子将回北京,我决定搬到东京东北郊江户川畔的一个住宅区去。从世田谷穿过东京到那个住宅区,路程很远,雇不起搬家公司,我便请折原帮忙。不巧,他打工时脚被扎伤住了院,刚出院回家没几天。我去订"赤帽"的车,但折原打电话来阻止了我。他说:"你从未让我做过什么,这次我一定要帮你搬家!"

搬家那天下午五点,折原开着他的卡车来了。我看到他从车上下来,一条腿是瘸的。他的伤尚未全好。车斗的前半截堆着大大小小许多纸箱,原来他也是刚搬了家,许多东西家里放不下,暂时堆在车上。担心他脚上的伤,我让他一旁歇着,他不听,说:"我是搞搬运的老手,你什么都不用担心。"于是他瘸着一条腿,搬着东西,来来回回,车上车下……瘸着腿抱着纸箱,他瘦小的身材越发显得瘦小。我看到他弯曲的脊背上,汗水浸透了衣服。在那一瞬间,我感觉到自己的眼眶微微发热。那个瘦小的、吃力的背影，又一次让我理解了人性的善良与高贵……

夜幕降临的时候，卡车离开了留学生会馆。折原熟练地驾驶着他的车，我和妻子也坐在驾驶室里。妻子次日就要回北京，看着车窗外的夜景似乎有些留恋，说："东京的夜真漂亮。"我随意把妻子的话翻译过去，折原听了却沉吟良久，说："你们来东京一次不容易，呆会儿去东京湾看夜景吧。"

把家具、纸箱全部搬进七楼那套公寓里的时候，已经是晚上十点多。考虑到折原太辛苦，晚饭还没有吃，我说直接回留学生会馆算了，但折原还是把车开上了首都高速公路，驶向东京湾。卡车的时速超过一百公里，高架桥上的公路两边远远近近的灯火都浮动起来。折原说："让你们坐卡车兜风，真抱歉。"我说："坐轿车可没有这么开阔的视野。"他本想将车开上东京湾的虹桥，从桥上看东京的夜景，但由于看错车线，卡车开到虹桥南侧的海底隧道中去了。我说就这么回去吧，但折原坚持过虹桥。穿过海底隧道之后走出很远，他终于找到了一个汽车可以掉头的地方，回到东京湾东侧，把车开上了高高的虹桥……车往新宿方向驶去的时候，灯光构成的摩天楼的丛林梦一样在前方飘飘忽

入夜到达枥木县的山里，已经是大雪纷飞

忽。那大概是妻子在东京看到的最美的夜景。

　　车过新宿，在一家餐厅吃饭的时候，我才知道折原早上六点就起来工作了。为了生存他必须带伤工作。他是在劳累了一天之后来帮我搬家，又带我们去东京湾看夜景。妻子不无感触地说："日本居然有这么善良的人。"她对东京人的冷漠本来多有所感。

　　妻子回北京之后，我独自闭居在江户川畔的那个公寓里写论文。折原依然很忙，但周末或者节假日常常打电话过来："好久不见了，生活得怎样？"对于生活在异国的我来说，这一句普通的问候也带来许多人间的温暖。

　　离开日本回到北京，折原也变得遥远了。他仍然开着那辆破旧的卡车在为生计奔忙吧。我想对他说：折原兄，祝你好运！

　　　　　　　　　　1998年12月24日写于京西花园村
　　　　　　　　　　（载1999年3月15日《留学生新闻》）

遥远的富士山

与富士山相识，是多年前在一本日语教科书的封面上。那是一张黑白照片，照片上是春天的景色。几枝盛开的樱花，远方是白雪覆盖的富士山。如果把那座富士山比作美女，那么她并不是婷婷玉立的少女，而是一位端庄、典雅的少妇。那纯净的洁白，就是少妇的肌肤与面容。

在我关于富士山的最初记忆中，富士山是宁静、安详的。

不过，几年之后，当一位日本朋友用贺年卡把一座红色的富士山寄给我的时候，富士山忽然变得热情似火、浪漫奔放。那是浮世绘大师葛饰北斋的名作《凯风快晴》。天空大海一样湛蓝、大海一样辽阔，一排一排的白云苍劲有力，像海面上无声涌动的波涛。富士山耸立在白云涌动的蓝天下，山体红彤彤，峰巅处几道稀疏的白色是雪的遗迹。山脚下的丛林排列成雁阵，覆盖了大地……富士山为什么红色的呢？后来阅读了有关浮世绘的书籍才知道，在晚夏的早晨富士山会泛出红色的光。那么，北斋老人是在晚夏的某一天清晨捕捉到了富士山的红色身影。

冬季静穆春季安祥的富士山到了夏天也艳若红牡丹。富士山在季节的变换中变换着身姿。我想，生活在江户时代的北斋老人

葛饰北斋的名作"富士山三十六景"之一的《深川桥下》。是从东京近郊遥望富士山。

一定是在日出日落、斗转星移之中与富士山久久相对，才画出了千古流传的"富士三十六景"，才建立起了他的"富士信仰"。

1994年初春到东京留学，住在位于目黑区驹场的一家留学生会馆里。我知道，在那个时节富士山是洁白无瑕、宁静安详的。想早日去看神往已久的富士山，但住同一会馆的同胞告诉我："看富士山不用离开东京。天气好的时候，从我们楼上就能看到。"一个风和日丽的上午，我爬到那座七层建筑的最高层极目西望，果然，在遥远的天际，浮在云层上的富士山的峰巅映入眼帘，像一个晶莹、缥缈的神话。从那以后，在晴朗的日子登高西眺成为我的乐趣之一。有朋友来，同到七楼遥看富士山。朋友对着富士

1945年春天,实施空袭的美军B29轰炸机从富士山旁边的天空飞过。

山凝视良久,说:"富士山像个乳房"。在这个奇妙比喻中,富士山又一次获得了生命。富士山确实像个乳房。日本列岛是一位绿衫绿裙的少妇,沐浴在蓝色的太平洋中,在风和日丽的日子骄傲地袒露着丰满、洁白的乳房……

我四年多的留学生活,处处都有富士山的投影。那年春天去伊豆半岛,探访因川端康成《伊豆的舞女》而广为人知的天城隧道与下田。归途,朋友的车拐过一座山崖,高大的富士山突然出现在正前方。白雪覆盖,傲然从容。那似乎正是我多年前在日语教科书封面上看到的富士山。去箱根旅游,富士山的雪峰清晰地映在芦湖里。那就是箱根诸景中最著名的"白扇倒悬"。1997年秋天迁居到东京北郊的一个住宅区,住在七楼的一套公寓里。宣传佛教的小松老太太来访,对我说:"楼层高,从阳台上或许能看到富士山呢。"在一个北风把天空吹得干干净净的寒冷的早晨,我记起了小松老太太的话,走到阳台上,确实看到了遥远的富士山。遗憾的是不远处的一座楼把山体的一部分遮住了。因此我把自己住的那座楼戏称为"半边富士楼"。当然,这个名字并不为同一公寓楼的其他住户所知。1998年3月初的一天早晨,自新桥车站乘无人驾驶的新型电车"百合海鸥"去江东区,在电车将要驶上横跨东京湾的虹桥的时候,西侧的车窗外富士山出现了。那样宏伟、清晰,宏伟、清晰得让人怀疑东京与富士山之间的距离。在朝阳的辉映下,雪峰呈粉红色。红富士!那是另一种红富士!初春同样有红色的富士山。北斋老人虽然只把晚夏鲜艳的红富士留在了笔下,但我想,他也一定在百余年前的某个初春的早晨,看到过粉红色的富士山。

富士山一次又一次把身影投射到我的留学生活中,但我却从未登上富士峰巅。1996年初夏,曾与朋友驱车到山腰的"五合目",准备登顶。但时间不够,只爬到"六合目"就返回了。当我走近富士山的时候,富士山却变得陌生。那天,映在我眼里的是一片苍凉。裸露着的深红色火山岩,沟壑中的点点残雪,几株在山风中抖动的低矮灌木……坚硬的蜂窝状红色火山岩提醒我富士山确实是一座休眠的火山。她安详、宁静,然而她的心在燃烧,当她大笑、呐喊的时候岩浆就会横流四溢,把一切生命凝固为一个静止的时间。江户初期的那次怒吼之后,二百九十余年过去了。富士山有了二百九十余年的温柔。但也许有一天,她会再一次怒吼、用狂涛般的烟尘搅动天空……

许多日本人大概都和北斋老人一样挚爱富士山,怀着虔诚的"富士信仰"。所以,那位日本朋友用贺年卡寄给我红富士,小松老太太告诉我从阳台上可以看到富士山,报纸和电视每年秋天都报导富士山的"初冠雪"。所以,日本列岛上才会有那么多地方被命名为"富士见"。富士山所在的本州岛上有富士见高原和许多个富士见町、富士见台，甚至遥远的北海道也有取名"富士见"和"北富士见"的地方。居住在不同"富士见"的人们一定怀着同样的自豪——因为能看到富士山而生的自豪。北海道离富士山太遥远，从那里大约不可能看到富士山。那里的人们看到的只能是想象中的富士山。

富士山也曾有过不幸。据说二战末期美军对东京实施空袭的时候，高耸入云的富士山就成了美军轰炸机最可靠的导航标志。从太平洋上的塞班岛起飞的美军B-29只需对着富士山直飞，在即将接近富士山的时候右旋，下面就是东京，绝对不会迷航。当东京在美军的空袭中化为火海的时候，不知日本人是否还记得富士山。那时候富士山一定是困窘而孤独的。

富士山是我留学生活中一道美丽风景，然而我终于与她告别。1998年的季节由秋变为冬的那天黄昏，我乘坐的班机从成田机场起飞，追着西沉的太阳飞行。我要了靠窗的座位，飞机起飞后我看着窗外，希望能看到机翼下的富士山——像两年前的夏天在回国探亲的飞机上看到的那样，对她说"再见"。然而，富士山的身影一直没有出现，只有遥远的大地上点点灯火在宣告夜幕的降临。也许飞机的航线改变了。

但我依然在心里说：再见吧，富士山。

1999年1月5日写毕于北京西郊花园村

遥远的富士山……

从飞机上远眺富士山。引擎中上方云海中的富士山小得几乎看不见。著者2007年6月15日摄。此时飞机飞行在伊豆半岛上空。

包书纸

从小养成的包书习惯,到东京之后继续保留着,并且发扬光大了。日本的造纸、印刷技术高,书也印得真漂亮。内容如何姑且不论,许多书用纸、印刷、装帧都很讲究,从外表看像是工艺品,让你不能不珍惜。日本的书也太贵,特别是学术著作,三百页左右的一本书,总也要两三千日元,一个月买三五本书,书钱就相当于在国内时一个月的工资了。花那么多钱买的书不能不认真读,认真读就要经常翻,经常翻就容易把封面弄脏弄旧。为了不把封面弄脏弄旧,于是就找纸把书包起来。

因为包书,我认识了日本的包书纸。

在东京,一些书店刚进门的地方,往往摆着一个书架,书架上放着许多包书纸。第一次看到那些精制的包书纸的时候,我甚至不

用包书纸包好的书

敢相信那是可以随便拿的。把书架上的一行字——"珍惜书籍，自由领取"——认真看过之后，才放心地取了几张。买的书越来越多，取的包书纸也越来越多。读书的时候偶尔赏玩一下那些包书纸，发现日本的包书纸里潜藏着一个颇为丰富的世界。

　　包书纸大都是日本的某些公司免费提供的，具有广告性。为了加强其广告性，各家公司便在包书纸的设计、印刷上大下工夫，于是包书纸们也风采各异。尺寸不同，纸质不同，纸上印的图案当然也不同。尺寸上，有包三十二开本图书的大张，也有包小三十二开本和"文库本"（汉语应当叫"口袋书"）的小张。纸质则有的厚、硬，有的薄、软，但都很有韧性。在我用过的包书纸中，王子造纸公司提供的那一种纸质最好。那种乳白色的纸又厚又结实，而且被压上了浅浅的波纹，看上去、摸上去都不像是纸而更像是布，感觉极佳。各家公司用心最多的，则是包书纸上的图案设计。如果对包书纸上的图案进行分类的话，占比例最大的应当是用电脑制作的、极富动感和现代气息的那一类。面对那种图案你可以尽情发挥想象：有的像涌动的蓝色大海，有的像细碎的翻飞的小花，有的像通向宇宙的窗口。不少公司还直接把风景画或日本美术名作印在包书纸上。日本核力发电株式会社提供的那种包书纸上，印的就是歌川广重的浮世绘名作"东海道五十三次"系列中的《日本桥》。我喜爱浮世绘，便将那种包书纸取了两张，一张用来包书，一张当做画贴在了自己的房间里。王子造纸株式会社提供的包书纸不仅纸质好，图案设计亦颇具匠心：乳白色的纸上是两幅相同的画——蓝色的天空下是富士山静穆的雪峰，山下小小的一个湖，湖边绿草如茵，湖中是雪峰的倒影。两幅画内容相同，但一幅大些一幅小些，各自处在纸面上不同的位置。用这种纸把书包起来之后，大的那幅在书正面的右下角，小的一幅则在书背面的左上角。包起来的书看上去很别致，而且不会将正面与反面弄混。

包书纸两侧的边缘部分，印着各家公司的广告。公司的历史、固定资产总额、职员人数、本部所在地、电话号码以及企业精神，都被详细介绍在这里。在介绍企业精神的时候，不同的公司都展示着鲜明的企业个性。古河电力工业株式会社印在包书纸上的口号简洁明了："人与技术携手，梦与未来相通。"口号下面再用小字做具体解说。日本核力发电株式会社

用包书纸包好的书

的口号是："通向未来之桥：核力发电。"原来他们把那幅《日本桥》印在包书纸上是赋予"桥"一种象征意义。在这种构思中，浮世绘这种最具日本特色的古典绘画作品与代表着最新科技水平的核力发电以及遥远的未来联系在一起了。这大约是一百五十年前的浮世绘大师歌川广重所不曾想到的。住友银行更是别出心裁——在包书纸上讲述自己的历史故事，名之曰"住友今昔物语"。手边的这张包书纸上，就印着两则"住友物语"。一则叫做《日本最早的自动取款机》，讲述的是昭和四十四(1996)年十二月住友银行开发成功的现金卡在新宿分店和梅田北口分店开始使

用的故事。当时储户的保密号还是用转盘控制的,不像现在遍布东京的用电脑屏幕控制保密号的自动取款机那样现代化。使用那种自动取款机取款时,要和打老式电话一样在拨号盘上拨自己的保密号。另一则叫做《熊银行》,印的是住友银行在建行一百周年之际制作的一幅广告画:一头白肚皮的小黑熊脖子上围着黄丝巾,在弹一架大钢琴,空中飘着豆芽一样的五线谱音符。小黑熊说:"现在从都来米发开始。"画下面的说明文告诉我,住友银行是企图用这幅画展示一个自强不息、守信用、充满活力而又机智的企业形象。在东京我一直是三和银行与富士银行的用户,看了这张包书纸,我甚至想去住友银行开个户头做个小黑熊卡。那头小黑熊实在是太可爱。

  色彩斑斓的包书纸,实际上构成了一个了解日本、认识日本的窗口。通过这个窗口,不仅可以比较全面地了解许多日本企业的历史与现状,而且能够观察日本人的审美意识、文化精神乃至民族性格。广告与霓虹灯、喷气飞机、电脑一样,是现代社会的重要标志之一。广告已经泛滥于许多国家的大小城市,让人感到压抑、厌倦。而日本的许多企业却把广告做到了一张小小的包书纸上,做得这么美、这么精细、这么富有人情味儿。不用说,这种广告对于企业本身的发展也是大有帮助的。优秀的学子们在选择自己喜欢的包书纸包书的时候,自然会被提供那种包书纸的公司所吸引,有可能成为那个公司的新生力量。

  三十年前上小学的时候,新学期开始时领新书是最高兴的事。抱着那一本本散发着油墨香味儿的《语文》、《算术》、《常识》等回到家里,首先要做的事情就是找纸把它们一本一本包起来。

那时中国没有专门用来包书的纸（现在似乎依然没有），所以总是用旧报纸来包。偶尔能找到一张牛皮纸，就算是高级包书纸了。书的包法也不止一种。用最复杂的包法包好之后的书，可以打开的那一侧的上下两个角上套着两个小小的三角。那种包法我已经忘记了，用东京的包书纸试了几次，没有成功。不过，包书时的心境却和三十年前没有太大的不同。真感谢东京这些唤回我童年记忆的包书纸。

1998 年 11 月 24 日写于北京
（载 2000 年 5 月号《读书》）

黑泽明不宜吃

平日生活在北京，很少看上海的报纸。日前去了次上海，在返京的飞机中翻阅机上免费赠送的《解放日报》，一行大黑字着实让我小小地吃了一惊——"吃'黑泽明'长好头发"。黑泽明不是那位举世闻名的日本大导演吗？怎么一吃就能"长好头发"？仔细一看，原来是一种生发药品的广告。那种药品与黑泽明重名，也叫"黑泽明"。

这广告的创意确实不错。黑泽明作为电影导演闻名于世，《罗生门》、《七武士》、《活着》等作品是世界电影史上的经典之作。稍微上点文化档次的人，都是应当知道黑泽明的。广告制作者当然也是知道的，给生发药取名黑泽明是一种"偷梁换柱"的手法。于是，这药便似乎有了使头发变得"黑泽明"的功效，其声名也可以借日本大导演的影响传得远些。上点文化档次的人又往往是用脑较多、易于脱发并且注重自我形象者，"黑泽明"的销路应当不错。

不过，用一位颇受尊重的国外导演的名字给药品命名，总让人觉得不严肃。愿意被人"吃"的电影导演可能没有几个。如果某家药厂将自己的某种药品命名为"张艺谋"，再来一句"吃

'张艺谋'能变得多才多艺"的广告词,恐怕会引出一场官司。黑泽明已经于1998年夏秋之交去世,现在无论怎样被吃都不会再有感觉,也不会去和什么人打官司,但那些热爱其电影艺术的人,会是怎样的感觉呢?黑泽明去世的时候,其作品重新"火"了一阵子,钟爱黑泽明作品的人有许多。

日本食品的命名也有使用中国的地名或人名的。有一种小白菜,即名之曰"山东菜"。生活在东京的时候第一次在超市里看到那种菜,便隐隐地感到亲切与自豪:"你们日本人虽然厉害,但国名、人名都是汉字,连小白菜都是我们山东的!同文同种同菜,中日关系不愁搞不好。"但看到一种生姜被命名为"黄帝",便有些不快了。黄帝是我们中华民族的祖先,怎么可以被你们日本人一盒一盒摆在街头的菜摊子上卖,并且被你们切碎了当调味品吃下去?但不舒服是自己的事,日本人还是照常卖"黄帝",吃"黄帝"。现在如果日本人看到中国人吃"黑泽明",也许会有我当时看到日本人吃"黄帝"的那种感觉。不同国家国民之间的互相尊重,当然包括文化、感情上的互相尊重。否则,就难免引起对方的不快。日本曾经有过许多"土耳其浴池",留日的土耳其青年初见时颇为自豪,当得知用那种名字的浴池是变相的妓院时,便觉得自己受到了侮辱。于是对此类浴池展开调查,在报纸上发表文章进行抗议,最后日本人只好给那些"土耳其浴池"改名。

我未曾为民族的祖先被日本人吃而去抗议,日本人大约也不会为本国的名导演被中国人吃而打官司。不过,为了中日友好,为了东亚的安定,还是不要互相吃为宜。当然,如果给食品店里出售的那许多添加饲料喂养、个儿大而味道差的肉鸡取名"东条英鸡",倒可以让中国人在吃肉的同时表达民族主义情绪并记住历史。

2000 年 6 月 26 日写于北京
(载 2000 年 8 月 1 日《留学生新闻》)

暧昧的"日货"（外一篇）

又"抵制日货"了！

这个"又"不是第二次、第三次意义上的"又"，而是第N次意义上的"又"。至少在20世纪初叶，中国人就已经开始抵制日货。"五四"运动算是第一个抵制日货的高潮。当时全国各界成立抵制日货联合会，向全国宣传抵制日货的"三不"方针——不买，不卖，不用。1919年5月9日清华大学的学生在校园里举行"国耻纪念会"，会后众人在大操场上焚烧日货。第二次高潮应当算是1937年抗日战争爆发前后吧。甚至当时的小说、戏剧作品里，都有宣传抵制日货的内容。战后大陆基本处于封闭状态，独立自主、自力更生，生活全靠国货支撑，还有过一段批判"崇洋媚外"的时期，"日货"（包括其他洋货）自然是无从抵制的。改革开放之初，反倒有过一段"日货大欢迎"的时期。八十年代前期吧，能有一台三洋收录机或松下彩电，那是挺自豪的。抵制日货的再提出好像是九十年代前后的事情。1995年抗战胜利五十周年，可以算是又一次高潮。众所周知，当时名作家张贤亮公开宣布抵制日本货。

抵制日货，可以理解。恨人及物和爱屋及乌一样合情合理。

篡改历史，强占钓鱼岛，明里暗里支持"台独"，凭什么买你的东西、让你赚钱？如果某家日本企业战前就是日本军国主义的产业支柱，今天又为篡改历史的日本右翼文化人提供经济后盾，那么买它的东西、让它营利、发展，即为养虎自伤。某种意义上，可以说抵制日货表达的是合理的民族感情，表现了对某些日本企业历史罪恶的清醒记忆。

不过，事情并非如此简单。在早已进入二十一世纪的现在，"抵制日货"这一主张的负面效应比正面效应可能要大得多。佳能数码相机和东芝笔记本电脑、本田轿车之类算是日货了，物品而已，何罪之有？如果此类物品已经为中国商家或个人所有，你来抵制、毁坏，那就是侵犯国人私有财产。使用日本压缩机、其他部件为国产的空调算是日货吗？合资企业在大陆生产、贴上日本商标的产品算是日货吗？如果这也算日货、也在抵制之列，那就是抵制国家的改革开放政策。在经济全球化、改革开放已经进行二十多年的现在，"日货"已经变成了一个暧昧的观念。暧昧在于"日货"包含的东西太多，而且某些日货也许不过是"中日货"而已。当"日货"一词变成泛指、泛到无所指的时候，那么高喊"抵制日货"的某些国人大概只能"彷徨于无物之阵"了吧。从日本一方来说，如果人家"以其人之道还治其人之身"、"抵制中货"、限制中国农产品的进口，中国大概会有不少农民蒙受损失。

笔者对"抵制日货"怀戒备之心，更主要地在于这一口号对于日本的"一勺烩"式的拒斥所包含的危险性，所包含的由民族主义而蒙昧主义的危险性。同为"日货"，不应抵制的也许比应当抵制的多一些。连"日货"这种物品都一概拒绝，还能看到日本社会的复杂性和日本人的许多优秀品质吗？日本有篡改历史的右翼分子，同样有与篡改历史行为作斗争的左翼人士，是他们与日本右倾势力进行着更直接、更激烈、也更有效的交锋。2001年，扶桑社的所谓"新历史教科书"尽管在文部科学省的检定中获得通过，但偌大一个日本国，采用此种教科书的学校不足十所。出现这种局面不是靠中国人的抗议或抵制日货，而是靠大江健三郎、小森阳一、奥平康弘等作家、学者的大声疾呼和市民运动。如果这些日本人及其所有物也可以划归"日货"之列，那么某些"日货"是应当"大欢迎"的。——"大欢迎"这种表达方式也是"日货"呢，和"料理"、"人气"、"周边"等词汇是"日货"一样。随着日本社会的右倾化，近邻韩国已经调整对日政策，公布了对日新原则。其中有一条就是与国际社会和日本国内有良知的人们联合。此种思路值得借鉴。而"一勺烩"式的"抵制日货"有违此种思路。

马克思曾经借用黑格尔的表达，指出"一切伟大的世界历史事变和人物，都可以说出现过两次"，并发挥说："第一次是作为悲剧出现，第二次是作为笑剧出现。"此话也不妨用于国人的抵制日货。一而再、再而三、三而四，大概已经由"笑剧"而"闹剧"了吧。佳能相机和东芝电脑依然在用，街上本田车依然在跑，据说某商场的"日货"又上了架，仅仅是把叫法改成"名牌产品"而已。

百余年间多次抵制日货，说明的不是抵制日货的胜利，而是抵制日货的失败。说明上次抵制之后日货又回来了，又有人使用了，于是再抵制。循环而已。悲剧性的循环，同时也是闹剧性的循环。结束这种循环仅靠简单的抵制日货行为显然是不行的。或许，简单的抵制日货行为中恰恰包含着不得不使用日货的原因。真想抵制吗？那先从摹仿开始，学一学日本人的敬业精神和认真劲儿，造出比"日货"好的东西来。鲁迅早就对日本友人内山完造说过："中国把日本全部排斥都行，可是只有那认真却断乎排斥不得。无论有什么事，那一点是非学习不可的。"彩电制造技术学得不错，东芝、夏普之类不就渐渐退出中国市场了吗？日本的丝绸、茶叶、陶瓷也是"日货"，却无须抵制，让它们进也进不来，因为比不过中国货。

某些国人提倡"抵制日货"，其实并非真的要抵制日货，而是要抵抗日本的篡改历史、侵犯中国利益。既然如此，还是就事论事为宜，不要把暧昧的"日货"拿来说事儿。至于某些"日货"的生产者曾经是日本军国主义的支柱、并且现在依然有这种趋势和可能性，那就点它的名。和现在市场上对待"苏丹红"一样。不要因为"苏丹红"致癌就将所有调味品一扫光。

希望"抵制日货"的闹剧就此收场。何时国人不再上演"抵制日货"的闹剧，那才说明"抵制日货"运动真的胜利了。（写于2005年4月22日）

媒体创造历史

从逻辑上说存在决定意识、经济基础决定上层建筑，但事实没有这样简单，有时候甚至是相反。比如媒体，作为社会现实的反映有时候就把社会现实决定了。当然，这可以用意识对存在的反作用力来解释。

现代社会，媒体在社会信息的流通方面发挥的作用堪称巨大，甚至可以说信息的流通主要是凭借媒体。每时每刻世界各地有许多事件发生，但媒体不是、也不可能全部报道，而是有选择地报道。于是选择什么来报道就很重要。在这个意义上，可以说历史是媒体创造的。不被选择的事物无法进入历史，亦不能对现实发挥作用。

绕了一个圈子，想说的其实是：在中日关系的恶化方面日本的媒体责任重大。负面消息报道过多，加剧了这种恶化。

去年八月北京亚洲杯足球赛中日之战曾引起冲突，对此我们记忆犹新。确实有数百名中国球迷在比赛场周围抗议，还有人砸了汽车。但是，在超过一千万人居住的北京，数百人占多大的比例？日本媒体只报道抗议情形，于是，制造出的就是"北京人反日"的图景。本人同样居住在北京，据本人所知，当时对足球赛不感兴趣的人或者是仅作谈资的人更多，批评暴力行为（尽管只有很少一点暴力）的人也不在少数。但此类信息是否曾经通过日本媒体传达给日本民众？

体育活动从来都不是单纯的体育，而是与国家、民族、历史问题相关联。这没有什么奇怪。否则就没有升国旗、奏国歌这种仪式了。体育赛事中确实曾经体现出中日关系的恶化，但另一方面，也包含着中日关系改善的可能性。雅典奥运会110米栏比赛就是好例。获得冠军的是中国运动员刘翔，但刘翔回答记者提问时说自己的胜利是"黄种人的胜利、亚洲人的胜利。"按照这种逻辑，中国人的胜利也是日本人的胜利。日本人不是黄种人、不是亚洲人吗？但是，据笔者所见，当场最早向刘翔道贺的是同为黄种人和亚洲人的韩国人——韩国KBS电视台的记者，而不是日本人。不仅如此，笔者后来查阅日本报纸，发现对刘翔发言一事虽有涉及，但并没有以此话题——没有像报道北京足球赛时的抗议事件那样制造话题。就是说，心怀叵测、大量报道北京足球事件的日本媒体，在面对"亚洲"、"黄种人"、"中日友好"等多种可能性的时候沉默了。

如果日本报纸把刘翔冲刺的大照片发表在头版，打出"黄种人的胜利、亚洲人的胜利"的大标题，中日关系肯定会热上几天。

日本媒体的片面报道现在依然在继续。那就是对中国的反日游行、抵制日货以及个别暴力事件进行大量的、夸张性的报道。在拥有十三亿人口的中国，暴力行为者也许有五十、一百人，但是只把扔石头的场面刊登在报纸上（我在不止一家日本报纸上看到了类似照片），于是对于日本读者来说十三亿中国人就被极个别暴力行为者代表了，就被"暴徒化"了。事实是，在近年的中国，一方面是国民对日感情的冷淡化，另一方面则是经济关系的密切（所谓"政冷经热"）、民间交流的频繁与日本研究的深入。就在反日游行即将发生的三月底，日本著名作家加藤周一、著名学者小森阳一等人来到北京发表讲演，塑造正面日本形象，并博得广泛好评。就在中国的若干城市发生反日游行的4月17日，《中国文化报》在中国作家协会办公楼为日本当红作家片山恭一举办了作品研讨会。此类事情被中国媒体广泛报道，在日本媒体上却没有什么体现。被漠视或者被"默杀"了吧。

中日关系恶化是一回事，若干日本媒体希望中日关系恶化是另一回事。后者比前者更可怕、更可悲。某些日本人希望中日关系恶化，就像心地不洁的医生希望大家生病。希望恶化，就会把媒体作为挑拨离间、激化民族矛盾的手段。笔者曾经当面批评日本某报社驻北京记者，因为该记者在"七七事变"纪念日这一天前往卢沟桥的抗日战争纪念馆采访，得出了"中国人反日"的结论。实际上，在那个特定的日子，在那个特定的场所，中国人面对日本记者会说什么是不会改变的，身为记者即使不去采访也能够明白。在那样的日子、那样的场所，中国人如果不反日才是奇怪的。那种表面化、局部的采访能够提醒日本人记住历史，却难以捕捉到中国人日本观的全貌。

中国人在二十世纪八十年代曾经与日本人有过"蜜月期"，但现在反日者在增加。这是事实。不过，只看现象不行，必须寻找后面的原因。作为媒体工作者尤其不能忘记——"媒体创造历史"。任何信息都是一种"生产资料"，都会在传播之后进入意识与情感的生产过程。

写于 2005 年 4 月 24 日

（载 2005 年《蓝·BLUE》18、19 期合刊）

1945年8月15日：
"玉音"回响在日本人心中

日本的昭和时代是从一个错误开始的。

1926年为昭和元年，但这一年留给昭和时代的日子仅有短短七天。当年12月25日凌晨0时45分大正天皇驾崩，大正时代随之结束。大正天皇病危期间，有关即将到来的新时代的构想就作为问题放在了日本政府面前。日本政府最初确定的新年号并非"昭和"，而是"光文"。根据当时在黑田藩史编纂所任职的中岛利一郎的叙述，当时日本政府认为即将到来的新天皇时代应当以"文"为主、日本必须作为文化国家将"文"发扬光大，于是将"光文"作为首选年号。此种选择是来自中国汉代诗人皇甫葳蔚的名作《文锦赋》中的诗句"阅披风前，光文灿然。百花互进，五色相宜。"在备选的两三个新年号中，获得多数人同意的也是"光文"。大正天皇驾崩数小时之后的1926年12月25日早晨，《东京日日新闻》等报纸的号外抢先公开了"光文"的新年号。政府大吃一惊，于是临时变更原定方案，将新年号定为"昭和"。这样，《东京日日新闻》等报纸对新年号的报道作为重大"误报"事件留在了二十世纪的日本新闻史上。

"昭和"二字是取自汉籍《书经·尧典》的"百姓昭明、万邦协和",此语无意之中对昭和前期日本的对外扩张进行了暗示。当时日本言论界的代表人物德富苏峰有关"昭和"二字的解释,即流露出鲜明的国家主义意识。他说:"即使说'昭和'二字几乎囊括了吾人从前所言大日本帝国之理想亦无不可。即包含着首先作为本国之民众得其所以、继而向周边国家推而广之的意思。即首先固内强本、推而及外,最终达到和平。此即吾人所谓大日本帝国之理想所在。"(《昭和一新论》)昭和日本抛弃了"光文",以"万邦协和"的虚假理念行扩张、侵略之实,1931年发动"九·一八"事变强占中国东三省,1937年发动"七七"事变开始全面侵略中国,1941年偷袭珍珠港发动太平洋战争,最终耗尽国力、陷于被动挨打的境地。1944年6月16日,63架美军B29轰炸机从成都起飞、抵达日本九州上空,第一次对日本本土进行空袭。1945年3月9日至10日,美军飞机对东京进行了空前的大规模空袭,造成十多万人死伤。8月6日,美军向广岛投下了第一颗原子弹。8月9日,美军又向长崎投下了原子弹。在濒临国家毁灭的情况下,昭和天皇裕仁在8月9日深夜和8月14日上午两次召开"御前会议",决定接受《波茨坦公告》,宣布无条件投降。8月15日中午12点整,裕仁天皇向日本境内外的国民发表广播讲话,这就是所谓"玉音放送"。日本的1945年8月15日,就是围绕"玉音放送"展开的。

一、军国主义者最后的日子

1945年7月26日,美、中、英三国发表了《波茨坦公告》,表明日本如果不无条件投降,将占领日本全境。但是,直到8月9日美国的第二颗原子弹在长崎爆炸,日本天皇与政府首脑才被迫做出最后的决定。8月9日深夜11点50分,最高战争指导会议以御前会议的形式召开,针对东乡外相提出的"和平方案",陆军大臣阿南惟几依然表示反对,坚持其本土决战论,并得到了梅津美治郎参谋总长和丰田副武军令部总长的支持。而东乡外相、米内海军大臣和平沼枢府议长赞同"和平方案"。反对者与赞同者形成三比三的僵持局面,于是铃木首相对裕仁天皇提出了"仰赖圣断"的恳求。当年44岁的裕仁天皇用戴着白手套的手不停地擦脸,眼中含着泪水,决定从时局出发、以"拯救臣民于危

倾听"玉音放送"的日本平民

局、为了人类之幸福"的名义接受《波茨坦公告》，宣布无条件投降。忠于天皇的阿南惟几也不再坚持自己的本土决战论。在8月14日上午召开的第二次御前会议上，天皇对自己的"圣断"进行了再确认，下令投降，并在当天深夜11点过后录制了"玉音"。（保科善四郎《终战秘录》）

但是，陆军抵抗派中以青年军官竹下正彦、少校畑中健二为首的一伙青年军人并没有像阿南陆相那样服从天皇的意志。相反，他们心中燃烧着军国主义的烈火，坚持"国体护持"的理念，从8月13日即开始计划发动武装政变，试图夺取刻有天皇"玉音"的录音盘，阻止"玉音放送"，迫使天皇继续战争。于是，日本的1945年8月15日就在围绕"玉音放送"的激烈冲突中展开了。

8月15日凌晨1时30分许，畑中健二带着两名叛乱者将皇家近卫师指挥官森武软禁在皇宫的办公室里。森拒绝支持政变者，畑中便用手枪射杀了森，并用森的印章伪造命令，命令近卫师包围皇宫，占领日本广播公司NHK总部，防止天皇的"玉音"被播放出去。这样皇宫就被近卫师的一个团包围了。

凌晨3时许，NHK广播会馆被也近卫师的一个团占领。4时30分许，闯入广播会馆的畑中用射杀了森的手枪顶住报道部副部长柳泽，要求从5点开始广播政变者的声明，但广播局方面以"没有东部军的许可不能广播"为由拒绝了。畑中试图获得东部军陆军司令田中静壹的支持，但遭到了田中静壹的拒绝。田中的参谋长高岛龙彦命令政变者停止政变，政变者被迫接受命令，撤出包围皇宫和占领NHK广播会馆的军队。于是政变宣告失败。早晨6点半前后，畑中垂头丧气地离开了广播会馆。

包围皇宫的是畑中的同伙陆军上校井田正武，井田在政变失败、秩序恢复正常之后前往阿南惟几的住所，就有关情况进行汇报，看到阿南已经做好剖腹自杀的准备。这位陆军大臣不愿意接受失败的事实，但是又不愿违抗天皇的意志，正在准备自杀。凌晨4时过后，昭和日本的最后一位陆军大臣阿南惟几剖腹自杀。这是在"玉音放送"开始之前的大约八个小时。

同样在8月15日凌晨，横滨的三十多名军人和七名狂热的军国主义分子在上尉佐佐木健男的率领下乘坐卡车驶向东京，要杀死主张无条件投降的首相铃木贯太郎。铃木首相事先得到了消息，侥幸逃脱。

上午11点前后，畑中和一位同伙不甘心失败，来到皇宫前的广场，散发传单，呼吁人们阻止日本投降。应者寥寥，他们绝望地自杀了。

录有昭和天皇"玉音"的磁盘播出之前保存在皇宫一位女职员的房间里，侥幸逃过了政变者的搜查，得以在8月15日12时整准时播出。"朕深忧世界之大势与帝国之现状，欲以非常之措施收拾时局，兹告尔辈忠诚勇武之臣民如下。朕着帝国政府通告：兹已接受美英中苏四国之共同宣言……"——这就是人们熟知的接受《波茨坦公告》、宣布无条件投降的"玉音放送"。天皇直接向臣民发表讲话这是有史以来的第一次，当时，裕仁天皇躲在皇宫的防空洞里，听着自己的声音。陪伴他的是枢密顾问官。接收器是美国造，日本军人从占领地南洋带回来的。头一天晚上录制"玉音"之后他一直在睡梦中，并不知道政变的发生。早上起床的时候政变已经平息。

但是，并非所有日本军人都在"玉音放送"之后停止了战斗行为。相反，少数战争狂人在"玉音放送"之后继续向美军发动攻击。其中最有代表性的，就是海军中将、日军第五航空舰队司令宇垣缠的自杀袭击。

宇垣缠在日军偷袭珍珠港、太平洋战争爆发前即身居要职，担任海军军令部第一部（作战部）部长，太平洋战争爆发时担任联合舰队参谋长，是联合舰队司令山本五十六的重要合作者。战争邻近结束的1945年2月10日，宇垣缠升任第五航空舰队司令。在日本海军连连受挫、丧失了过半舰船、燃料不足的情况下，他指挥部下进行自杀袭击，依然给美军造成重创。

8月15日正午，宇垣缠在九州岛东北部的大分飞行基地收听了本州岛传来的"玉音放送"。由于战时的电波干扰，收音机里的"玉音放送"一度中断，但他清楚地知道日本已经接受《波茨坦公告》、宣布无条件投降。当日九州天气晴朗、燥热。航空舰队参谋长横井俊幸在听完"玉音放送"之后正要找宇垣缠商谈善后事宜，忽然有报告说司令官命令部下为他准备三架彗星特别攻击机。横井感到惊讶，急忙来到宇垣的办公室，问宇垣打算做什么。出乎横井参谋长预料的是，宇垣缠微笑着，平静而又沉着地说："我要去冲绳岛对美军发动特别攻击。"参谋长劝他记住自己作为司令官的使命，但他拒绝了参谋长的劝阻，说："人一旦丧失死的时机，就只能羞耻地苟活在世界上。现在是我最后的机会。每次为出征的特攻队员送行的时候，我都在心里说'我不会只让你们死。总有一天我会踩着你们的足迹奔向同一个战场'。"

下午四点，宇垣缠准备了简单的酒菜，将下属召集到幕僚室进行告别，然后手持山本五十六赠送的短剑乘汽车与众人一起来到夏草茂密的机场。他要求部下准备的是三架彗星战斗机，但跑道边上准备起飞的是十架，十八名飞行员头上缠着太阳旗，排成一排，飞行分队队长中津留面色绯红站在最前面，他要率领整个分队随同司令宇垣缠向美军发起最后的攻击。五点整，飞机相继起飞，飞向南方的冲绳。机场的电信一直与宇垣率领的中队保持着联系。7时30分前后，宇垣缠的飞机上传来"发现敌军航空母舰。我们必将击中。"随后一切信号都消失了。

宇垣缠率领的十架飞机并没有撞上美军的航空母舰，他们在冲绳岛北部被击落。拒绝接受无条件投降的攻击行为归于失败。

8月15日这一天有为数不少的日本军人因日本战败而自杀。8月16日，日军自杀攻击的始作俑者、日本海军第一航空舰队司令大西泷治郎也自杀身亡。

与阿南惟几、宇垣缠或畑中健二等狂热的军国主义军人不同，更多的日本军人在8月15日正午的"玉音放送"之后放下了武器。生于1918年、后来成为儿童文学作家的原日本海军士兵石川光男在《战云密布的西贡终战》一文中记录了8月15日位于越南西贡（今胡志明市）的日军的情形。

当天的西贡是雨季过后的炎热，石川一早就坐在财务部的窗口前，等待当地的越南补充兵来领工资。当时日军支付给越南补充兵的工资是每月1日、15日发两次。奇怪的是，这一天连一个越南补充兵都没有来。正当纳闷之际，广播里突然传来命令："天皇陛下即将发表讲话。下士以上的军官立刻到士官食堂集合！"天皇直接向平民讲话是不曾有过的事情，财务部里立刻骚动起来。几位士官和下士军官急忙走出门去,剩下的包括石川光男在内的普通士兵们议论起来:"喂!陛下究竟打算说什么?""不知道。是鼓励大家继续加油吧?战局越来越艰苦了。"但石川光男的推测与其他人相反——"也许是宣布战败"。他怀疑越南补充兵是得到了日本战败的情报、担心领工资留下与日军合作的证据因而受到联合国军的惩罚,所以不来领工资。

广播之后在食堂午餐的时候,石川低声询问身边的杉浦军曹:"陛下在广播里说了些什么?"杉浦回答说"是敌人的假广播,撒了大谎",然后就一声不响地吃饭。奇怪的是其他军官也都不声不响地吃饭,那种异常的沉默是平日没有的。下午,军营内又变得异常。大小军官们匆忙地处理事务,卡车来来往往,院内一角的空地上有人在焚烧文件,白烟滚滚。晚上,食堂里的长桌上摆满了丰盛的食品,那是海军纪念日的时候也未曾有过的。人员到齐之后,布目军曹开始讲话:"今天中午,我们聆听了天皇陛下的广播讲话。电波是来自日本内地。现在在场的几位军官应当是听到了。可是,广播的内容太重要,所以紧急与司令部等部门取得联系,进行了确认,知道那确实是天皇陛下本人的广播,内容也是天皇陛下自己的主张。内容是,从今天开始日本军队停止战斗行为,如果继续进行战争,日本民族就会灭亡,人类文明就会毁灭。收起武器开太平……就是说,日本决定投降了。"说到这里,布目军曹停了下来,站在那里一言不发。石川光男在内心深处发出了叫喊:"结束了?是的!还是结束了!谢天谢地!我活了下来!"在大约百分之九十的官兵战死的日本海军中,身为一名海军士兵能够活下来确实是值得庆幸的。

二、平民百姓的 8 月 15 日

8 月 15 日这一天，日本所有的娱乐活动都停止了。从城市到乡村，从日本本土到沦为日本殖民地的朝鲜半岛、伪满、台湾乃至其他日本占领地，几乎所有的日本人都在听"玉音放送"。在东京皇宫前的广场上，许多民众听完"玉音放送"跪倒在地失声恸哭。不过，与军人不同，日本平民的 8 月 15 日呈现出多样化的形态。关于这一天的情况，日本人留下了大量日记、回忆录等文献资料。

1945 年 8 月 15 日，当年 26 岁的加藤周一是一位年轻的医生。他在战争结束二十年之后创作的自传《羊之歌》中记述了 8 月 15 日那天他所在的医院的情形：

> 8 月 15 日正午，院长、医生、护士、普通工作人员以及患者都被集中到医院的食堂里。集中在一起的人们紧张得连唾沫都不敢下咽，听了那难懂的"玉音放送"。"放送"结束后长长地呼出一口气，事务局长向院长发问："这是怎么回事儿？"院长简短地回答："战争结束了嘛！"数十名女护士（都是当地的年轻姑娘）像是什么都不曾发生似的，和平时午餐之后相比没有任何变化，高声欢笑着向各病房散去。

这是疏散到地方的一所普通医院的情形。当时，由于东京时刻遭受轰炸的威胁，许多机构和人员都疏散到了本州岛中部的山区。

许多普通的日本人在日记中记录了8月15日的个人生活和心境。从下面三则8月15日的日记中，可以看出当天东京一带的几个侧影。

> 十二时，时事报道。演奏《君之代》。朗读诏书。
> 果然是战争结束了。
> 演奏《君之代》。接着是内阁通告，通报事情经过。——终于是战败了。在战争中失败了。
> 夏日的太阳炽热地燃烧着。让眼睛发疼的光线。在烈日下被通知说战败了。蝉不停地鸣叫着。声音不过是那样。安静。
> "喂！"新田来了。
> "好吧。我也出去。"
> 收拾打扮了一下。车站与平日相比看不出任何变化。哪家的老板娘对着中学生询问："听说中午有个什么不得了的广播。是什么事？"
> 中学生露出似乎是为难的表情，低下头小声说着什么。
> "喂，喂。"老板娘继续大声追问。电车里与平日相比没有变化。人比平日少了些。（高见顺《败战日记》）
> 嘀——。是中午了。
> 下面是天皇陛下的广播讲话。谨请各位——
> 起立！

号令发出来了，所以我们当场就在榻榻米上肃然直立。随后是音乐《君之代》的播放。这支国歌，这悲哀的曲子根本不应当在这样悲哀的时刻演奏。我感到随着音乐的节奏，整个身体都被悲哀的波涛浸透。

乐曲终了。终于咽下一口唾液。

玉音开始传来。

听到第一声玉音的时候，连身体都受到感动。全身的每个细胞都在发抖。

……朕深忧世界之大势与帝国之现状……

多么清澈的玉音啊！感激之情浸透到发梢……

第二次音乐《君之代》的播放。

脚下的榻榻米上发出很大的声音，我的眼泪滴落下去。（德川梦声《梦声战争日记7》）

晴。间阴。热。〔略〕正午有天皇陛下之广播。乃以览家之收音机收听之。然声音并不十分清楚。据解说，得知为接受7月26日美、英、中三国及苏联无条件投降之要求所给予之回答。〔略〕据广播所言，各大臣于御前会议均曾悲泣。无条件投降之要求为史上未有之憾事，但想起近期敌军空袭所造成之惨事，当视为万不得已之事。听者有吃惊发呆者，然何处亦有卸下重负之安心神色。街上之行人皆谈论此事。

有言欧洲大战终结之时，敌方、已方士兵皆欢喜雀跃。此种喜悦必潜藏于一切人心中矣。虽为严峻之事态，然仅人类自战争惨祸得以解脱一事,即当谓欢喜之事。
(秋田雨雀《秋田雨雀日记4》)

8月15日那天,日本本州岛中部长野县的松山文雄正在为国家"勤劳奉仕"(出劳工),他在日记中记录了自己当天的生活情形:

8月15日 星期三 晴 热
在泉田村为竖电线杆挖坑。
今早又有舰载飞机来袭,古町被炸受害。从仝町来参加劳动的一个义勇队员急忙回家,妻儿四人被当场炸死。
正午天皇"玉音放送"。为了听广播而去附近的两三处农家,都没有收音机,所以白跑一趟。是投降?还是本土决战?广播肯定与这两件事情有关,因为谜底没有揭开,夏日的中午奇妙地寂静。出勤今天期满,为了向后续部队交班,三点半停工,回到宿舍。回来后听到坐在壁龛处、耷拉着肩膀的队长脱口而出:"无条件投降哪!"转身看去,宿舍对面沉重地拖着军刀的那位将军垂头丧气地踱步。事情到了这地步。实在是万不得已的事情。
4点,解散仪式。没乘汽车,将近二十公里的路走着回来。在本家处洗了澡,回家11时矣。(《8月15日前后》)

剧作家村山知义8月15日日本战败这一天身在汉城北郊的朝鲜朋友赵泽元家中。村山在日本战败第二年发表的《记8月15日》一文中对当天的情形做了如下记述：

> 那天，说来大家脸上确实流露出暗淡的神色。正午将有史无前例的重要广播的预告给朝鲜艺术家造成了重压。大家认为可能是对苏宣战通告，但是，如果是宣战通告无须划定时间预告，而且并非史无前例之事。不过，如果对苏宣战通告，朝鲜立刻就会成为第一线、化作悲惨的战场吧。我说是日本无条件投降，但大家认为"不会"，并不相信。〔略〕
>
> 12时收音机开始广播，天皇亲自播音，确实无疑是重大事件。〔略〕大家都是肃然站立的姿势，对着收音机垂下头来。甚至直言不讳地声称讨厌日本和日本人的金素英——赵泽元的妻子，朝鲜第一美女，电影演员——也是那样。
>
> 啊！日本的教育彻底到了这种程度！我吃惊地站起来。收音机的播音状况极差，完全不知道是在说什么。广播结束的时候知道好像是无条件投降。我的心中渐渐地涌起一种无止境的喜悦。这不是梦！这不是梦！

三、不同政见者的8月15日

军国主义时代的日本亦不乏有良知的反战文化人,这些人因为持有不同政见而遭受当局的种种迫害。对于他们来说,"8·15"日本军国主义的失败就是他们的胜利,"8·15"是他们的节日,他们的心境不同于日本军人,也不同于普通日本平民。前述村山知义因为一直怀有反战思想,已经因日本投降感到喜悦。而作家江口涣、历史学家家永三郎和哲学家真下信一等人的例子,则更有代表性。

江口涣(1887-1975)是日本近代著名作家,著有《火山下》、《一个女人的犯罪》等作品。早在1923年,鲁迅就翻译过他记录俄罗斯盲诗人爱罗先珂在日本受迫害的文章。日本投降的第二年即1946年,他在3月号《新日本文学》上发表文章《终战与孩子的死》,记录了1945年8月15日的经历和心境——

> 八月十五日上午九点过了。杂货店古贺屋的小惠来到我家,在我那死去的孩子朝江的灵位前上香。哦,原来今天是盂兰盆节过去整整一个月,朝江在阴界已经是另一个盂兰盆节了。小惠说:"听说今天正午有重要的广播,一定是要对苏联进行彻底的决战吧。"我想,从几天前皇太子的老师决定的事情来看,也许是天皇退位、要求讲和。
>
> 正午到了。家里人全部聚集到收音机前。我和妻子,开春之后疏散过来住在一起的姐夫桑原老人和他们的儿

媳、两个孙子，还有恰巧从平冢来见面的桑原老人的长子桑原式，一共八人。

广播好容易开始了。据说是天皇诏敕的录音，完全是从未有过的事情，大家都非常紧张。

广播到"朕深忧世界之大势与帝国之现状，欲以非常之措施收拾时局"的时候，我想："果然是要亲自……"听到"朕着帝国政府通告：兹已接受美英中苏四国之共同宣言"一段的时候，不由自主地大声怒吼起来："啊！无条件投降！"已经没有必要再继续听下去了，一切都在最初的一分钟里明白了！

天皇的声音不时在发抖。而且表现出悲哀。我想：事到如今，无论声音怎样发抖、说出怎样的话来，一切都无可挽回了。而且，许多人在这样愚蠢的战争中战死、遭战祸而死、病死、遭灾，没有比这些人的牺牲更可怜的了。那时候，我那十岁的孩子，视若掌上明珠的十岁的孩子，患了六十天的病最后转化成结核性脑膜炎在 7 月 11 日死去的独生子朝江，朝江的脸浮现在我的眼前……朝江最后是被战争造成的漫长的饥饿和医疗的欠缺杀死的。"是谁杀死了朝江？"我对着收音机播放的声音在心中怒吼。难以言喻的愤怒从全身溢出，眼泪几乎要流出来。因为，我想，既然失败和投降是注定了的，如果早日投降我的独生子也不会被杀死吧！

1937 年夏天，江口涣曾经因为违反所谓的"治安维持法"被关进东京警察局西神田署的拘留所。被关押期间"七七"事变发生，当时他就对同被关押的人说："这场战争注定会成为长期战争，而且，既然成为长期战争，即使战胜，日本的统治机构也将因为经济毁灭而崩溃，如果战败的话就更不用说了。无论忍受怎样的屈辱，我们都要活到那时候，到那时候我们再奋起吧！"因此，在八年之后听到裕仁天皇宣布投降的消息，他感到快慰和愤怒是自然而然的。发表"玉音放送"的天皇只有一个，但是江口涣对天皇声音的感觉与德川梦声日记中的感觉大不相同。

家永三郎（1913－2002）因为历史教科书问题长期与日本社会的右倾保守势力作斗争，他在1941年12月8日日军偷袭珍珠港的时候就断定日本走上了一条毁灭之路，因此不能不对1945年8月15日日本的投降感到欣喜。他在1956年发表的《1945年8月15日前后》一文中记述了当时的心境：

> 得到日本投降的消息当在8月10日或11日，是从共同通信社相关的渠道得到了日本投降——那时是用"休战"一词——的决定。当时的快乐心情难以言喻。尽管如此，收音机里依然在报道各地受到空袭的消息，到8月15日早上为止空袭警报还时时响起，所以心中半信半疑——战争真的会结束？终于到了8月15日正午听"玉音放送"的时刻，无法压制心中涌起的狂喜，说："干杯吧！"结果招来岳父的斥责。但那是当时我无法掩饰的真情，控制不住。

家永本人因为体弱多病、没有资格参军，免于死在战场上，但也险些在美军对日本本土的空袭中死去。而且，他知道有许多同胞死在了大陆和东南亚前线或原子弹袭击中。因此，他不能不为日本宣布投降感到狂喜。

哲学家真下信一（1906－？）战前也是一位不同政见者。中日战争全面爆发的1937年秋他因为参与否定日本军国主义的"世界文化事件"、违反"治安维持法"，被关进京都的一家拘留所。1939年秋天终于出了拘留所，却成为"思想犯"长期受到监视，成了适合"保护观察法"对象的一员。但是，他坚信日本军国主义必败。

1945年8月15日这一天，京都从早晨开始就闷热。真下信一和平日一样，吃了配有豆饼汤的早餐，穿上战斗服，戴上战斗帽，打上绑腿，骑上自行车来到川端警察署。就在前一天的8月14日下午，他被喊到京都府厅特高科的办公室，平日高高在上的特高科长嘟哝着对他说："快要输给你们了。"他离去的时候，科长还送给他战时定量配给的酒票和烟票。当时他就知道日本战败了，并且预感到第二天天皇的"玉音放送"是宣布日本投降。8月15日这一天，他决定在对于他来说具有特殊意义的川端警察署听"玉音放送"。早在昭和元年的大学预科时代，他就因为"五一"国际劳动节夜里与同学一起大声唱歌而被关押于此。

川端警察署特高科办公室里，真下信一所认识的警察都到齐了，静候"玉音放送"的开始。天气炎热，但警察们穿戴整齐。不过，他们满脸狐疑，气氛有些别扭。和普通日本民众相比，这些身份特殊的警察掌握着更多的信息，能够推测出"玉音放送"

的内容。一会儿,广播从时事报道开始了。警察们和真下信一都对着收音机肃然站立。天皇的"玉音"夹杂着"吱-吱-"的杂音,而且使用的是文言,非常难懂。但是,意思很快就明白了:日本战败,无条件投降!

"玉音放送"结束,沉默充满了整个房间……

黄昏,真下信一又来到下鸭警察署前。在炎热的黄昏,他看到白色的烟柱从警察署的低矮建筑物里升起。出于好奇,他走进了警察署的院子。原来是警察在焚烧文件——许多和"思想犯"有关的文件:衣襟上别着番号的嫌疑人照片,正面、侧面的都有,按着指纹的纸张,文字材料,等等。他立刻明白了,那是法西斯主义和军国主义的思想警察在销毁对人类所犯罪行的证据,在可以预见的"进驻军"到来之前将证据化为灰烬。他感到了军国主义权力的卑劣与脆弱。前文石川光男的文章也曾写及西贡日军的焚烧文件,可见销毁罪证是8月15日这一天某些日本人的主要工作之一。

当天晚上,真下信一从所有的紧张和委屈中解脱出来,在相隔很久之后第一次享受明亮的灯光。本来,由于防止空袭和灯火管制,他已经很久未能怀着从容的心情享受明亮的灯光了。事实上,正是从8月15日这一天起,日本平民从死亡的威胁中解放出来。当天美军终止了对日本本土的攻击,许多满载弹药的飞机在飞往日本实施轰炸的途中奉命返航。

1945年8月15日,不同的日本人是怀着不同的复杂心情度过的。但是,他们都不可避免地和昭和天皇的"玉音放送"发生着密切关联。军人发狂、绝望,平民叹息、解脱,一直与军国主义做斗争的人们则感到快慰与欣喜。真下信一在这一天特意去警察署，也是用特殊的形式向军国主义国家机器示威。

当天，日本几乎所有的报纸都在头版刊登了昭和天皇的"玉音"，但日本的战败与投降却被涂上了悲壮的色彩。《朝日新闻》在头版使用了"大诏颁发，战争终结"的通栏大标题，回避了战败的事实，头条新闻为"天皇对新型炸弹之惨祸怀大慈悲／帝国接受四国宣言"，美化了战争的直接责任者裕仁天皇。《京都新闻》当天为"玉音放送"紧急发行的"号外"的头版是"为万世开太平"、"呜呼！一亿恸哭"、"痛饮万斛泪、开拓忍苦之命运"之类的表达。对于甲午战争以来疯狂地对外扩张、具有半个世纪军国主义历史的日本人来说，在宣布投降的1945年8月15日这一天不可能认识"8·15"的意义。8月14日晚上将于次日播放"玉音放送"的预告发出之后，不少日本人甚至认为"玉音放送"将鼓励本土决战。对于"8·15"意义的认识需要时间。

事实正是这样，"8·15"成为战后日本的一个重要认知对象。福岛铸郎为其所编《8·15终战》（"目击者叙述的昭和史"第8卷）所写的序言题为《作为负的象征的8·15》。他在这篇序言中说："'昭和二十年八月十五日'并非仅仅具有枪声停止、战争结束的含义。它具有作为始自昭和二十年年初的东京大空袭、冲绳的悲剧、原子弹袭击、接受《波茨坦公告》、联合军进驻、签署投降书、逮捕并判决战犯、军人与平民的自决权、返回化为焦土的日本本土等负的象征意义。"曾任大阪府知事的法学家黑田了一指出："8·15是日本国体变革之日，半封建的君主制国家向新的国民国家、文化国家、和平国家转变的历史纪念日。"这类观点在日本人中具有代表性。但是,"8·15"的意义远远不止于此。由于这个日子对于解释二十世纪东亚乃至世界历史的特殊性,不同的研究者能够从中发现不同的意义,就像同一场"玉音放送"在不同的日本人听来效果和反应大不相同。但是有一点可以肯定:如果说日本的昭和时代是从抛弃"光文"这个错误开始的,那么可以说,从昭和20年(即1945年)8月15日开始"昭和"一词的意义开始发生改变。

2005年4月10至11日写于寒蝉书房
(《永远的八·一五》第五章。中华书局2005年6月版)

中国与日本：历史问题的现实化

2005年是中日战争结束六十周年，但两国间的历史问题依然未能解决。不仅"政冷经热"的现象在继续，鲜明的历史记忆与历史观的冲突甚至对两国关系产生了更为深刻的影响，波及政治、经济、国民感情等许多层面。可以说，"历史问题的现实化"是2005年中日关系的基本特征。四月的反日游行示威和"抵制日货"事件导致了两国国民感情的恶化，十月小泉纯一郎参拜靖国神社又引发中国官民一致的抗议与谴责。与此同时，日本知识界对历史问题的反省与解决中日矛盾的愿望，则促进了民间交流与文化交流，这成为"历史问题的现实化"的另一种形式。

一、反日浪潮中的"抵制日货"问题

四月上旬至中旬，中国大陆以京沪为首的许多城市发生了多次具有一定规模的游行示威。众多青年学生、公司职员、市民上街游行，抗议日本右翼势力篡改历史的行径。其中最为引人注目的，是"抵制日货"口号的提出以及由此引发的抵制日货行动。在北京，中关村一带曾因游行示威造成交通拥堵，电子商品店里佳能、索尼、东芝等日本商标的产品一度被迫下架。在上海，游行示威中发生了数起暴力事件，有日本料理店被矿泉水瓶子、砖头、石块所击。在成都、深圳等中部、南部城市，也有日资商店被砸事件发生。

事情的导火索是三月下旬《国际先驱导报》有关朝日啤酒公司为日本扶桑社出版的右翼历史教科书提供资金帮助的报道。东北的沈阳、长春等地较早出现抵制朝日啤酒等日货的现象，消息见诸媒体，"抵制日货"运动遂向全国范围扩展。

"抵制日货"针对的是商品，但是，它是在特定的社会背景上发生、并且是作为反日浪潮的组成部分存在的，因此并不仅仅是经济问题，而主要是社会问题和历史问题。反日游行示威和"抵制日货"的发生并非偶然，它是近年日本右翼势力日益猖獗、日本社会整体"向右转"导致的。"向右转"在1990年代以来的日本社会有两个代表性的表象，一是否定侵略历史的所谓"新历史教科书"的出笼及其在政府"检定"中获得通过，二是小泉纯一郎2001年就任就任日本首相以来多次公然参拜靖国神社。政治与文化须以经济力量为后盾，事实上，日本右翼政治家和右翼文化团体背后确有日本企业的支持。有的企业为篡改历史的"新历史教科书编纂会"等右翼组织的出版物提供资金，有的企业在战前即充当日本军国主义的支柱。这样，对篡改历史行径的抵制必然指向日本的此类经济组织，于是有"抵制日货"事件的发生。民间组织"抵制日货全国青年同盟"网站首页上"我们为什么要'抵制日货'"的说明，明确显示出日本社会右翼势力的猖獗与"抵制日货"之间的因果关系。网站是这样说明的："你每直接或间接地购买100元日货,你就:1.为日本厂家增加40元的毛利收入;2.为日本企业增加了20元的扩张资本;3.为日本政府增加了5元的税收收入;4.给日本的所谓自慰队增加了10颗子弹;5.多印6-8页反华教科书和文件;6.送给小犬蠢一狼参拜鬼社的汽油费。"这里,"自卫队"被写成"自慰队","小泉纯一郎"被写成"小犬蠢一狼",靖国神社被写成"鬼社"。这并是一种嬉皮士式的调侃,同时也是一种伴随着民族仇恨的历史正义感的变形。

与此种因果关系相一致,"抵制日货"运动在曾经沦为日本殖民地、近年因领土和历史认识问题与日本屡生争端的韩国同样发生了,而且发生的比中国早。早在3月17日,青年韩国学院等21个团体就公布了一份日本公司名单,指出这些公司支持日本"新历史教科书",呼吁韩国民众抵制其产品。名单中包括日本重工业巨头三菱公司、制造摩托车的川崎公司、制造电子产品的富士通公司以及汽车制造商五十铃公司。4月7日,日韩两国外长借亚洲合作对话第四次外长会议在巴基斯坦首都伊斯兰堡召开之机举行双边会谈,但并未取得成果。当天下午,在韩国首都首尔,上述团体到日本驻韩大使馆外举行抗议活动,宣读联合声明,继续批判日本某些公司对所谓"新历史教科书"的支持,并且公布了另外几家日本公司的名单,包括化学设备制造、食品进出口公司丸红商社,"七星"香烟制造商日本烟草公司,电子元件制造商SMK。此类消息被《北京青年报》等中国媒体报道,无疑对中国的"抵制日货"起到了推波助澜的作用。

将"抵制日货"发生的地点与时间结合起来看,能够看出一个由韩国半岛向中国东北、再向京沪等地区延伸的路线图，这张图上的线路正与二十世纪前期日本殖民扩张的线路相重叠，这表明了"抵制日货"的历史必然性与历史合理性。中韩两国的"抵制日货"运动具有互动关系。在通过抵制日货对抗日本右翼势力的行动中，中韩两国达成了高度的一致，就像六十年前在遭受日本侵略方面承担着共同的命运。

"抵制日货"运动是发生在抗议日本右倾化的浪潮中，其意义不可低估。首先，它在打击日本右翼势力、促使日本人反省历史方面发挥了一定的作用。在中国，3月31日下午，朝日啤酒公司发表声明，否定有关其与右翼历史教科书之关系的报道。据中国新闻网4月15日转载东京中文媒体的消息，"抵制日货"使日本右翼教科书支持者减少，不少企业纷纷与日本右翼组织划清界限。《朝日新闻》4月24日用电话进行的紧急民意调查显示，有48%的日本人认为小泉纯一郎应当停止参拜靖国神社。其次，这是战后中国民众第一次大规模地表达自己的立场，是起源于"民间"的行动。在此意义上，这场风潮与战后初期蒋介石政府为了统治集团的利益强奸民意、放弃战争赔款，与1970年代初期中国政府从国际局势出发与日本邦交正常化，都不相同。

不过，"抵制日货"作为一种经济行动是发生在经济全球化时代，而且在实行过程中出现了盲目抵制的现象，因此不可避免地对于社会产生了负面影响。对此，中国学界有清醒的认识。在"抵制日货"运动正在进行的四月中旬，清华大学国际问题研究所教授、日本问题研究专家刘江永即发表文章，指出了"盲目抵制日货"的三大危害。文章首先指出"盲目抵制日货"的三种主

著者与来北京进行民间交流、谢罪的本多老人（左）合影

要表现：一是"逢日必反"，所有日货一概抵制。二是不仅自己不买、不卖、不用，并且对别人使用或经销的日货加以抵制，甚至进行破坏。三是不分青红皂白地对日货在华企业或商业行为进行攻击。文章认为，"盲目地抵制所有日货在思想方法上是绝对化，在实践中也是行不通的。其结果不仅不能起到打击日本右翼的作用，反而可能适得其反，给日本右翼丑化污蔑中国提供口实，损害中国改革开放的良好国际形象。"文章将此种危害具体分为三项："首先，在经济全球化的今天，许多商品都不是单纯的'原装日货'，而是'多国籍'产品。同时，所谓'国货'或其他国家的产品很多也是同日本的合资企业生产的。""其次，盲目抵制日货将破坏我国改革开放以来全国各地逐步建立起来的良好投

资环境,有损我国一心一意谋发展的国内社会和谐环境";"第三,盲目抵制日货有可能造成亲者痛仇者快的结果。应该看到,日本经济界在推动中日邦交正常化和支援中国改革开放的过程中,都发挥了积极的作用。"

类似的危害确实出现了。由于反日游行中的个别暴力场面被拍成照片在日本多家媒体刊出,正义的、具有历史合理性的反日本右倾化运动被用于妖魔化中国。实际上,大部分游行示威活动是井然有序的,冲击日本在华机构、毁坏财物的事情发生的不多,而且中国政府对日本在华政治、经济机构进行了负责任的、有效的保护。但是,个别性的暴力场面经日本媒体渲染,成为普通日本人认识中国的材料,日本社会反华情绪骤然高涨。4月19日《读卖新闻》报道了上海十六家日本料理店受冲击的状况,指出其中包括中国大陆人经营的,台湾人经营的,以及中国人、日本人联合经营的。在此类报道中,中国人是作为非理性群体出现的。这一天的《读卖新闻》第15版还刊载了中曾根康弘、朱建荣、中岛岭雄三人的笔谈,中岛岭雄无视中国"安定团结"的基本国策,无视发生"抵制日货"运动的历史原因,将运动看作"持有更为明确目的的官民一体的行为",甚至主张:"在目前,只要中国方面不承认错误,就应当暂时冻结与中国的外交关系。"在前面提及的《朝日新闻》的紧急民意调查中,也有高达71%的日本人对于中方向日本提出端正历史认识的要求表示"不能理解"。中国人的示威活动频发的四月,许多日本人取消了到中国旅游的计划。旅日、留日中国人受歧视,装有白色粉末的信封寄到了中国驻日使馆,中国驻大阪领事馆受到破坏,位于东京饭田桥的日中学院甚至遭枪击。

"抵制日货"浪潮在四月下旬趋于平息,"五一"和"五四"这两个重要节日基本没有事件发生。这首先是政府行政管理和舆论导向的结果,但全社会(包括参与者)对"抵制日货"行为本质的反思也应是原因之一。日本军国主义的侵略历史和当代日本社会的右倾化赋予了这场运动以一定程度的合理性与正义性,但其危害性亦如刘江永所述。不过,以近代中国的"抵制日货"历史为背景来看,2005年的"抵制日货"具有更大的悲剧性。这就是,它一方面表明了历史记忆的深刻,同时又是历史健忘症的表征。

近代以来中国的"抵制日货"运动最早发生在1908年,"五四"运动时期达到一个高潮。当时全国各界成立抵制日货联合会,向全国宣传抵制日货的"三不"——不买,不卖,不用。1919年5月9日清华大学的学生在校园里举行"国耻纪念会",会后众人在大操场上焚烧日货。第二次高潮是1937年抗日战争爆发前后。甚至当时的小说、戏剧作品里都有宣传抵制日货的内容。战后大陆基本处于封闭状态,独立自主,自力更生,无缘与"日货"发生关联。"抵制日货"的再提出是在1980年代,1995年抗战胜利五十周年之际是又一次高潮,当时著名作家张贤亮曾公开宣称"不买日本货"。近百年间屡次"抵制日货",说明每次"抵制"都没有效果,抵制之后日货依然会卷土重来。这次依然如此,四月的"抵制日货"运动尚未结束,一些商场的"日货"又上了架,仅仅是把叫法改成"名牌产品"而已。佳能相机和东芝电脑依然在用,街上本田车依然在跑,生活转了一个圈回到原点。

1925年5月的上海,由日本资本家枪杀中国工人顾正红造成的五卅惨案发生之后,中国社会再次掀起反帝运动。鲁迅在6月13日写给许广平的信中谈及五四时期的排斥日货,说:"前几年排斥日货时,大家也么么说,然而结果不过做成功了一种'万年糊'。草帽和火柴发达的原因,尚不在此。那时候,是连这种万年糊也不会做的,排货事起,有三四个学生组织了一个小团体来制造,我还是小股东,但是每瓶卖八枚铜子的糊,成本要十枚,而且货色总敌不过日本品。后来,折本,闹架,关门。"(见《两地书》)此话今天听来依然值得沉思。走出"抵制日货"这一怪圈的唯一有效办法,就是"战胜日货"。否则"日货"就无法抵制。保持清晰的历史记忆而又走出"抵制日货"的怪圈,才有真正的进步。2005年4月的"抵制日货"应当是中国人的最后一次。

二、在卢沟桥下跪谢罪的本多立太郎

"抵制日货"浪潮接近平息的5月19日,天气晴朗,初夏的阳光已经带着相当的热度。上午10点40分,北京西南郊外,一位瘦削、清癯、西装革履、文质彬彬的白发老人慢慢地走上卢沟桥,无声地跪倒在地,沉重地低下头……他是91岁的日本侵华老兵本多立太郎,六十年前参加过日本侵华战争,亲手杀死了一名中国战俘。现在,他来到"七七事变"发生地,用下跪的方式向中国人民谢罪。本多的行动引起了北京多家媒体的关注。第二天,下跪谢罪的大幅彩色照片刊登在北京发行量最大的报纸《北京青年报》头版,并开始出现在多家网站。次日下午4点至5点,本多又到网易的网站与中国网民对话,网易进行了网上直播。北京的活动结束之后本多立太郎到达上海,在淞沪抗战纪念馆又一次下跪谢罪。随后本多继续谢罪之旅,到了六十年前随军驻扎过的金坛县。24日,本多从上海搭乘飞机返回日本。25日,《中国青年报》"冰点"周刊刊载了江菲撰写的报道《一个日本老兵的战争忏悔》。该报是将这篇报道作为"抗日战争胜利六十周年专稿"刊发的。

这是本多立太郎的第三次谢罪之旅。与前两次不同,这次谢罪采用了下跪的形式。而且,与前两次参加和平团体来中国不同,这一次是纯粹民间性质的个人行动。本多在网易与网民对话时说:"这次来谢罪,只代表我自己,第一不代表日本政府,第二不代表日本和平团体,只是用自己的心情来谢罪。"中国方面的接待工作也是由长期采访日本老兵、以《我认识的鬼子兵》一书知名的方军个人承担的。本多4月16日下午到达北京之后,就是住在方军家中。但是,在"抵制日货"的风潮刚刚平息、抗战胜利六十周年即将到来之际,日本老兵的下跪谢罪必然具有象征性,因此引起中国媒体和民众的关注。

本多出生在日本的东北地区,读高中时受到日本大正时代遗留下来的民主思想的影响。昭和五年(1930)日本知名社会主义思想家河上肇(1879-1946)的《第二贫困故事》出版,当年十六岁、就读于札晃第一高中的青年本多受到很大影响,思想赤化,找到了造成工人、农民贫困生活状态的社会根源。但是,在日本军国主义意识形态的压制下,这种思想的存在不可能被允许。河上肇本人1932年参加并无合法地位的日本共产党，第二年即被捕入狱。受其思想影响的日本青年们也遭到国家意识形态的改造。本多立太郎也不例外。1937年日本开始全面侵华战争之际，本多是《朝日新闻》社的一位年轻记者。战争开始之后两年未到，他的命运就因战争发生了变化。1939年5月本多立太郎应征入伍，接受新兵训练之后被派遣到中国。在一次战斗的间隙，他奉上官之命刺杀了一名中国战俘。1941年春天驻扎在江苏省金坛县时，一名中国少女对中国抗日军人的爱戴、对日本军人的仇恨使他警醒，在那之后的每次战斗中，开枪的时候他都抬高枪口，让子弹射向天空。1941年8月本多服役期满，回到日本，但两年之后因日本兵源不足第二次应征入伍，随军到今属俄罗斯的北千岛驻守，在那里迎来日本战败，被押往西伯利亚服劳役，直到1947年才回到日本。切身体验使他对于战争的残酷和日本军国主义的本质有了深刻的认识，从二十世纪八十年代中期开始，他利用退休后的时间对日本青年进行历史教育，在不到20年的时间里发表讲演近千场，听众多达18万人。1985年起，他自编了一份手抄杂志，名为《顽皮报》，发表自己的各种观点以及听众来信等，复印250份邮寄给日本全国各地的读者。在认识二十世纪普通日本人的生活、思想状态以及战争认识方面，本多代表了一种类型。年轻时代所受社会主义思想影响，《朝日新闻》社的记者生活，对他显然有潜在的影响。

　　2005年5月19日卢沟桥的下跪谢罪是本多立太郎作为一位侵华老兵固有的反省精神的体现，同时也与当时中日关系的恶化有关。在某些日本政要的错误言行激起中国人的愤怒、日本媒体对"抵制日货"的大量报道导致两国关系急剧恶化的4月,本多写信给北京的中国朋友,说:"为了日中两国年轻一代的友好,我觉得自己有责任到中国来谢罪。我参加了当年的侵略战争,了解历史的真相。"在5月1日号《顽皮报》上,他写了一篇"社论",批评日本主流媒体无视中国人反日情绪的真正原因、主观地把责任推给中国政府的操纵,强调说"在这个问题上日本政府有不可推卸的责任。"正是在本多到中国进行谢罪之旅期间,在日本参加爱知世界博览会中国开馆日典礼的国务院副总理吴仪不满某些日本政要的错误言论,取消了原定在23日下午举行的与小泉纯一郎的会见计划,回到北京。

在2005年春夏之交特殊的社会背景、中日关系背景上,对于日本政府来说本多立太郎的谢罪具有双重否定意义——不仅否定了日本的侵略历史,而且批判了日本右翼政治势力的历史观和对待中国的态度。所以,他尽管曾经参与侵华战争、亲手杀死过中国人,却依然得到了中国人的谅解和欢迎。2005年底,本多应中央电视台之邀来到北京,通过"实话实说"节目与广大中国观众见面。本多对待历史的态度与中国人对待他的尊重,将中日两国解决历史问题的简单途径明确地展示给了日本人。但本多的行动在日本没有受到媒体的注意。这同样意味着,在反省历史与右倾化的天平上,日本社会确实在向后者倾斜。

三、又是"靖国神社参拜"

2005年10月17日凌晨4时33分,中国神舟六号载人飞船结束了115.5小时的飞行,成功地降落在内蒙古四子王旗主着陆场,航天员费俊龙和聂海胜精神抖擞、满面笑容地出现在千百万观看电视直播的中国人面前。对于中国人来说,这一天是个"大喜的日子"。

同样是在这一天,上午10点过后,小泉纯一郎在细雨中对靖国神社进行了参拜。

这是小泉2001年上任以来的第五次参拜。参拜仅仅用了大概两分钟,小泉和平时上班一样穿着西装,没有签名也没有献花,但是,与前四次参拜相比这次参拜更为恶劣。因为这是在世界反法西斯战争胜利和中国人民抗日战争胜利六十周年时的参拜。特别是对于在凌晨刚刚体验了喜悦的中国人来说,则是一种充满恶意的挑衅之举。消息迅速传到中国,不仅民间一片谴责之声,政府也在第一时间做出强烈反应。外交部长李肇星紧急召见日本驻华大使阿南惟茂,郑重宣读中华人民共和国外交部的声明,严厉谴责小泉纯一郎参拜靖国神社的错误行径。声明说:"今天,日本首相小泉纯一郎不顾中国和亚洲其他国家人民的强烈反对,又一次悍然参拜了供奉有二战甲级战犯的靖国神社。对于他这种肆意伤害受害国人民感情和尊严、严重损害中日关系的错误行径,中国政府和中国人民表示强烈愤慨,并向日方提出强烈抗议。""今年是中国人民抗日战争暨世界反法西斯战争胜利六十周年,国际社会都在以不同方式回顾曾经给世界带来深重灾难的那段历史,以铭记人类付出巨大代价换来的教训,更好地开创未来。然而,日本右翼极端势力却逆历史潮流而动,公然歪曲和否定侵略历史。作为日本政府领导人,小泉首相执意参拜供奉有二战甲级战犯的靖国神社，非但不能达到他所声称的'反省历史'的目的，反而对日本右翼极端势力歪曲和否定侵略历史起到了推波助澜的作用。"同一天，中国驻日本大使王毅也在东京紧急约见日本外相町村信孝，向日本提出强烈抗议。

作为首相、作为因为参拜靖国神社导致中日关系恶化到中日邦交正常化之后最低点的政治家，小泉当然知道自己在敏感的"六十周年"参拜靖国神社必然招来中国政府更强烈的抗议。尽管如此却依然去参拜，表明了他基本的政治理念，表明他对日本民众的心态有个基本的把握，也表明了他对中国的强硬态度。在参拜不到两周之后的10月底小泉进行内阁重组，鹰派政治家安倍晋三和麻生太郎被委以重任。众所周知，安倍晋三是曾被列为甲级战犯的政治家岸信介的外孙，接替町村信孝担任日本外相的麻生太郎同为知名右翼政治家，并且担任"日华议员恳谈会"副会长，曾经支持李登辉访日。对于小泉来说，委安倍晋三、麻生太郎以重任与参拜靖国神社是基于相同的政治立场，也同样表明了对待侵略历史、对待中国的态度。

11月13日，麻生太郎在鸟取县发表讲演之际又一次公开表示支持小泉参拜靖国神社。21日接受记者采访时声称靖国神社附属的游就馆（战争博物馆）"没有美化战争，只是如实反映了当时的状况。"在26日的一次讲话中又说："世界上在谈论靖国神社的国家只有中国和韩国"，"我们不用担心日本是否会被孤立或不受欢迎。"（据2005年12月1日《人民日报》海外版）这里所谓"只有中国和韩国"的说法完全是小泉纯一郎四年前发言的翻版。2001年11月4日，小泉纯一郎在王毅大使上任会见之际说:"无论是美国还是俄罗斯,关于甲级战犯什么都不说,为什么只有中国揪住不放?"这种发言不仅是对中国、韩国的挑衅,而且包含着基于霸权逻辑的潜台词。确如小泉和麻生所说,靖国神社里同样供奉着在日俄战争和"太平洋战争"中战死的日军官兵,而俄罗斯人和美国人对于日本政要参拜靖国神社一直视而不见。不仅如此,2001年8月15日,驻日美军海军陆战队的一名士兵甚至高举美国国旗前往靖国神社,支持日本人的参拜。但是,美、俄两国之所以能够这样做,是因为他们在二战结束之际曾给日本以毁灭性打击,攻到日本本土,获得了巨大的现实利益。美军在日本列岛建了许多军事基地,俄罗斯至今占领日本的北方四岛。历史上的胜利、现实利益的获得等因素,决定了日本政要的靖国神社参拜对于他们来说可以一笑置之。按照小泉和麻生的逻辑,中韩两国只有建立起与美日、俄日相同的中日、韩日关系,才能获得无视日本政要参拜靖国神社的资格。这意味着中韩两国应当再次与日本作战、并像俄美当年所做的那样给日本毁灭性的打击。在此意义上,小泉与麻生所谓"只有中国和韩国"的发言既是历史观层面的挑衅,又是现实力量层面的挑衅,而且是对"以德报怨"的道德观的挑衅。

靖国神社参拜问题不仅是历史认识问题,而且是现实政治问题。日本右翼政治势力在煽动民族主义情绪、篡改历史、对抗中韩方面,对靖国神社进行了成功的利用。靖国神社作为日本军国主义历史的标本被转换为激发民族意识的工具,同时转换为对中韩进行政治讹诈、讨价还价的筹码。在此意义上,中日两国民众都进入了日本右翼政治家的圈套。

必须注意的是，在某些日本政要与部分国民参拜靖国神社的同时，众多日本国民也对靖国神社保持着清醒认识，反对小泉的参拜，甚至有人要求将被供奉在靖国神社中的亲人的灵位移出。2001年小泉纯一郎进行上任后的第一次参拜之后，就有日本民众对其进行起诉，2004年4月7日福冈地方法院裁定小泉纯一郎的参拜违反日本宪法。日本知识界更有对靖国神社保持清醒认识和批判立场的学者。在2005年，关于日本人与靖国神社的关系，尤应注意的是东京大学哲学教授高桥哲哉《靖国问题》一书引起的社会效应。该书4月10日由东京的筑摩书房出版，到年底即发行近三十万册。高桥哲哉在书中就对与靖国神社相关的所谓"国民感情"进行了有效的解构，揭穿了所谓"靖国神社是日本文化"这一谎言，在更深刻的意义上批判了日本政要的靖国神社参拜。更为重要的是，该书指出了被甲级战犯遮蔽的更多的历史问题，即靖国神社的历史合法性问题。他认为，从近代以来靖国神社与日本军国主义历史的关系来看，即使将甲级战犯的牌位移出，也不可参拜。不仅如此，新的国家祭祀设施的建设也有可能导致第二个靖国神社的出现。这种问题甚至似乎尚未被陷入日本右翼参拜圈套的中国方面意识到。

四、"文化"的意义，"民间"的意义

用以概括近年中日关系的"政冷经热"一词显示出的政治与经济的分离，在某种意义上可以转换为政府与民间的分离。此中

包含着中日关系的复杂性与多面性。实际上,在2005年国家关系冷淡、国民感情恶化的大环境中,中日间的文化交流、民间交流依然在频繁地进行着。限于北京而言,在"抵制日货"运动多发的四月,西郊玉渊潭公园的樱花节正常举办。公园里,游人如潮,路边"东风-日产(NISSAN)放飞春天"的广告彩旗迎风招展,樱花树下游园者争相租来和服照相留念。在北京日企任职的中国朝鲜族女士金丹实曾撰写《玉渊潭樱花节断想》,拿到在大阪发行的中日文双语杂志《蓝》上发表,批评日本媒体对"反日"和"抵制日货"的片面报道、对中国的妖魔化。她指出:"在当今中国,努力工作并视自己和家人的幸福为第一位的绝大多数市民并不热衷于所谓'反日'。人们反对日本领导人在历史问题上出尔反尔,反对篡改历史,同时珍视三十多年来日本为中国的建设所做出的努力。绝对的'反日'这一事实是否存在本身值得怀疑。"几乎是与"抵制日货"游行、玉渊潭樱花节同时,4月17日下午,青岛出版社和中国文化报社在中国作家协会大楼联合举办了日本当红作家片山恭一作品研讨会,译者林少华和众多学者、媒体记者到场。"六十周年"这一特殊年份为日本成为话题提供了契机,"日本"成为新闻出版的热点之一。以三联书店为例,7月王芸生所编八卷本《六十年来中国与日本》新版的发行(初版于1932年)即与"六十周年"和中日关系成为焦点有关。为了该书新版的发行,三联旗下的《读书》编辑部在9月3日召开了出版座谈会。《读书》杂志本身在2005年则一如既往地发表了多篇与日本相关的文章,3月号刊发的三篇集中讨论冲绳历史与文化的文章,在读书界产生了一定的影响。而中日韩三国合编历史教科书在六十周年的"八·一五"之前出版,也是追求共通历史观的实践之一。

中日两国间学者的交流依然频繁。限于北京而言,来访者中最值得注意的当为加藤周一、小森阳一和子安宣邦。84 岁高龄的加藤周一是当代日本的文化巨人,而且具有强烈的现实感。2004 年,面对日本右翼政治势力的猖獗和"改宪"呼声的日高,他联合日本知识界的大江健三郎、梅原猛、井上厦等八位知名人士,发起了维护日本和平宪法第九条的"九条会"。3 月 29 日,加藤周一来到北京,30 日上午在清华大学与中韩两国学者座谈,30 日、31 日下午分别在清华大学和日本国际交流基金会北京事务所就自己的人生道路、文学道路和日本文化的集团性等问题发表了两场讲演。集团性问题是一个文化问题,同时具有现实性,对这一问题的解释有助于理解当今日本社会的整体"向右转"。在讲演中,加藤周一强调了"和而不同"这种古老智慧的现代价值。小森阳一为东京大学著名教授,在日本近代文学研究方面成就卓著,近年又积极参与社会活动,担任"九条会"事务局局长,与日本社会的右翼势力对抗。2001 年扶桑社版《新历史教科书》通过政府"检定"之际,他与大江健三郎等人联合呼吁日本知识界、教育界抵制,给所谓"新历史教科书编纂会"以沉重打击。3 月底小森阳一和加藤周一一起到北京,在清华大学介绍"九条会"的情况,并在中国社会科学院文学研究所就日俄战争与日本近代文学的关系发表演讲。因为 2005 年正是日俄战争结束 100 周年。他在讲演中分析了当时《朝日新闻》与日俄战争的关系,指出在某种意义上日俄战争是明治政府与《朝日新闻》共同发动的。这种观点他曾经写在不久前公开发表的一篇文章中,但文章发表时相关文字被删除。他的分析对于认识当前日本媒体在妖魔化中国、刺激日本民族主义方面发挥的功能具有启发性。11月中旬,小森阳一又应中国社会科学院国际合作局之邀来到北京,14日上午发表了题为"联合政权下的政府与民众的政治心态"的公开讲演,介绍1993－2005年日本社会的变化及其发生的原因。子安宣邦为思想史研究大家,曾任日本思想史学会会长。他在9月下旬来到北京,在清华大学发表了两场讲演,并出席《读书》编辑部为他组织的对话会,将思想史问题与目前日本的现实问题结合起来论述。这几位日本学者的思想与行动展示了日本知识界的良知,塑造出与小泉纯一郎或麻生太郎不同的"日本人形象",表明中国人与日本人之间能够拥有超越于国家之上的共通观念。在他们与中国人之间,所谓"历史认识问题"完全不存在。不仅如此,他们是以比中国人更为深刻、更为有效的方式追究日本的历史责任,清算军国主义的罪恶。换言之,他们同样在"反日"。

值得注意的是,上述日本学者的活动主要是一种民间行为。他们是由同人性质的"清华东亚文化讲座"独立邀请或者由该"讲座"与半官半民组织日本国际交流基金会北京事务所的联合邀请来到中国(小森阳一11月的北京之行除外)。10月22—23日,两个组织还在北京联合举办了国际学术研讨会"作为视角和方法的民间——战后东亚六十年的历史回顾"。与会者中除了中国学者,还有曾经资助东史郎的历史反省行动、为大陆的教育设施和战争纪念设施以及自然灾害捐出巨款的香港实业家陈君实,有旅日韩国哲学家金泰昌,还有多位日本人。与会日本人的身份十分多样化。有研究环境问题的大学校长本间慎,有每年拿出大笔款项支持中国留日学生的高松电镀公司董事长高松尚之,有在中日间从事食品贸易的公司老板末濑彻,有自费到陕北高原搞绿化、进行农村建设的大学教授安富步和深尾叶子。这些来自不同地区、社会身份具有很大差异的人坐在一起讨论战后东亚问题,产生了特殊的交流效果。会后,有关高松尚之的报道还在《人民日报》海外版上刊出。这次会议独特的构思和操作方法,为中日韩诸国间的交流和相互理解提供了一种"民间模式"。

2005年的中日关系确实冷到了两国邦交正常化之后的最低点。从中国方面来说"反日"成为年度关键词,从日本方面来说"嫌中"(这是一个日语汉字词汇)同样是年度关键词。不过,置身此种状态双方也都展示出了更多、更深层的真实,在此意义上"冷"或许能为更深入的互相了解提供契机。更何况"反日"和"嫌中"并非2005年中日关系的全部,上述描述表明了两国关系的多面性、复杂性与矛盾性。笔者也沿用了"反日"这个近年常常被使用的词,但准确说来完整意义上的"反日"并不存在。中国人反的是篡改历史、美化侵略战争的行为,反的是日本社会的右倾化和军国主义的复活,而不是反对日本这个国家或者所有日本人。"反日"是"所指"而非"泛指",是局部的而非整体的,是相对的而非绝对的。这正与日本社会自身的复杂性与多面性相对应。

中日两国间的磨擦不会随着2005年的过去而消失,相反,有可能更多地发生。中国确实在崛起,这个崛起的中国对于在甲午战争中获胜以来长期俯视中国的日本来说是陌生的。陌生感有可能导致恐惧、戒备和敌视,事实上也确实导致了。双方都要发展,地理位置的切近引发的资源、领土方面的利益冲突(如东海油气田和钓鱼岛问题所显示的)也许会日趋激烈。历史观的对立会继续存在。本来,历史问题拖得越久就越难解决,而中日间的历史问题实质上已经存在了六十多年。中国在战争结束之际丧失了正确处理战争责任问题的时机,现在很难用"国民血统论"的思维来对待日本的年轻一代,年轻一代的日本人也不会甘于把三代之前的罪恶作为"原罪"来接受。日本右翼政治家正是有效地利用了这一点。

解铃还需系铃人,既然2005年中日间的问题是由日本政治家的历史认识引起的,那么解决这些问题首先需要日本政治家拥有起码的历史道德感与历史责任感。但在两国国民之间,为了避免高度的"国民化"刺激恶性民族主义的产生,追求个人与国家的疏离、政治与文化的疏离、政府与民间疏离,并通过这种疏离创造多元价值,也许更为重要。

2006年3月下旬写于北京
(收入《话题2005》。三联书店2006年5月版)

一群"日本另类"

——流山儿事务所剧团《玩偶之家》观感

按照"演出说明"的介绍,寺山修司的戏剧作品有许多,但《玩偶之家》是其中唯一的木偶剧剧本。而现在,在这个剧本被创作出来四十周年之后,在寺山修司去世十九年之后,流山儿祥作为导演将它搬上小剧场的舞台,用活人上演。用活人演出木偶剧文本,表明流山儿祥不仅深谙寺山修司的创作意图,而且用更直观化、现实化的舞台形式展示了人的"木偶"本质。虽然六位黑纱罩面的操偶者依然存在,但剧本原作中的木偶在舞台上变成了活人。在这种变换之中,操偶者与"木偶"的关系转变为与"人化木偶"的关系。

舞台上,仅仅是由于医生的一个诊断,一个原本平静幸福的家庭就发生了深重危机。每个家庭成员都不愿意成为医生所说的这个家庭中的唯一疯子,于是被无形的力量所左右,纷纷隐藏起自己的个性,开始统一化的行动。整个家庭中,只有年幼的兰依然保持着自己的真实,并且努力唤醒那些迷失在"共同的行动"中的家人。但是,这成了兰被杀的理由——只有她和别人不一样，因此她就是疯子。与用"人的木偶化"来阐释人的本质相对应，舞台上那六只被用作道具的黑色行李箱也具有多重含义。含义之一，就是人如何被拘禁在"固有的模式"之中。那家人各自进入旅行箱，就是进入固有的、强制性的社会模式。如果说"医生"（实际是一位真正的"操偶者"）是从内部操纵人，那么"箱子"则是从外部制约人。在被从内部操纵与被从外部制约之间，人彻底失去了自由与自我。从演出效果方面来说，小剧场的演出方式最大限度地消除了舞台与观众席的界限（亦即演员与观众的界限），让观众感觉到"木偶人"就在自己身边，由此发出一种暗示：既然"木偶人"就在你身边，那么你也有可能是"木偶"！

将这个剧本（以及这场演出）放在日本的总体社会背景上来看，它的社会讽刺性质、反社会性质就凸现出来。因为日本社会本身就是一个戏剧化、木偶化的社会。根据对象身份的不同，鞠躬的角度被训练得整齐划一，甚至制造出"鞠躬训练器"这种不可思议的工具；西装成为所有公司职员、国家公务员的"军服"；贺年片由国家统一印制、国民只往上面写一些许多代人重复了许多年的套话（来年还要再重复）；自我介绍的时候除了姓名不同其他内容差不多；——日本人就和舞台上那些因为不愿被看做"疯子"而做相同动作的人一样采取模式化的生活方式。当寺山修司和流山儿祥用剧本和舞台演出的形式讽刺、否定日本社会的这种生活形态的时候，剧本中（舞台上）那位固守真实的自我、与众不同的兰实际上成了他们的自况。兰确实了不起，即使付出生命，也要"我走我的路"。

从寺山修司和流山儿祥的简单履历中能够发现他们的"另类"特征。寺山修司和流山儿祥是分别从早稻田大学教育学部和从青山学院大学经济学部中途退学的，而这两所大学都是日本赫赫有名的私立大学。许多学子为了考进这样的大学竭尽全力，而他们却在考进去之后退学了。日本是一个看重文凭的社会，而"艺术家"经常是"穷苦人"的代名词。放弃安全的生活模式退学去当艺术家，当然是"另类"行为，因此他们是社会"另类"。只有"另类"，才会写作或上演《玩偶之家》这种表现"另类精神"的剧本。

《玩偶之家》在日本各地巡回演出并且到北京、台北、澳门等地上演，不仅可以提醒日本人意识到自己的"玩偶"性，还可以告诉别国的人们——在玩偶化的日本也有讽刺玩偶的"另类群体"。这场演出在舞台设计、灯光、服饰、舞蹈、音乐等方面非常具有观赏性，同时又能表现出某种哲学意味，用中国文艺批评的套话来概括，可谓"达到了内容与形式的完美统一"。

2003 年 10 月 9 日写于花园村
（载 2006 年 3 月 28 日《北京日报》）

自私自利者为虫

东京地铁开通于 1927 年,现在的运行线路总长度已经接近三百公里。东京因此成为世界排名第四的地铁城市,地铁文化也成为东京都市文化的一部分。东京地铁优点甚多:安全,方便,准时,整洁,安静,秩序井然,富于人情味。在这些优点的形成过程中,地铁设计者和经营者的努力固然重要,但乘客的参与同样重要。

地铁作为公共空间,具有与之相应的公共行为准则,乘客对这些准则的遵守程度直接影响到地铁的环境和服务质量。本质上地铁是"社会舞台"之一种,而"乘客"则是一种社会角色。角色扮演得越好,生活这场戏就越好看。为了使大家扮演好"乘客"角色,1974 年 9 月东京地铁开始进行有关地铁空间行为准则的广告宣传活动,持续至今。这类广告的内容涉及给老幼病残孕让座、先下后上、不占座、不在车厢内吃东西或者大声喧哗,等等,大都是采用漫画形式,立场鲜明而又不失幽默与温情。在一幅题为《独占者》的经典性地铁广告画上,一撮小胡子的希特勒不可一世地占着两个座位。画中有劝诫,有夸张,有历史,还有文字游戏——日语中"独占者"与"独裁者"发音类似。

1974 年至 1994 年的二十年间,上述广告一直是由地铁公司委托广告公司制作,但从 1995 年开始,便以"您创作的地铁行为规范广告"为主题向全社会征集。公司职员、国家公务员、家庭主妇、离退休老人或是中小学生,都可以提交作品参选。评审委员中除了地铁经营者、广告专家,还有影视明星、歌星。入选作品被制作成大幅广告,在各车站张贴。这种操作方式最大限度地调动了社会成员的参与意识,扩大了宣传效果。2001 年度公布的入选作品中有一幅《哎呀,我成了自私虫》,内容甚为丰富。画面上,使用香味过于浓烈的香水,将湿漉漉的雨伞带入车厢、占座位、加塞或者随手扔杂物,乱停自行车或者在路上并肩行走影响他人通行,都是给他人"添麻烦"的自私行为,有此类行为者则成为"自私虫",背后长着翅膀,或者头上长着角。显然,这幅画宣传的内容已经不限于地铁。

东京地铁站中的行为规范宣传画

经过此类广告的塑造，本来就彬彬有礼、循规蹈矩的日本人更为彬彬有礼、循规蹈矩。现在，在东京的地铁中，几乎看不到抢车门、抢座位的情形。相反，即使是在乘客很少、车厢内空空当当的时候，乘客也大都是安安静静地端坐在一个座位上，似乎身旁的座位上坐着隐形乘客。那情景可谓之"正襟危坐，旁若有人"。公共空间中的行为具有"相互性"。体谅别人就是体谅自己，对别人谦让就是对自己谦让。说的通俗一点这叫做"与人方便，自己方便"。与那种堵在车门口、不等里面的人出来就往里挤、挤进去还抢座位的乘客相比，这种乘客是智慧的并且是优雅的。

东京地铁的乘客们是智慧的并且是优雅的，他们因此成为东京的一道特殊风景。2005年8月，北京的国际文化出版公司出版了一本名为《东京新鲜人》的摄影集。摄影者文芳为旅法华人，毕业于巴黎路易·卢米埃尔国家高等艺术学院摄影系。巴黎地铁开通于1900年，比东京地铁的开通早了27年。巴黎现在是世界排名第三的地铁城市，地铁文化应当比东京发达。巧合的是，东京地铁2004年开始使用的车站新标记，甚至是以法语"地铁"一词的第一个字母M为基本构图。但是，当曾经在巴黎生活过的文芳前往东京用镜头捕捉那些青春焕发、奇装异服、时髦得无以复加的"新鲜人"的时候，也被东京地铁中文静、安祥的市民所吸引。她在车厢中偷拍了一些照片，放在摄影集中，作为"新鲜人"的参照。文芳对那些文明乘客的评价是——"他们真的都很精彩！"

2006年6月8日写于寒蝉书房

（载2006年7月26日《新民晚报》）

革命酒吧

东京有许多酒吧,也有许多从事社会运动的革命者,因此革命者进酒吧是正常的也是平常的。不过,我明确意识到革命酒吧的存在,是在滞留东京期间随小森阳一先生参加一次活动之后。2006年11月13日,周二,下午是读书会。三点四十分开始小森先生为我与岛村辉、林少阳三人讲日俄战争中的"横死"问题,五点刚过读书会即提前结束,因为小森先生要赶往永田町的国会大厦。那正是日本和平运动者与教育界人士为保卫《教育基本法》举行抗议集会的关键时期。基于日本和平宪法(1946)制订的《教育基本法》1947年3月31日开始实施,被视为教育宪法。近年,日本政府将修改《教育基本法》作为修宪的第一步,2006年底加快步伐,11月15日和12月中旬将在众参两院对"教育基本法修正案"进行表决。与此针锋相对,每到周二傍晚,数百名和平主义者、护宪人士便到国会大厦与议员会馆之间的马路边举行抗议集会,散发宣传材料,喊口号,唱歌。小森先生是抵制运动的核心人物,必须到场给大家鼓劲。匆匆离开研究室之际,他说晚上七点还要在新宿的一个酒吧讲宪法问题,我们如果有兴趣也可以去参加。兴趣大家都有,我更想知道新宿这个灯红酒绿、纸醉金迷的地方怎么会有对政治问题感兴趣的酒吧，于是就去了。

那个酒吧名叫"红布"，在东新宿明治大道东侧一座大楼的地下一层。面积很小，去掉舞台和柜台，观众席大概只有二十多平方米，放着普通的折叠椅，坐三十人已经满满当当。舞台后墙上挂着一块黑色长方木匾，上面刻着两个清秀的汉字"红布"，描金。汉字下面是英文的"red cloth"。在酒吧这种休闲场所讲护宪这种严肃的政治问题是一种尝试，所以老板特意请一位名叫真田晓子的年轻女士当主持人。真田经常参加社会活动，对政治话题相对熟悉。讲演会七点开始，真田拿出小森先生刚出版的文学政治学著作《词汇之力，和平之力——现代日本文学与日本宪法》（鸭川出版2006年10月25日），对小森先生的研究状况和学术成就进行了简单介绍，接着小森先生以"何谓改宪"为题，用大概一个小时讲解和平宪法的基本精神、改宪派主张的要点与目的等等。讲演之后是音乐表演，歌手名叫大木温之，演唱的第一首歌是《和平》。曲目显然是与讲演主题搭配的。演唱结束之后进入自由交流阶段，真田得知在场的有我这样一位中国人，便过来打招呼，说是对中国感兴趣，读过藤井省三撰写的有关鲁迅的书。我问她一个酒吧何以举办这种政治性的讲演，真田便喊来了酒吧老板猪狩刚敏先生。问猪狩先生店名何以叫"红布"，他回答说红布就是战旗，红色表示革命。他说自己是共产主义者，现在这个店本来是中国人开的，好像是经营饮食业，他接手之后改装成现在的样子，做酒吧。柜台下面，确有红布做的围帘一样的装饰。大家喝着啤酒、葡萄酒、饮料，吃着三明治、比萨饼、炒面条之类，谈论日本宪法以及海外派兵、防卫厅改防卫省（国防部）等现实问题。地下室的隐秘性和昏暗灯光造成的朦胧效果，与政治话题的现实性、尖锐性之间，形成了一种奇特的反差。比起平时在会馆、教室等公共场所进行的政治集会，"红布"讲演会中的政治性似乎浸透到了生活的更深处。小森先生因为同一政治问题从永田町的国会大厦走到新宿的酒吧，用自己的脚步建构了一个更有层次感和纵深感的政治空间。就像他在《词汇之力，和平之力》中从和平宪法的角度对日本现代文学进行重新发现，建构了一个"文学政治学"的空间。

遗憾的是，护宪派的斗争最终未能阻止日本政府的行动，12月15日"教育基本法修正案"和防卫厅升格防卫省法案同时在参议院表决中通过。

去"红布"五个月之后，2007年4月27日星期五，下午的读书会，小森先生为我们讲"现代读者的成立"。晚餐之后他乘

2007年12月21日著者与小森阳一先生（左）在东京大学的读书会上

新干线去八百里外的滋贺县,准备参加次日一大早将在那里举行的民众集会,岛村则领我与林少阳来到新宿,见识一家主要演唱老歌和革命歌曲的酒吧——"歌声吃茶"店。

那家店名叫"ともしび"(tomoshibi)。ともしび是汉字"灯"的日语平假名写法,有光明、指引方向的意思。"灯"在新宿车站东口靖国大街南侧一座临街商业楼的六层,我们到那里的时候演唱尚未开始,一百平方米左右的大厅里坐满了客人。客人多为中老年,还有穿工作服的。演出开始,有单人表演,有手风琴伴奏的演唱,有手牵手、肩并肩的合唱。曲目以《卡秋莎》等苏俄歌曲以及《北上夜曲》之类的日本老歌为主,主题多为怀旧、革命、和平、爱等等。演唱者很投入,听众或拍手或随着唱,台上台下溶为一体。其实,台上与台下本无明确的界限。表演形式与表演内容、气氛,把我带回二十世纪中国的七八十年代。"灯"的老板名叫大野幸则,一位六十岁左右的先生,清瘦,戴着眼镜,文质彬彬。我好像依然是在场的唯一中国人,岛村把我介绍给他,他过来交流,很热情。岛村和几位客人合唱了几首歌,十一点左右我们离开的时候,还有客人进店。

两天之后,一叠关于"灯"和"歌声吃茶"的材料寄到我手里。有报刊的采访报导,有"灯"的活动介绍。那是大野先生寄来的,因为我对他说自己对"灯"和"歌声吃茶"感兴趣。大野先生在信中说,五年前《北京周报》特派员曾与他商量是否有可能在北京推行"歌声吃茶"活动,所以他到北京去了两次,与北京市民进行交流,在景山公园一起唱歌。2007年是市民交流年,"灯"的同人们将与中国儿童剧院进行交流,年底会邀请中国的四个剧团到日本演出,并打算去中国拜访战后抚养日本残留孤儿的中国养父母们,等等。后来没再与大野联系,我不知道"灯"的计划是否都已顺利实施。

大野先生寄来的材料中有他本人与藤泽义男为纪念"歌声吃茶"五十周年合写的长文《歌声吃茶五十年——"灯"的历史》。文章连载于《灯》月刊2003年1月号至2005年3月号,对"歌声吃茶"的历史脉络有清晰的解说。关于"歌声吃茶"的起源,通行的说法是:战后初期,新宿区歌舞伎町的西武新宿线车站前有一家叫做"灯"的大众饭馆,经营者为柴田伸。1954年12月的某一天,看到就餐的客人随着店内播放的俄罗斯民谣唱起来,柴田一拍脑袋计上心来,于是请来主持人和乐手,把写着歌词的纸贴在墙上,大家一起演唱。——那就是"歌声吃茶·灯"的起点。当时的店名是直接用汉字"灯"。1984年,"灯"从西武新宿车站前迁到现在的地方,店名改用日语平假名书写。从1954年算起,2004年为五十周年。柴田伸的故事还有另一种版本:那家店本是旅日白俄在简易房中经营的俄罗斯料理店,因经营不善,无奈之下盘给了刚从早稻田大学毕业的柴田,柴田将其改造为专卖炸猪排、鸡蛋饭之类份饭的平民食堂,50日元一份,适合平民消费。某日,艺术学院的一群女孩子来到店里,用美妙的歌声唱起来,客人们也随着唱,店内的气氛变得热烈优雅,于是柴田来了灵感。不过,"歌声吃茶"的起源还有不同的说法。1951年国际劳动节,新宿要町的小酒馆"底层"曾大声播放歌曲,并被杂志报道,因此被视为"歌声吃茶"的起点。另一家名为"卡秋莎"的茶馆也自称"歌声吃茶"的鼻祖。但是,经大野等人调查,1954年之前并没有使用"歌声吃茶"的名称。我注意到,关于"歌声吃茶"起源的不同说法中有两个共通之处:第一,起源地都是新宿。第二,都与苏俄歌曲有关。

1959年7月西武新宿车站前"灯"的新店开张,楼上、楼下两层,据说能够容纳三百至四百人。进城谋生的年轻人、游行集会归来的市民大众聚集于此,放声歌唱。"歌声吃茶"与日本社会的"歌声运动"合流,影响力日渐扩大,"灯"也在东京都内开了二十多家分店。五、六十年代的许多影片如《我抛弃的女人》、《巨人与玩具》、《绝对多数》中,都有"歌声吃茶"的场面。当时的日本媒体甚至将广泛开展的"歌声吃茶"运动称为"国民热"。这种"国民热"的产生,有战后日本民主主义的大背景。不妨翻译大野文章中的一段:

> 在战后"民众是主人!""发扬民主主义!"这个背景上,美国爵士乐、流行音乐随着美军的进驻被带进来,并随着收音机和电视广泛传播,与此同时俄罗斯民谣、苏联歌曲也引导着这个时代的文化,"歌声运动"广泛开展,"歌声乃和平之力"的大旗被高高举起,从中诞生了《加油!》、《反对核试验》等歌曲。进而,"歌声运动"又创造出了叙事抒情性的《北上夜曲》、《给你一枝勿忘草》。
>
> 战斗的歌声激励着人们,产生出创造光明未来的勇气,通过同声歌唱达到对于人类感动的共有,——"歌声吃茶"渐渐被建设成这样一个地方。

但是,1960年战后民主派的安保斗争受挫,电视机的普及、

2004年12月25日岛村辉在东亚文化讲座上发言。左为黄海存。

游戏机的出现导致大众娱乐形式的多样化,"歌声吃茶"亦随之陷入衰退,"灯"的多家分店相继关门。现在只剩下新宿这一家。

岛村是日本现代文学特别是现代左翼文学研究的名家,相识有年,但他的音乐才能我是那晚在"灯"听了他的演唱之后才有所了解。他青年时代在音乐方面下过工夫,大学毕业后甚至一度考虑以音乐事业为生。尽管最后在大学执教、研究文学,但他对日本的音乐文化一直抱有关心。在"灯"听歌大概一周后的5月4日(恰值中国的青年节),他送给我一本《歌之世界／533》和他的一篇旧论文《歌声吃茶的文法——某种"战后民主主义"的形式》。这是为了帮助我理解日本的"歌声吃茶"。

《歌之世界／533》是"灯"印行的歌曲集,嫩绿色的亚光塑料封面,烫金的字和图案,朴素、简洁、清新。歌曲集第一次印刷是1972年12月15日，岛村送给我的是2003年7月30日印行的第十四版。可见该歌曲集的"长销"（虽然未必是"畅销"）。显然，这本歌曲集是"歌声吃茶"的符号。看了歌曲集我才知道，《底层之歌》、《灯》均为俄罗斯民谣。书名中的"533"是集中所收曲目的数量，"日本的歌"、"俄罗斯的歌"都专列了栏目，但中国歌曲是放在"亚洲的歌"一栏中，一共只有《草原情歌》、《对花》等六首，多为抒情性的民歌，革命歌曲一首都没有入选。造成这种隔膜情形的原因大概有两个：一是中国的革命歌曲大多诞生在抗日战争中，与日本有一种天然的隔绝，二是在战后的很长时间里中共与日共因意识形态的分歧长期处于绝缘状态（恢复正常关系是1998年）。不过，尽管如此，中日两国的革命歌曲都受到苏俄同类歌曲的影响，并且具有革命美学风格的一致性。因此我进了"灯"才有回到上个世纪六、七十年代中国的感觉。

《歌声吃茶的文法——某种"战后民主主义"的形式》发表在2003年6月12日出版的《语文》第一一六辑，是"声音／身体／媒体——共同体驱动语言"专栏中的一篇。在此文中，岛村是结合战后日本的劳工运动、日本左翼文学史以及小说家五木宽之（1932－　）的长篇名作《青春之门》（1969－1975）中的相关描写对"歌声运动"与"歌声吃茶"进行探讨，上溯到1920年代日本无产阶级文学兴盛时期《国际歌》、《华沙劳动歌》在日本的介绍。在1946年战后第一个国际劳动节，"歌声运动"指导者关鉴子（1899－1973）指挥集会民众演唱《国际歌》、《红旗》、《听吧！全世界的劳动者》等歌曲，1947年的国际劳动节集会者又演唱《从乡村到工厂》、《连接世界的花环》等新歌。岛村论文描述的情形与新中国工农兵时代的场景十分相似。根据岛村论文的介绍，在1948年2月10日纪念日本青年共产同盟成立两周年的集会上，关鉴子担任指挥的青共中央合唱队演唱《国际歌》、《芝浦》（工人运动歌），这一天合唱队正式定名为"青共中央合唱团"（1951年简化为"中央合唱团"），这一天也被视为战后日本"歌声运动"的创立原点。六年之后的1954年正式开始的"歌声吃茶"运动，以生活化、具有休闲色彩的形式汇入了日本的"歌声运动"。但是，如前所述，二十世纪七十年代之后，随着左翼政治运动的衰退和经济变革导致的劳工运动的畏缩，"歌声运动"和"歌声吃茶"都衰退了。岛村在文章结尾处说："'歌声运动'与'歌声吃茶'现在究竟还有没有意义？总体说来，冷战结构解体，从前那种以苏维埃为中心的东欧社会主义阵营，与其具有关联性的亚非民族主义，以及日本国内的劳工运动、民众运动，——由此构成的战后民主主义图景已经消失，因此，曾经存在过的'歌声吃茶'这出拿手戏大概不可能恢复到原来的状态。而且，有关'和平'、'民族'的理解，在现在所谓的后殖民理论被引入的情况下，对于'战后式和平'、'战后式民族主义'也不得不进行重新思考。"确实如此。作为战后日本文化诸相之一的"歌声运动"和"歌声吃茶"，在二十世纪末叶的日本几乎被年轻一代遗忘。

不过，这几年"歌声吃茶"在渐渐恢复活力。不仅有我在"灯"看到的热烈场面，"灯"的演出小组（主持人、指挥、伴奏、领唱）应邀到地方城镇活动，甚至能组织起千人规模的歌唱表演。此外，"灯"还与剧团合作演出轻型歌剧。"歌声吃茶"活力的恢复与"新昭和怀旧阶层"的出现直接相关。2005年10月号的《日经消费·开掘》月刊,即对"新昭和怀旧阶层"的出现进行了专题报道。这个阶层的出现其实是"团块一代"大量退休的结果。"团块一代"指二战结束后在1946至1949年的生育高峰期出生的数百万日本人,是他们创造了战后日本的繁荣。从2006年开始,"团块一代"到了花甲之年、大量退休,其生活方式的改变直接影响到日本社会的消费结构。根据《日经消费·开掘》的调查,最受中老年欢迎的公共休闲设施的前三名,依次为公共浴室、歌声吃茶、点心店。《朝日新闻》、《产经新闻》、《月刊卡拉ＯＫ粉丝》、《日经商业》等报刊也有类似的报道。在歌声吃茶店这种具有特殊历史积淀的场所,与同龄人一起听老歌,回忆青年时代的革命体验,对于许多人来说无疑是怀旧性的享受。《The music therapy》(《旋律》)2006年9月号中一篇文章的题目,就是《我的青春之灯!》。此外,对于卡拉ＯＫ这种演唱形式的反动,也使一些青年人走进"歌声吃茶"。相对于卡拉ＯＫ这种演唱形式中的孤独性(自我陶醉性)以及屏幕风景的虚拟性而言,"歌声吃茶"的演唱是真实的伴奏,演唱过程中有人与人的交流。"灯"就有一位年仅二十三岁(当时)的美丽女店员,名叫永井康子。她大学毕业之后到"灯"来工作,主要是因为在"歌声吃茶"的演唱形式中能够感受到心与心的交流。《读卖新闻》和《东京新闻》都曾刊载过有关她的报道,《东京新闻》那篇报道的题目就是《超越年龄层的"歌声文化"》。在此意义上,"歌声吃茶"获得了新生,完成了从"政治"向"美学"的转变。

　　无论是"红布"还是"灯",与其革命性并存的都是平民性。

这主要是指消费价格。小森先生讲演那晚,"红布"入场券的价格是一千五百日元(东京大学生打工的小时工资在八百日元以上),另免费送一瓶啤酒或饮料。"灯"的点歌费是七百三十五日元,个人平均消费额是两千七百日元。而东京稍微好一点的酒吧,单人消费每晚总也要五千日元以上。

行文至此,忽然觉得将"红布"、"灯"这种消费设施称为"革命酒吧"也许不那么合适。因为"革命"毕竟是其一部分而非全部,客人喝的也并非都是酒,还有其他软饮料,还有饭吃。不过,暂时好像也找不到其他更合适的名称。应当说明的是,本文所谓的"革命"不能完全在中国的意义上来理解。这涉及"革命者"的身份以及"革命"的背景等问题。"革命酒吧"作为日本资本主义多元文化中的一种而存在,被同样包容在"新宿"这个文化熔炉中的麦当劳文化、日本传统文化、色情文化等等相对化,意识形态色彩不是那么鲜明。不过,惟其如此,日本的革命主义者、理想主义者(比如日本共产党的党员们、小森先生以及信仰共产主义的"红布"老板猪狩刚敏)才表现出高度的纯粹性。

八十年前鲁迅先生写过一篇《革命咖啡店》(1928,收入《三闲集》),似乎是调侃"革命"与"咖啡店"两者之间的反讽关系。但是,在"红布"和"灯"这里,"革命"和"酒吧"却完成了和谐的统一。这显然是因为"革命"和"酒吧"存在的环境变以及革命者本身都发生了变化。

2008 年 3 月 15 至 17 日写于寒蝉书房
(载 2009 年 8 月号《读书》)

■ 我读即我在

关于《我认识的鬼子兵》

年初回北京，到原工作单位露了一下面。好几位老同事见面都问："读没读《我认识的鬼子兵》？是你们留学日本的人写的。先在报纸上连载，现在书都出来了。"到街上一看，许多书摊果然都在卖那本《我认识的鬼子兵》（以下简称《兵》）。可见其流行程度。七、八年前，新时期留学日本的中国人撰写的《留日一千天》、《中国人留学日本心态录》等作品曾在大陆风行一时，但不久就让位给留学英美的同胞创作的《北京人在纽约》、《曼哈顿的中国女人》之类了。多年之后留日中国人的作品能再度引人注目，很不容易。所以，我也花14元8角人民币，买了一本《兵》。

《兵》是中国对外翻译出版公司于1997年12月出版的。书名为张爱萍所题，还有抗日名将吕正操作的序。封面上印着该书作者方军与正在街头演奏音乐募捐的两位伤残日本老兵的合影。方军，1954年生于北京，当过工人、解放军。1991年来日本。六年留学期间他不失时机采访了十几位当年参加侵华战争的日本老兵，写成了这部纪实性的留日学生札记。照片上的方军精干、秀气，也很瘦，这也许与那六年留学期间洗盘子、背石头、拆房子等艰苦的打工生活有关。确实是一位经过"岛国炼狱"的同胞。

带着留学日本的经验和对日本社会的了解读《兵》,不能不说有些描写矫情、造作。第四章,作者写到,老鬼子山田骂当年的八路军,因为八路军顽强抗日。作者为自己的父亲是老八路而高兴,所以骑着摩托车在东京街头卖盒饭的时候便放声高唱:"向前向前向前,嘿!我们的队伍向太阳,嘿!"如果这种描写是真实的,那么方军太不注意交通安全,并且无视了东京街头警察的存在。《兵》第十二章的题目是"白雪红旗",作者写到,有一年冬天他去北海道中国总领事馆办事,在漫天大雪中迷了路,寒冷、饥饿而且孤独。接着是这样一段描写:"突然,在那洁白的世界里,我遥遥看见了我们中国的国旗,鲜艳的五星红旗!一股热血涌上我的心头。我深一脚浅一脚向国旗跑去。(略)我想哭,我想笑,祖国!我看见了你!在国旗面前我以中国退役军人的习惯立正站好,向国旗行注目礼。庄严是有感染力的,日本警察也立正站好,注视着这一场面。谁说我只是孤身一人?强大的祖国不是和我在一起吗?"接下去还有"你!我的祖国!你没有被征服"等等的感叹。这种描写的真实性依然让人怀疑。北海道的中国领事馆,大约不是建在荒野里。

从上述未必真实的描写中,我读出了作者的"心理真实"。这就是奔波在日本社会的中国留学生所特有的那种孤独、压抑,以及孤独、压抑中对某种心理皈依的执着追求。只是那种皈依感在方军这里体现为对国旗的崇敬。这种崇敬甚至使方军无暇思索自己将近不惑之年的艰难的留学生活与国旗所代表的其实不那么强大的国家的某种联系。国旗在被图腾化的同时面对国旗的人也成为一位单纯的图腾崇拜者。图腾崇拜构成了一个小小的宗教性骗局。

不过,《兵》仍然是一本好书。好在作者从一个特殊的角度看日本,并将其所见传达给国内的千千万万个同胞。我留日四年多,每年春天去上野公园看樱花,都看到几位伤残日本老兵在那里募捐,但并未想到采访他们。为了写论文,也曾结识一位战争中两次作为炮兵去中国的八十几岁的日本老人,但并未想到把他作为"日本老兵"来研究。留日、旅日的中国人成千上万,几乎每个人都在有意无意之间接触、接近过那些垂垂老矣的日本老兵,但似乎也没有人注意他们的心理状态。然而方军注意到了,并且进行了采访,并且将这采访呈现给国人。《兵》的特约编辑张守仁在"编后记"中说:"岁月悠悠,从1937年'七·七'事变至今,已经过去了六十多年了。可是迄今为止,还没有一本描述侵华日本士兵回忆当年在华暴行及今日心态的纪实作品。方军写的这本《我认识的鬼子兵——一个留日学生的札记》,填补了这一空白。"确实如此。

《兵》向人们展示了人所未知的日本老兵的心灵世界。当年在东北与杨靖宇领导的东北抗日联军打过仗的金井老头儿,从与日本人战斗到最后一刻的杨靖宇身上看到了中国人的顽强意志,对杨靖宇满怀崇敬之情,居然一直保存着杨靖宇牺牲后的照片。那张照片被印在《兵》里。铃木老人在山西杀过人,他记住的唯一的一句中国话是"拼了吧!拼了吧!"当年,他把枪上的刺刀扎进一位中国老人腹部的时候,倒在地上的老人顽强地抓住了他的枪,在愤怒与绝望中向被三百多日军围住的一百多村民发出了最后的呐喊："拼了吧！拼了吧！"在老人的呐喊中，村民们用生命与日寇进行了最后的搏击。一百多村民被杀光了，但铃木的左胳膊被一位青年农民用柴刀砍掉，老人的呐喊几十年间回响在他的耳边。山田曾在战争期间强奸过中国小姑娘。战后，一次他训斥自己的女儿，女儿惊恐万状，从女儿惊恐的脸上，他突然看到了当年被他强奸的中国小姑娘的面影，从此无法再与女儿建立正常的父女关系，老来过着孤独的生活……

然而，参加过南京大屠杀的野崎，至今依然振振有词："如果不遭到抵抗，我们怎么会杀人呢？这不是最简单的道理吗？"

也许是因为获得了新角度，方军通过日本老兵的口对人们习以为常的历史问题所作的质疑也是耐人寻味的。山下老人对作者说："我们迫害过中国人，中国人却宽大了我们。让人难以相信。和我们一起的中国人，你们叫汉奸，却几乎都被枪毙了。"这确实是个值得探讨的问题。蒋介石为什么主张对日本侵略者"以德报怨"？"汉奸"究竟是怎么回事？为什么对于血债累累的日本战犯都可以特赦，而对于同样是中国人的"汉奸"却必须斩尽杀绝？曾经随部队驻扎江浙一带的镰仓老人明言：城市被攻陷的时候中国人不能有计划地撤退，大量被杀，中国政府有责任。这也从一个侧面证明了蒋介石政府的腐朽无能，提醒后人在牢记日本帝国主义的罪恶的同时不忘专制政府的腐败无能，从而建立理性的爱国主义精神。

作为留学日本的"成果"，《兵》比日元、松下电器、丰田轿车要有价值得多。不过，从留日中国人与日本的关系这个角度来看，《兵》的诞生则是一个不幸。对于日本来说是不幸，对于作者方军来说同样是不幸。方军作为一位将近不惑之年留学日本、学习经济统计学和社会学的老留学生,他未必乐于在对父辈经历的痛苦的咀嚼中度过自己的留学生活,然而他终于咀嚼了半个世纪之前的痛苦。战争的阴影仍然留在今天的留日中国人心头,使他们不可能像留欧美的中国人平静地进入欧美社会那样平静地进入日本社会。而当今日本社会对中国人的偏见,则经常强化留日中国人的历史记忆。作为日本人,主观上当然也不会希望中国留学生带着对"鬼子兵"的记忆回到自己的国家去,然而方军确实带回了这种记忆。

中国人到海外留学最早并非来日本,但开中国"留学生文学"先河的却是留日中国人。不幸的是"留日文学"总是那么阴暗、沉重。向恺然在1914年开始创作的长篇巨著《留东外史》中称日本"卖淫国",将日本人写作"日本小鬼儿",本人则在日本入侵中国后和儿子一起投身抗日战争。二十年代郁达夫在短篇名作《沉沦》中把留日"支那人"的孤独与悲哀表现得淋漓尽致。三十年代崔万秋则在长篇小说《新路》中讲述了中国留学生与日本警察斗争、集体回国抗日的故事。现在,方军的《兵》又在九十年代把留日中国人关于历史的沉重记忆带进"留日文学"。"留日文学"这支中日关系的晴雨表,又一次告诉人们,云开雾散的日子远远没有到来。

1998年6月30日写于埼玉三乡
(载1998年9月1日《留学生新闻》)

女性与太阳的两种颜色
——《东京有个绿太阳》漫评

旅日女作家蒋璞的长篇小说《东京有个绿太阳》（以下简称《绿太阳》，人民文学出版社 1998 年 12 月出版）无疑是一部"小说"，但以下诸种因素使我很难将它作为小说来阅读。其一，告诉我这部小说已在书店出售的，是蒋璞的母校庆应大学的 S 桑（此人正在北京留学），这给我造成了一种小说中的 A 大学就是庆应大学的错觉（错觉而已）。其二，作者在开始讲故事之前声明说："本故事纯属虚构，和真人真事没有任何关系。如与现实生活有雷同之处，纯系巧合，请勿对号入座，特此声明"。这声明使我记起了"此地无银三百两，隔壁阿二没有偷"那块木牌子。其三，小说中的人和事与我耳闻目睹的现实生活雷同之处太多。甚至小说女主人公田雨就读的那所面积太小的私立大学，我也似乎曾经去过。第一次去我曾惊讶于其窄小而开玩笑曰："这也叫大学？还不如我当年任教的那所中学大。"

不过，小说毕竟是小说。某些"现实生活"可以深化我们对小说的理解，但用实证主义方法对小说进行按图索骥式的解读，则是"非文学"的。《绿太阳》毕竟只是一部小说而已。

让我们沿着不同的路径进入绿太阳照耀下的东京。

一、性之系谱

《绿太阳》讲述的故事发生在1990年11月上旬至1992年2月，主要人物有四位：东京A大学中文研究科主任教授宫岛正雄和他的三位博士研究生——田雨、白雪、陈开来。三位学生均出身中国大陆（白雪已入日本籍），前两位是女性后一位是男性。耐人寻味的是这四位人物构成的关系不仅仅是老师与学生关系，也不仅仅是日本人和中国人的关系，而且是一种"性关系"。白雪既是宫岛的学生，又是宫岛的情妇。宫岛在占有白雪的同时，又把手伸向才貌双全的田雨。最后，白雪怀了孕。她为了要挟、控制宫岛，决定把孩子生下来。宫岛迫于无奈，为掩人耳目便让陈开来和白雪结婚，交换条件是他利用职权和社会关系安排陈到北海道的一所大学当副教授。陈为了达到个人目的，真的与白雪结了婚。于是这位男留学生也以白雪为中介与其男性导师发生了"性"关系。

与九十多年前藤野严九郎先生和周树人（青年鲁迅）在仙台医专建立的那种师生关系相比，宫岛正雄与三位中国留学生的性关系十分丑陋。然而，读者却不能怀疑这种描写的真实性。曾几何时，中国女留学生在不知不觉中成为留学所在国的一种性资源，供留学所在国的男性消费。在美国是如此，吴江的文章《中国姑娘在美国繁荣"娼"盛》（见2月15日《留学生新闻》）已对此作了详细介绍。在色情文化泛滥的日本尤其如此。一年前，东京某华文报纸曾专门就中国女留学生与"色魔教授"的斗争作过报导。笔者曾亲耳听到一位年过半百的教授开玩笑发高论，曰："女留学生都很漂亮。应当建议文部省只招女留学生，把男的都赶回去。"笔者当时也开玩笑说："我是男的还来留学，真对不起您。"总之，《绿太阳》对那种校园性关系的描写具有充分的现实依据。

在人类社会，性从来就不仅仅是一种生物性行为，而是带有更多的社会性。特别是在发达国家与发展中国家的男女之间，性关系往往由于经济等因素的介入，而变为压迫和被压迫的关系。在美国、日本留学的中国女性成了当地社会的性资源，而在中国留学的美国姑娘和日本小姐却很难成为中国社会的性资源，就证明了这一点。甚至那些在中国留学的日、美男青年，依然在把中国女性作为廉价性对象。应当说，《绿太阳》对包含在性关系中的社会、历史内容的揭示十分深刻。白雪和陈开来之所以愿意忍受宫岛的性压迫，主要是因为他们出生在相对贫困的中国而又不愿直起腰来回到自己的国家去生活，于是"性"成了留在日本的代价。两脚并拢站立、双臂平伸的宫岛正雄是一架天平，天平的一端是"日本"，另一端则是男女留学生的"性"。

把日本导师与中国留学生的关系叙述为一种性关系，并挖掘这种性关系中超越于性之上的内容，或许是《绿太阳》对当代留学生文学的一个小小贡献。

二、大学教授的"町人根性"

宫岛正雄身为名牌大学一个研究科的主任教授，其实不学无术、好色成性、阴险狡诈、俗不可耐。作为导师却与学生发生性关系已如前所述，为了使田雨就范，他甚至利用自己的"人脉"（社会关系网）从背后动刀子，打掉了田雨在公司教汉语的饭碗，并阻止田雨的作品译成日文在日本出版。然而，就是这样一位五毒俱全的小人，却身居高位，掌握着生杀予夺的大权。谁可以得到兼职教师的位置，谁可以担任大学的专任讲师或副教授，都由他说了算。宫岛身上这种人格、学术水平与地位、权力的巨大反差，揭示了当代日本社会的封建性、封闭性与落后性：论资排辈，"政客加花花公子"式的人物同样能当主任教授；权大于"理"，有了权就可以排除异己、安插亲信。对于号称"文明国"、标榜"国际化"的发达资本主义国家日本来说，宫岛这个人物的存在是一种讽刺。

或曰：宫岛这种低品位的教授在日本知识界是否具有典型性？答曰：当然。姑举二生活实例。留学东京的Ｘ因与导师关系破裂欲转往另一大学，彼方亦同意接纳。早已变了脸的导师热情起来，曰："为了把事情办得更稳妥，我给你写封推荐信吧。"并真的写了。对导师的热情起了疑心的Ｘ私自拆开推荐信一看，原来信上写满"恶口"（坏话），于是惊出一身冷汗。Ｋ入某大学研究生院之前曾于东京某美容学校就读一年（为了拿签证），这对于以日本文学为专业的她来说本是不愉快的记忆，而入研究生院接受面试时，一位男教授问完专业问题之后又问及此事，"还会做发型吗"云云，并且满脸贱相拍着桌子大笑起来……

我倾向于用戴季陶在《日本论》中使用的"町人根性"一词来解释宫岛等教授的"下品"（卑贱）。"町人根性"以其与"武士道精神"（并非被军国主义者扭曲的那种"武士道精神"）的对立确立其内容。町人者，商人也。不同于武士道的轻生死、重然诺、讲信义，"町人根性"以无德、无信、狭隘、自私、奸诈为主要内容。无论是衣冠楚楚的国会议员，还是怀里抱着一摞书的大学教授，一旦在某种环境中表现出"町人根性"，即面目全非。宫岛正雄看不起中国人（他常说"你们中国人哪！"），无须在中国留学生面前戴太厚的面具，于是在袒露身体的同时也袒露了灵魂。在这个意义上，宫岛这一形象又是我们认识日本国民性、观察日本知识界的一个窗口。

三、田雨——未完成的超越

田雨是宫岛的三位留学生中最有光彩的人物。她不仅聪明、有才华、美丽，更重要的是，她既不像白雪那样出卖肉体，也不像陈开来那样出卖人格与灵魂。在艰难的留学生活中，在冷酷的资本主义大都会东京，她顽强地抗拒宫岛的追求、诱惑与打击，保持着中国人的自尊心与女性的自尊心。问题的复杂性在于，田雨一方面拒绝宫岛的追求，而宫岛的追求又恰恰是她确认自己存在价值的一种形式。她的才与貌有时甚至使卑劣的宫岛变得"纯情"！因此她才不止一次接受宫岛爱的表白，只是到了最后关头才抽身而去。因此，与其说她的自尊心与独立性战胜了宫岛的追求与诱惑，不如说她的自尊心、独立性与宫岛的追求、诱惑势均力敌。小说结尾处的一个情节意味深长。在1991年底的忘年会上，田雨得知白雪和陈开来都在大学谋到了职位，想想自己的遭遇，悲从中来，喝得大醉。酒醉之后与在街头公园相识、只见过一次面的日本青年星野发生了性关系，后来又决定嫁给星野。当宫岛以"毕业退学"、"回中国"相要挟的时候，田雨便以将与星野结婚来反击，迫使宫岛收回脸上的傲慢、结结巴巴地说："这样说你不会离开日本……"

然而，田雨真的胜利了吗？不！战胜宫岛的不是田雨，而是星野。星野不是宫岛，但他与宫岛共有一种身份。这种身份就是"日本男性"。田雨挣脱了宫岛的纠缠，却依然投进了"日本男性"的怀抱。因此，她的"胜利"可以证明她"女性的自尊"，却不能证明她"中国人的自尊"。作为"中国女性"，她依然是"日本男性"的消费对象，并借助被消费逃避自己的国家。

四、红太阳，绿太阳

小说故事开始之前田雨和宫岛有一段对话。宫岛说东京的太阳是红的，而田雨认为是绿的，说："不信，你盯住它看，就知道东京的太阳是绿的了"。小说的名字由此而来，但小说中不再有对于绿太阳的具体描写。田雨把东京的红太阳（太阳旗上的红太阳）看成绿色的，或许是一种朦胧的"通感"，但本文作为小说解读，还应对此作出解释。将绿太阳的"绿"解成夜间坟地中绿色磷火的"绿"，绿太阳下的人们将成为乱舞之群魔——这太残酷了，还是将其解释为由心理差异造成的视觉差异为宜。宫岛和田雨拥有不同颜色的太阳，是因为他们拥有不同颜色的东京。身居高位、志得意满的教授拥有红太阳照耀下热情、明快的东京，在异国奋斗、挣扎的留学生却只有绿太阳辉映下的冷漠、怪异的东京。绿太阳是被扭曲、压抑的人格的对象化。

确实，在绿太阳照耀下的东京，许多声音摧残着田雨。电业公司的渡边科长受宫岛唆使解除田雨的兼职汉语教师职位时，对田雨发出忠告："我们日本人是很讲究服从上司的，要在这个国家生活，首先就必须学会怎样对待上司。"陈开来也告诫田雨："记住，这里是外国，别人的国家，你必须丢掉自己，彻底丢掉你自己。"宫岛在打击了田雨之后则暗自得意："日本就是这么个社会，一切讲人脉、背景、网络…… 一个外国小女人单枪匹马想自己蹦达，简直是天方夜谭！"由于这种种声音的骚扰，田雨的太阳自然会失去固有的红颜色。

五、留日反日

生活在绿太阳下的田雨只能是个"反日派"。交往时间不长的男朋友李天也告诫她："日本人刁钻古怪，极难缠，在那里发展太困难……"劝她去美国或加拿大。有理由认为这种日本观也是属于小说作者蒋璞的（她可以否认）。又是"留日反日"。事实上，小说确实明确涉及此类问题。宫岛的恩师关口就告诫宫岛：不要再制造鲁迅、郁达夫、郭沫若那样的反日派，"对那些优秀的中国留学生，要怀柔、要争取他们的心！"然而宫岛所做的恰恰相反。

《绿太阳》使我想起1997年12月出版的《我认识的鬼子兵》（作者方军亦自日本留学归来），据说那部纪实性作品即将被拍成电视连续剧，行将就木的老鬼子们去世之前还要来与中国人见个面。同类具有鲜明留日反日倾向的作品将在当代中国人心目中塑造怎样的日本形象，是不言而喻的。这是留日者的悲哀——本应成为第二故乡的留学之地涂满灰色的记忆，更是日本的悲哀。中国人留学日本的历史已超过一百年，但日本几乎没有从中国留学生中培养出自己的代言人（有的话也至多三两个）。相反，留日反日者倒是前仆后继。《绿太阳》自然是写给中国人看的（在日本生活的同胞尤不可不读），但标榜"国际化"、要求"回到亚洲"的日本人似乎更应当读。然而，他们愿意读、读得懂吗？

　　中国人，日本人，也许终究无法拥有同一个太阳。

1999年3月上旬写于北京西郊花园村
（载1999年5月15日、6月1日《留学生新闻》）

荞麦面条的味道

"荞麦"二字日语平假名写作そば,读音是soba。soba——听上去清爽、干脆。"荞麦"是一种草本植物的名称,而そば,在日本的餐馆里则专指荞麦面条。

当年学日语,用的教材是吉田弥寿夫编的《现代日语》(《新たらしい日本語》)。其中有一篇课文,题为《我的故乡》(《私のふるさと》)。那是一篇短小的散文,叙述者"我"是一位从长野县的信州到东京谋生的青年。某一天夜里他梦回故乡,醒来十分怀念父母和故乡的豆瓣酱、荞麦面条,便打算回故乡看一看。在文章最后他说:"不久就可以吃到原产地的荞麦面条了。我从现在起就期待着……"那篇课文不仅增加了我的日语知识,而且让我知道了日本的荞麦面条和以荞麦面条著称的信州。青年的那种散发着泥土和麦草香味的故乡情怀,也深深感动了我。

到东京留学之后,才知道荞麦面条是一种大众食品,连学校的食堂里都在卖。街头荞麦面馆门前那种蓝底白字的蜡染布帘,像是高楼林立、电车轰鸣的大都市中的一曲悠远牧歌,使我记起杜牧"水村山郭酒旗风"的诗句。对于从乡镇来到东京的日本人来说,看到印着"そば"二字的蜡染布帘,大概会和古代的旅人在寂寞的途中忽然看到一面酒旗那样，感到温暖、欣慰。

1995年初夏的一天，芦野先生开车带我从东京去他远在长野的家。途中，他特意带我去高崎市一家他熟悉的荞麦面馆吃午餐。那家店的院墙是金黄色的竹篱笆，院内树影婆娑，婆娑的树影中一条弯曲的石径。坐在店内的榻榻米上，窗外传来隐隐约约的流水声。店员端上托盘来，荞麦面条儿放在一个小小的竹编蒸笼里。我觉得那是自己在日本吃的第一顿荞麦面条。虽然事实并非如此。有那种感觉，也许是因为高崎离信州已经很近。现在，四年过去了，那竹篱笆、竹蒸笼，那院中的树影与石径，我依然记忆犹新。

真正对荞麦面条有所了解，则是由于读了麻生润先生送给我的这本《荞麦的世界》。这本书是东京的柴田书店1985年出版的，到1995年已经重印七次。书中收录文章近三十篇，涉及荞麦的发源地、栽种史，荞麦面条的做法、吃法，与荞麦相关的风俗习惯、文艺作品等。文章的作者，则既有大学教授、农学博士、俳句诗人，又有面粉厂厂长、荞麦面馆馆主。荞麦的世界，在书中得到了全方位的展示。

中国人不像日本人那样爱吃荞麦面条，但荞麦的发源地

《荞麦的世界》

却是中国的云南。荞麦经过扬子江和内蒙古两条路线传入日本。直到现在,日本人每年消费的大量荞麦中,除了日本国内生产的,有一部分还要从中国进口。至迟在唐代,中国人已经大面积播种荞麦。白居易的那首《村夜》就写到荞麦田的风景:"霜草苍苍虫切切,村南村北行人绝。独出门前野田望,月明荞麦花如雪。"月光下,白居易面对扬花季节的荞麦田诗情大发,但他大约不会想到,花繁如海的荞麦田在日本会造成悲剧。永禄十二年(1569),甲州兵在三增峰战败,弄错了退路向南逃去。逃到市岛附近,误将扬花季节的荞麦田看作大海,以为已经无路可逃,便绝望自杀了。因此,现属神奈川县厚木市的市岛,从那以后忌种荞麦。

　　日本栽种荞麦的历史有一千二百年以上,但荞麦面条成为贫富皆宜的大众食品却是江户时代(1596－1867)的事。在注重形式的江户时代,吃荞麦面条用的蒸笼、碗、汤壶、调味品盒等餐具都被艺术化,变得很精致,连荞麦面条的吃法都有讲究。用筷子把面条夹起来放进嘴里,不是嚼了咽下去,而是直接喝下去,还要有节奏地发出"滋溜、滋溜"的声音。"江户儿吃そば只喝不嚼"("江户儿"意即土生土长的江户人)这一俗语,说的就是这个意思。动物学家、俳句诗人小林清之介,在《汤壶之花》一文中讲述了歌舞伎名角第六代尾上菊五郎(本名寺岛幸三)儿童时代随父亲在东京麻布的そば屋吃荞麦面条的故事。菊五郎吃完之后放下饭碗找牙签找不到,叫道:"拿牙签来。"老板娘不客气地回答:"そば屋里没有牙签。吃荞麦面条是只吞不嚼,你嚼了,所以塞了牙。"现在在东京的餐馆里,吃饭吃出声音来是缺乏教养，但吃面条（无论是信州荞麦面还是九州拉面）要"滋溜、滋溜"吃出声音来，卖面条的才高兴。这也许是一种江户遗风吧。

在"日本料理"中，像荞麦面条这样成为"文化食品"的恐怕不多。江户时代的许多文学艺术作品，都曾把荞麦面条作为题材。游记作家十返舍一九的《诸国道中金之草鞋》写及"大根荞麦"（大根者，萝卜也）；浮世绘大师歌川丰国的《六角形的大碗》画的是正在吃荞麦面条的人；式亭三马《浮世理发馆》的插图中亦有卖荞麦面条的风景。写荞麦和荞麦面条的俳句、川柳（日本传统的诙谐短诗），就更多。荞麦面条还被赋予许多象征意义，成为民俗活动的主角。过年吃"新年荞麦面"，迁居吃"搬家荞麦面"，取的都是吉祥的意思。儿童过生日吃"雏荞麦面"，则是取长命百岁的意思，因为荞麦面条又细又长。这有些类似于中国的吃长寿面了。江户后期刊行的《狂斋画谱》里，有一幅画画的就是三位男子围着锅一样大的盘子吃长面条的景象，手法十分夸张：一位把面条像挽绳子一样挽在胳膊上吃；一位为了把长面条送进嘴里尽力把身子往后仰，几乎躺倒；一位聪明些，坐得较远，把长面条从盘子里拽到嘴里。三位吃得热火朝天，另一位男子在旁边兴高采烈地拍手叫好。而冈山县的人过年吃"停止借钱荞麦面"，福岛县的人过年吃"算账荞麦面"，又是取荞麦面条韧性差、容易断的意思，想与过去一年的劳苦和灾难一刀两断。无论是长还是短，荞麦面条的象征意义总是不坏的。

抛开象征意义不谈，日本人爱吃荞麦面条，大概是因为荞麦面条那特殊的清香与清爽。严格说来那不仅仅是一种味道，而主

要是一种"感觉"。一种类似于沐浴之后的清爽的感觉。即日语所谓的さっぱり（读"洒－帕利"，意为整洁、利落、爽快、清淡）。我总觉得日本人的爱洗澡与爱吃荞麦面条这二者之间具有某种内在一致性，日本人的自然观也体现在对荞麦面条的挚爱中。在江户末期的荞麦面馆，理想的调味汁是放酱油而不让人感觉到咸味，放糖料而不让人感觉到甜味，放干木鱼而不让人感觉到腥味。这些努力，显然是为了保持、突出荞麦面条固有的清香。据说，那种使用的时候才一劈两半的方便筷，也是江户后期发明、用以吃面条的。我想，这主要是因为与漆筷相比，原竹或原木的方便筷与荞麦面条的自然香味更相称。昭和二十九（1954）年，东京并木薮荞麦面馆第一代馆主堀田胜三写了一篇题为《新年第一梦中的荞麦面馆》的短文，文章开头是这样的："在甚至能够听到青蛙跳进古池的水音的寂静中，铁路线上电车驶过的声音是那样遥远。田圃屋荞麦店，位于吉原和观音堂之间，一个星星点点开着菜花的闲寂的所在。不是古色古香的华美建筑，而是连院子都没有、从哪个方向都能走近的竹墙茅顶的农舍。八张榻榻米大的房间有两个。先到的客人在榻榻米上吃着荞麦落雁下围棋。朝着太阳的一面被阳光照得很温暖，两位老人饶有兴致地拈起一个个棋子。"也许，只有这种素朴的乡村情调才与荞麦面条的味道相宜。文中的"落雁"本是一种黄豆粉、小麦粉加上糖用模子压成各种形状的小点心，在这里与"荞麦"相连，则既是一种点心又是一道风景。大雁排成人字形从天边飞来，落在花繁如海的荞麦田里……

井上君是我留学期间认识的一位年轻的公司职员，也是一位比较典型的日本人：清清爽爽，彬彬有礼，循规蹈矩。言谈举止、发型、领带，都给人那种感觉。尽管比较熟悉，每次打电话，他依然把礼貌用语说得一丝不苟。井上君还是一位美食家，据他说，寿司店虽然遍布东京，但味道好的店并不多。一次，他带我去上野公园旁边一家叫做"鱼河岸"的店吃寿司，闲谈中便谈到日本饮食文化与日本国民性的关系。我问他是否喜欢吃荞麦面条，他说特别喜欢，并且告诉我，为了吃味道纯正的荞麦面条，他每年都要专程去信州一两次。我当时觉得难以理解。为了一碗荞麦面条儿，从东京乘火车穿山越岭去遥远的信州，值得吗？但现在想来，倒觉得可以理解，因为井上君是一位清清爽爽的日本人。虽然他的故乡不是信州而是西日本的冈山。

1999年5月13日写于北京西郊花园村
(载1999年10月号《读书》)

附录：荞麦面不是阳春面

上文在《读书》刊出不久，接石家庄一中语文组张建秋老师信，方知小文章引出了大问题。现将张老师的来信与我的复信录在下面，或许对中学语文教学略有小补。两封信谈及的《一碗阳春面》是日本作家栗良平的小说。

〖来信〗

董先生：

您好！我是一名中学语文老师。读了《读书》第10期上您的文章《荞麦面条的味道》之后，我突然想起了中学语文课本中的一篇课文《一碗阳春面》。当初讲这一课，还费了半天口舌给学生解释"阳春面"，现在一想，文中母子三人吃的是否荞麦面呢？注释中可说了日本人过年有吃面的习俗。"阳春面"不是误译吧？如果能从专家处得到肯定的回答，那就说明课本一直弄错了。所以就冒昧地给您写了这封信，请您不吝赐教。

致礼！

张建秋
1999年10月25日

〖复信〗

张建秋老师：

您好！去年10月25日的信从《读书》编辑叶彤先生处转到我手里是12月中旬，现在才回信，对不起。

接信后查了几本日本文学辞典,没有查到有关栗良平的内容,便求助于日本友人。正在北京大学做访问研究的荻野先生专门请人从日本寄来有关资料,并于前天交到我手里。栗良平本名伊藤贡,"栗良平"是笔名。这位作家十年前小有名气,但在生活节奏太快的日本很快就被淡忘了。"阳春面"一词果然是误译,小说原题为"一杯のかけそば",无论如何也要译成"一碗清汤荞麦面"。"一杯"这个日语汉字词汇有多种意思,这里的意思"一碗"。由于配的菜不同,荞麦面条分为许多种,如山菜荞麦面、油炸大虾荞麦面等等。但かけそば不加菜,所以比较便宜。译成中文应当是"清汤荞麦面"。译成"阳春面"不仅容易引起学生的误解,更重要的是,这种译法表达不出荞麦面条在日本人那里所具有的文化意义。您发现的是个大问题,如果有可能,教材中的译文应当修改。注释中亦应注明栗良平的本名,并对荞麦面条的文化意义略做说明。

我那篇随笔中有几处小小的错讹:第一行中的"片"当为"平";倒数第六行的"记得"应是"觉得",第二个逗号应为句号。特此相告。

谢谢您寄来的课文。我会尽快抽时间参照日文原文进行校读。

中学教师是一种神圣的职业。十五年前我也曾在中学教语文,但缺乏您这种钻研精神。

余言不赘。祝您工作顺利!

董炳月
2000年1月13日

"留学"、"爱国"与大象耳朵

"日本,史称'东瀛'。"——九集纪录片《我们的留学生活——在日本的日子》的解说词是这样开始的。日本史称"倭"、"东夷"、"扶桑"倒是早已知道,"日本国"之称从《旧唐书》算起也有千年以上的历史,但称"东瀛"是据何种"史",待考。

在我等曾经留学日本的人看来,这部纪录片平淡无奇。然而,它却感动了许多北京电视观众。为什么呢?主要原因大概有两个。一是它的真实性。老老实实地叙述,较少煽情。中国纪录片协会会长陈汉元用"动物世界"的拍法作比,大概就是指大自然中的动物不表演——经过训练的猴子除外。真名实姓的人物,实实在在发生过的事,原原本本的生活场景,自然比《北京人在纽约》、《上海人在东京》中的"表演"更有吸引力和震撼力。另一个原因,大概就是编导对留学生活的悲剧化处理。片中,留学生活失去了曾经有过的光环与神秘性,变为精神与肉体的双重炼狱。本以为你们出国是进天堂镀金,原来是起早贪黑给日本人当长工。吃剩饭,拿黄瓜当水果,多么可怜!

这部纪录片中存在的问题,也正是起因于这种悲剧化处理方法(说"悲壮剧"也许更恰当一些)。制作者基本的价值取向,决定了他们是把目光投向、并且局限于留日中国人群体中的"贫下中农"乃至非留学人员。因此，在这部表现国人留日生活的纪录片中，中国留学生聚居的后乐寮没有出现，日本最大的留学生会馆、居住着来自五、六十个国家的300多名留学生（中国占三分之一以上）的祖师谷留学生会馆没有出现，中国留学生多达七、八百人的东京大学也没有出现。就主人公而言，违法居留打工挣钱的丁尚彪占了一集，随在东京工作的父亲去日本的小张素占了两集，那许多获得日本政府、财团的奖学金以及中国国家教委奖学金在日本进行较为正常的留学生活的人，居然没有一个被详细介绍。

"留学"者，"留居国外学习或研究"之谓也。丁尚彪称得上"打工英雄"，却绝非留学生。小张素去日本受磨练是家庭环境所致，与留学无关。把持日本护照的日本残留孤儿后代渡边敏行在东京一边读书一边开店的生活作为"留学生活"来叙述，已近于开玩笑。该片编导当然不会不懂"留学"一词的含义，但为什么丁尚彪、小张素、渡边敏行都成了纪录片的主人公？除了近年"留学"一词成为多种不同内容的出国的名义这一客观事实的影响之外，主要原因恐怕还在于制作者对"戏剧性"的追求。也许还有表现留学生活之丰富性的企图。如果不打工，普通留学生的生活实在缺乏戏剧性。吃饭睡觉泡图书馆或实验室，有何可拍？李仲生的"感人"也是起因于他的打工、受骗、论文答辩不顺利。再者，愿意把个人生活在电视上公之于众的留学生可能不是太多。上电视也需要陈晨那一口标准的"京片子"和说单口相声的口才。

纪录片中"留学生"的爱国热情颇高。小张素刚到日本坐在开往东京的电车里就说要为中国争口气，连渡边敏行（本名叶敏）都说自己虽然入了日本籍、改了日本名但仍然是中国心。这都很感人，但相形之下还是李仲生夫人李婧那句"为了我们家的前途"来得实在。个人生存问题都与国家有关，却未必就是为了国家。如果哪位在北京打工的民工说他出来打工赚钱是为了给家乡争光，北京人可能会发笑。如果一定要赋予"留学生"行为以"国家"意义，丁尚彪的某些行为就有负面意义了。白天打建筑工地晚上打餐馆，为省钱把餐馆里客人吃剩的饭捡起来带到工地上去吃，岂不让日本人小看"中国人"？还是将个人行为作为个人行为来认识更好。其实，因为个别"留学生"表现不好而小看"中国人"，恰恰是某些日本人的思维误区。

我并不否定《我们的留学生活》这部纪录片的价值。相反，我认为它在加深国内外中国人的互相理解、增强民族凝聚力方面功不可没。它所表现的在国内曾有"天皇一样的感觉"的干部子弟韩松在异国的艰苦生活中对人生价值的发现，王尔敏的自立过程，李仲生的百折不挠，都发人深省。正因为如此，它才值得被讨论。问题在于它只把大象的耳朵展示给观众，告诉观众大象的形状是一只簸箕——虽然编导并非《涅盘经》中摸象的盲人。因此该片在架桥的同时又筑了墙。不能要求一部纪录片去表现留学生活的所有方面，却应当指出它的片面与偏颇。

如果这部纪录片的名字不叫"我们的留学生活"，而干脆叫做"在日本的日子"，问题也许就会少些。其实，丁尚彪的故事如果不是被作为"留学生故事"而是被作为别妻八年、望女成凤、异国鏖战的"苦男人故事"来叙述，是很精彩的。这个精彩的故事有可能改变日本人对所谓"不法滞在中国人"的偏见。

据说已播出的部分只相当于制作者所拍素材的1%，那么，大象的身子、腿、尾巴还藏在那99%之中吧。何时展示给观众呢？

2000年1月20日写于京西花园村
（载2000年2月15日《留学生新闻》）

过客与过客
——关于李兆忠的日本体验

关于日本，李兆忠曾经写过一本厚近 400 页的《暧昧的日本人》（广东人民出版社 1998 年 4 月版）。现在他的第二本专著又出版了，这就是《东瀛过客》（中国文联出版社 2000 年 2 月版）。第二本没有第一本那么厚，却也近 250 页。

"东瀛过客"这个书名表明了李兆忠面对日本时的自我定位，意味着"进入"与"疏离"两种关系。拒绝进入则不成其为"过客"，全部融入亦不是"过客"。进入而又在进入之后保持距离，故成其为"过客"。"过客"也是一种心态，意味着几分旁观者的清醒与超然。人一旦成为过客，世界就变为风景并展示出新的意义。

李兆忠是一位研究者，大量阅读了有关日本的研究著作。他是带着丰富的理性知识成为"东瀛过客"的。到东京之后深入到日本的平民百姓之中，他又用那种男性少有的精细与敏锐感觉了活着的日本。面对日本，比起对既成观念的认同，李兆忠更忠实于自己感觉。这可以举他对浮世绘大师葛饰北斋的名画《神奈川冲浪里》的解释为例。他认为这幅画体现了日本人对"不平衡之美"的迷恋。这解释与素来的正统解释相去甚远，我本不以为然，但将那幅画多看几遍之后，觉得他的理解也颇有道理。"不平衡之美"至少可以作为这幅画的一种解释。画面上强烈的动感确实来自于波涛的不平衡。李兆忠掌握了丰富的理性知识而又忠实于自己的感觉，研究日本而又体验日本，因此，在第一本书中他才能够从日语、民间传说、樱花、温泉、料理、相扑等文化问题，战犯、广岛被炸、谢罪等历史问题一直谈到日本人的名片与狗。前一本书中最有创见的部分是第五章"语言——文化的壁垒"。该章能够从日语这种颇具特异性的语言入手解析日本人的文化心理，显然是取决于李兆忠这位学者型"过客"所具有的日语、汉语和英语三种语言能力的综合。

李兆忠并非那种把日本研究作为文化献媚手段的"假洋鬼子"。相反，总体上他对日本持批判态度，目光中带着些冷嘲。其批判不止于历史认识问题，而且深入到国民性层面。比如他从一次住饭店的经历看出日本人的"小"（《再见，小日本》），从日本青年大野的英语病与欺软怕硬看出日本人的"贱"（《东京男子汉》），从成田机场日本老人的孤独背影看出某种"日中友好"的浅薄（《成田机场的孤独身影》）。不过，类似的批判由于具有"过客之眼"的超然，因此少了些剑拔弩张，多了些调侃。

本来，对于大部分中国人来说，"留日反日"（旅日反日）是一种必然。这不仅是因为日本侵略战争的受害者记忆已经成为"集体无意识"，大部分中国人作为第三世界国家的国民在日本的生存状态也并不那么理想。日本有所谓"三K工作"（指危险、脏、辛苦的工作，这三个词的日语读音用英文拼写第一个字母都是K，故称），"三K工作"正是不少中国人从事的。同时，他们还要承受某些日本人的"三K态度"——厌恶、蔑视、戒备（きらう、けいべつ、けいかい，这三个词的日语读音用英文拼写第一个字母恰巧也都是K）。三K+三K=六K。"六K体验"自然会强化那种"集体无意识"。

"过客"李兆忠在岛国的"旅途生活"也曾有过辛苦的一段。扫楼梯于百货店，端盘子于餐馆，当侍者于酒吧。关于这些，《东瀛过客》作了不少自嘲式的描写。我是在国内认识李兆忠并与他见面的，那时他已结束"过客"生活回国重做主人公。一位白面书生，身材不高，戴着眼镜，有些弱不禁风，却常常提着一个大包，走起路来昂首挺胸，看上去有些悲壮。读《东瀛过客》时想象着他在东京打工的情景，便有些"异样的感觉"。日本对于这位中国"过客"未免有些残酷。他本人一定深切感受到了这种残酷。好在他置身"残酷"依然能保持"过客"的超然，而不是像电视纪录片《我们的留学生活》的有些主人公那要悲悲切切。所以，在《太岁头上动土》一文中他才能把自己的挫折写成喜剧，写得让人意识不到那是挫折。

尤其可贵的是，李兆忠把自己的"过客"生涯变成了精神财富，在"残酷"中升华了自己。因此他才能写出《东瀛过客》中《来自第三世界的"老外"》这种文章。在该文开头部分他这样说："刚到日本时，发现日本人只把欧美人当作'外人'（外国人的意思），中国不入此列，便忿忿不平：这不是明摆着瞧不起我们中国人么？小日本真势利呀，想当年，一切还不是从我们这儿批发来的么？""然而回过头来想想，便也心平气和了，我们中国人自己也不是这样吗？我们又何曾把第三世界穷国家的人们真正当成'老外'对待过？"结论是："趋炎附势，是人类共的劣根性，小至个人，大到国家，莫不如此。"然后讲述了两位越南学者来北京进行学术交流时的际遇，调侃了中国人的势利。调侃中包含着李兆忠作为中国人的自我反省，而反省的心理背景，显然是其在日本的"过客"体验。将心比心、推己及人，于是他为两位越南"过客"鸣不平。李兆忠的日本论有深度、有广度且有可读性，但其中的良知更可贵。

人生是"旅途"，人不过是"过客"。从北京到东京的人是"过客"，从河内到北京的人是"过客"，从乡村到北京或上海的人同样是"过客"。以"过客之目"看人，世界才能充满阳光，人间才能多些温情。将心比心、推己及人这种简单的认知方法中包含着崇高的人道主义精神。如果北京人、上海人或者名流学者们缺乏这种人道主义精神，小看进城打工的民工，小看来自第三世界国家的人，那只能证明日本人小看中国人的合理性。

用"过客之目"看日本又用"过客之目"看中国、看自我，这"过客"当得好。

2000年4月写于北京西郊花园村
（载2000年6月15日《留学生新闻》）

真优美的"星之诗"

4月3日晚,长久会在饭田桥日中友好会馆组织了一次讲演会。该会作为民间组织旨在促进日中文化交流,两年前第一次举办活动的那一天是9月9日重阳节,"久"而又"久",故名"长久会"。而且,"长久"二字又因苏轼的名句"但愿人长久,千里共婵娟"获得了一种文化内涵。该会现任会长为成德大学教授、日本笔会国际委员王敏,会员为来自日本、中国大陆、台湾的新闻记者、作家、自由撰稿人、编辑等等。两年多来长久会举办了多次讲演会,邀请了东京大学教授藤井省三、艺术家优亚、"哈日族"领袖哈日杏子、日本民主党众议院议员海江田万里、中国年青的一级京剧演员史敏等嘉宾作了演讲。

4月3日讲演会的特邀嘉宾是日本著名影星、《追捕》女主角真由美的扮演者中野良子。中野女士带去了她的新著,这就是《星之诗》(《星の詩》)。与会者纷纷购买,并请中野女士签名。为了给读者签名,中野女士带去了两个印章。她说卖书所得的款项将用作文化交流的活动经费。

《追捕》激动的不是"一代中国人",而是"一个时代的中国人"。在1980年前后的中国,杜丘的扮演者高仓健成了青年女性

2002年4月著者与中野良子在东京新大谷饭店合影

的偶像，青年女性纷纷"寻找高仓健"。女主角真由美则成为青年男性的青春偶像，"真由美"也成为时代的关键词。由"真由美"而"真优美"，"真优美发屋"、"真优美冷烫精"都出现了。在日本评价一般的《追捕》（日语名为《君よ，愤怒の川を渡れ》）在中国产生那样大的反响，对于日本人来说是不可思议的。关于反响的原因，中野良子在《星之诗》中归结为三点并进行了简要说明。但我想，最主要的原因应当是《追捕》中的人性的力量震撼了刚刚走出人性扭曲、文化荒废的"十年动乱"的中国人的心。在《追捕》中，男人是真正的男人，女人是真正的女人。敢爱，敢恨，不屈不挠。

中野良子因为"真由美"而名扬全中国。正如《星之诗》记述的：参加日本电影代表团第一次访问北京的时候，她似乎是乘坐名为"真由美"的火箭飞向未知的星球。在北京和上海，出门时因为围观者太多，当地政府甚至派出公安人员维持秩序。因为一个角色而风靡社会，对于一个电影演员来说是巨大的成功。但是，当中野良子作为"真由美"存在的时候，她仅仅是一个"演员"，她作为独立的"人"的价值是被压抑的。事实正是这样，"真由美"成了中野良子的别名，中野良子在对中国人作自我介绍的时候，甚至需要说明"我不是真由美，我是中野良子"。这样，作为一个具有独立性的人，如何从角色的压抑和遮蔽中逃脱出来，则是一个重要的人生课题。

《星之诗》，确认的就是中野良子自身的价值。

真由美这个具有几分野性的角色由中野良子来扮演，似乎具有某种必然性。因为中野良子本人热爱大自然，具有几分冒险精神。她在《星之诗》所收讲演稿"自然与灾害"中谈及幼年在台风中看大海的故事："九岁的时候曾经遇到伊势湾的台风。当时，广播通知说将有滔天巨浪涌来。得知平时玩耍的大海会发生变化，便想去看，就一个人去了海边。于是看到平日高不过二、三米的波浪变成十多米高的狂涛。气流是来自宇宙吗？这种现象是怎样产生的？这样想像着，便从眼前汹涌而至的狂涛中感到一种兴奋。"一个九岁小姑娘在成年人也感到恐惧的台风中去看海，这是一幅具有象征性的图景。中野良子日后能把真由美这个打猎、骑马、敢爱敢恨的北海道农场主的女儿演得那样成功，就可以用这幅"幼女／台风／大海图"来解释。八十年代中期为了参加"国际和平年"纪录片的拍摄，她独自和中国人剧组一起长途跋涉，去遥远的云南瑞丽的傣族居住区。这种探险精神也与那幅

中野良子在送给著者的小影集上题的字

"幼女／台风／大海图"有关。"星之诗"这个书名，本来是质朴善良的傣族人献给她这位来自远方的日本客人的歌的歌名。中野良子特别喜欢中文歌曲《大海啊，故乡》，《星之诗》正文最后一页印的是《大海啊，故乡》歌词的日译，封面背后印的是中野良子与大海的合影——映着波光粼粼的大海，人只是一个剪影。这张照片可以看作那幅"幼女／台风／大海图"的变形。

浩瀚无际的大海是伟大的自然，中野良子热爱大海，并且能像大海一样超越狭隘的国家意识和都市文明。她在《星之诗》中"我所追求的东西"一节中明确地说："这也许是在东京生活十六年间我求之不得的街景：空气新鲜，人们过着真正的人的生活，对自然和同类充满关爱。"因此，她在参观南京大屠杀纪念馆之后决心为促进人类的和平而努力,最后自己个人出资到秦皇岛市办学校。

中野良子激动了中国,中国也改变了中野良子。中野良子在讲演中说她是像与"恋人"相处一样与中国相处,她的"中国缘"是天作之合,是历史性的"偶然"。能够这样激动一个时代的中国人的外国女影星,中野良子之前未曾有,中野良子之后也很难再有。《追捕》告诉我们的是"真由美"的故事,《星之诗》告诉我们的则是中野良子的故事。看过《追捕》的我们再来读《星之诗》,不仅能够重新认识"真由美"的价值,而且能够认识中野良子的价值,进而在更全面的意义上理解日本。

2001 年 4 月 19 日写于东京樱丘町
(载 2001 年 5 月 1 日《留学生新闻》)

山田正行的历史认知方法

认识日本秋田大学的山田正行先生是在九月底长春的一次会上。山田把他刚出版的一本书送给我，书名是《アイデンティティと戰争》（《认同感与战争》）。该书还有一个长长的副标题，叫做"战争中中国云南省滇西地区的心理历史研究"。

那次会议的主办者是东北师范大学的日本研究所，会议主题为"中日邦交正常化三十周年国际学术研讨会——历史·现实·未来"，开会地点在长春市新发路21号的松苑宾馆。松苑宾馆并非一般的宾馆，它是以"满洲国"时代遗留下来的日本关东军司令官官邸为基础扩建而成，宾馆的"一栋"（这似乎是个日语说法）就是原关东军司令官的住所。"一栋"是1933年为"满洲国"成立后的首任关东军司令官本庄繁修建的，从那以后到1945年"8·15"日本战败，菱刈隆、南次郎、植田谦吉、梅津美治郎、山田乙三等五任关东军司令官均在此居住。9月26日黄昏，就是在"一栋"门前的树下，山田送给我这本书，并且站在那里在书的扉页上签了名。会议期间日程紧张，无暇读书，回北京之后读这本书的时候，中等身材、清瘦、蓄着八字胡、看上去有些忧郁的山田已经远在日本北方的秋田了。

《认同感与战争》采用的是实地考察和口述历史实录相结合的研究方法，研究对象又是遥远的滇西（对于日本来说更遥远），其难度可想而知。关于曾经发生在那里的日军暴行和当地中国人的抗日状况，历史专业之外的中国人大概也知之甚少。当山田把目光投向那里的时候，空间的距离已经不仅仅具有地理学的意义，而且具有历史学和心理学的意义——它提醒读者重新意识到日本侵略者的铁蹄在多大范围内践踏了中国的土地、在多大范围内给中国人的心灵留下了创伤。视野的开阔也使山田获得了对日本与二战关系的深刻理解。在该书"序章"的第二节，山田说："一般认为第二次世界大战中日本的参战始自1941年12月8日日本时间下午1点的袭击珍珠港，但很少有人知道，在那之前大约两个小时的上午10点50分，进行马来作战的皇军已经在马来西亚和泰国登陆。就是说，对于大日本帝国来说，第二次世界大战是从1941年12月8日上午10点50分在两个国家登陆开始的。这一点被大部分人所忽视。"

山田正行通过实地调查揭露的日军罪行令人发指。在1942年5月4日至5日的空袭和随后日军细菌战造成的疫病中，腾冲一地就有五万余名中国平民死亡（约占全县人口的五分之一）。日军不仅强征当地的中国女性作慰安妇，甚至把对于中国人来说神圣的祠堂当作慰安所，对中国人进行肉体和精神的双重亵渎。不过，较之于对历史事实的考察，山田对待历史上难以实证的部分所采取的态度更值得注意。1999年5月19日，山田曾就在云南进行的日军细菌战实地调查的进展状况在秋田举行报告会，听众中的一位姓鹈沼的日本医师大概是没有勇气正视那些残酷的事实，所以对他的调查表示怀疑，问："调查可信吗？""建立在不确实的资料上的历史认识应当避免"。针对类似的质疑，山田在《认同感与战争》中说："对于弄清当时受害状况的困难性，本书反复做了说明。而且，'避免基于不确实的资料的历史认识'也是理所当然的。但是，如果鹈沼是打算通过展开这样的论述来回避历史认识，可以说那是一种不可知论，并将导致对历史事实的否认。"山田进而指出："如果对与战争相关的问题抱有疑问的话，那疑问恰恰应当指向类似于战争中'大本营发表'的情报管制和虚伪报道，指向战争中以及战后对战争犯罪、种族灭绝等相关资料的有组织的掩藏和销毁这一问题。就是说，问题意识和批判精神的指向是必须追问的"。这种思考问题的方法，与日本国内某些通过纠缠死亡人数来否定南京大屠杀的日本右翼人士的所做所为形成了鲜明对比。战争不可能是一种由受害者一方进行共时性记录的行为，相反，加害者所拥有的加害能力同时也是一种隐藏历史罪证的能力。因此，被害者的部分历史有时只能是"有根据的推定"。这"推定"证明的不是历史的虚构性，相反，它证明的是历史对弱者的残酷无情。对这一历史法则有意无意的忽视，不仅使日本右翼人士获得了否定南京大屠杀的借口，甚至使具有理性精神、努力反省日本战争罪行的日本知识分子不自觉地陷入危险的"历史相对论"。比如小岛洁，他在《思考的前提》（《读书》2000年3月号）一文中批评日本知识分子对南京大屠杀死亡人数的纠缠，同时又说"中国的'三十万人'的数字毫无疑问是一种'政治性的行为'。"尽管他强调"不能把这种政治性与所谓'政治工具'情况下的'政治'混为一谈"，但他的结论依然是："中国方面绝不肯对'三十万人'这一牺牲者数字让步，正是对日本方面政治行为的正确反应，是理所当然的政治行为。"这种逻辑有与南京大屠杀否定者"殊途同归"的危险。

即使是对于通过调查证明是"谎言"的记忆，山田的理解也与众不同。曾被日军抓去当慰安妇、受尽凌辱的李连春老人的父亲是麻药中毒而死，但她在叙述日军罪行的时候谎说父亲是被日本兵打死的。对此，山田指出："〔分析这一谎言〕可以明白谎言深处潜藏的对皇军的愤怒、怨恨和憎恶。而且，从中可以认识到，甚至用说谎来让人们把皇军往坏处想的李连春的愤怒、怨恨和憎恶并不是虚伪的。应当追问的是，这位生活在与日本相隔千山万水的深山中的异族老妇何以对日本人抱有如此深的愤怒、怨恨和憎恶。"这就从事实的层面进入到心理的层面，在不真实的叙述中挖掘出了心理的真实。山田将类似的分析方法用之于日本兵，则从常人难以理解的残忍行为中揭示出特殊环境中日本兵的变态心理。在分析日本人逃避历史责任之原因的时候，山田指出了战后日本社会心理由"脱亚入欧"向"脱亚入美"的转变、这一转变中对中国的蔑视，以及在战后东亚的混乱中日本独有的经济增长如何成为那种民族歧视再生产的条件。"人的条件"是《认同感与战争》一书的关键词，理性则是山田所理解的"人的条件"之一，所以他才引用"理性眠而魔鬼出"的西谚。理性地面对历史，通过反省与谢罪达到救赎，进而达到相互的理解与认同，这是山田正行的基本理念。

历史是存在于现实中的"过去"，就像松苑宾馆的"一栋"。

"满洲国"崩溃了，关东军灰飞烟灭，但"一栋"还站在长春市繁华地带的那片树林中。"一栋"在日本投降后成为国民党新一军的司令官邸，1949年全国解放后又被改为长春市一号招待所，毛泽东、邓小平、朱德、林彪、陈云等政治家均曾下榻于此。这些中国领导层的人物们，大概都不能不记起关东军的司令官，就像那天黄昏走进"一栋"的与会者都关心"一栋"的历史。日本人不正视历史，就永远无法取得中国人的谅解与信任。所幸，虽然战后日本社会否定战争罪行的势力根深蒂固，但理性的力量也很强大。日本共产党的存在姑且不论，众多的民间知识分子也在不懈地努力着，山田正行就是其中的一位。同样来长春参加会议的东京大学教授小森阳一，则是在2001年夏天反对右翼教科书的"战斗"中立下"赫赫战功"的人物。山田已经四十九岁了，戴着眼镜，说话慢声细语，文质彬彬甚至有些文弱，但在精神和人格上却是一位勇者。

山田正行并不会汉语，读了《认同感与战争》之后我才知道，帮助他安排实地调查并担任大部分翻译工作的是班忠义。班忠义旅日多年，一位身高超过一米八五的东北人，高大英武而又眉目清秀，在日本走到哪里都是"鹤立鸡群"。为了慰安妇救助、诉讼等问题他四处奔走，我在东京的时候与他见过几次面，可惜没听他谈起山田的事。翻看《认同感与战争》书后附的山田正行简历，知道他是群马县桐生市人。1998年夏天我曾经去过一次桐生，住在一位姓坂本的日本人家里。坂本热爱中国，娶中国女子为妻，家里摆中式红木家具，挂中国字画，还经常组织日本人到中国来种樱花，最多的一次甚至带领两三百人包了一架飞机。坂本已经把日本的樱花栽遍了大半个中国。日本人类学家祖父江孝男的《县民性》(中央公论社1971年出版)一书所列举的群马人气质中有一项是"注重义理人情",从山田和坂本两位来看确实如此。遗憾的是,日本著名的鹰派政治家中曾根康弘也是出身群马县。

在松苑宾馆与山田正行相遇并得到他的《认同感与战争》,似乎有一种"宿命"的味道。

2002年10月19、20日写于寒蝉书房
(载2002年11月15日《中国图书商报》)

"闲话"的态度与权力

中国新文学史上以"闲话"著称的当数新月派的自由知识分子陈西滢（1896 – 1970）。二十年代中期他在《现代评论》杂志的"闲话"专栏撰写文章，1928年6月又将这些文章编定成集，交新月社出版，书名就是《西滢闲话》。但是，陈西滢的"闲话"受到了鲁迅的批评。鲁迅1925年5月30日写的那篇就女师大风潮驳斥陈西滢的文章，题目就是《并非闲话》（收入《华盖集》）。受累于遭鲁迅修理的陈西滢，"闲话"似乎也有些"负面"。不过，鲁迅本人不久也与"闲"字有了关涉。创造社干将成仿吾，在1927年1月的《洪水》上发表《完成我们的文学革命》，指鲁迅的文艺为"以趣味为中心的文艺"，"后面必有一种以趣味为中心的生活基调"，"所暗示着的是一种在小天地中自己骗自己的自足，它所矜持着的是闲暇，闲暇，第三个闲暇"。三个"闲暇"给鲁迅留下了深刻记忆，他在随后的《"醉眼"中的朦胧》、《在上海的鲁迅启事》、《头》等杂文中多次重提"三闲"。五年之后，1932年4月24日夜，他为刚刚编定的杂文集《三闲集》写"序言"，在"序言"中说："编成而名之曰《三闲集》，尚以射仿吾也。"这虽然是与成仿吾较劲儿，倒也确认了《三闲集》所收文字的"闲话"性质。

想起并重读《西滢闲话》、《三闲集》之类，是因为读了《四帖半闲话》。

《四帖半闲话》是李长声的又一本谈论日本的随笔集，今年一月由春风文艺出版社出版。全书两百三十余页，录文七十六篇，篇均三页。去掉篇头篇尾的空白，平均每篇仅有两千余字。一如既往的"李长声文体"——博而杂，简洁流畅，激情加幽默，既感性又理性。李长声的感觉与表达都颇为奇特。美丽的樱花在他这里变成了"泼妇"——所谓"樱花像泼妇，哗地开了，又哗地落了"；"俳圣"松尾芭蕉的名句周作人译成"古池呀——青蛙跳入水里的声音"，到他这里就变成了"青蛙跳进老池子，扑通"。《四帖半闲话》中的文字适合"坐读"，更适合"卧读"，名副其实的"闲话"。与《西滢闲话》相比，《四帖半闲话》丰富得多也熟练得多。这是理所当然的。陈西滢说"闲话"是在"而立"前后，稚气尚未褪尽，而李长声说"闲话"的时候早已过了"不惑"，连"天命"都知道了。

李长声谈日本的文字是新时期中国人认识日本的途径之一，九十年代他在《读书》杂志上开的专栏"日知漫录"影响广泛，读者众多。那些文字1998年编辑成集由中国电影出版社出版，集子的名称依然是《日知漫录》。与从前的文字相比，《四帖半闲话》具有自觉的"闲话"意识。这"闲话"与"四帖半"结合在一起，于是就越发"日本"，并且带有几分禅味儿。

《四帖半闲话》所收文章的首篇为《闲话"四帖半"》，算是全书的"序"。"帖"是计算日式房间榻榻米（草席）的量词，又

2004年9月25日李长声在东亚文化讲座发表演讲。左为黄海存。

写作"叠",一帖不足两平方米。四帖半的房间不足九平方米,可谓"窄"矣。新时期中国人开始"世界大串联"之后多有"串"到日本者,第三世界的穷人进入高度发达的资本主义社会,住不起大房子,便寄身四帖半或六帖的"和室"。十多年前李长声初到日本时也许曾经蜷居四帖半,但"十年河东转河西",现在他已跻身日本的"地主阶级","四帖半"已经成为"想象"。对于李长声来说,现在依然钟情于"四帖半"并非"牢记阶级苦",而是固守一种认知日本和认知自我的方式。他说:"认识日本的'小',看一眼电视上预报气象的地图即了然,但要获得切肤之痛,还应该住住'四帖半'。四面碰壁,人就只好反省。在狭小的空间里的确很容易找到感觉,更明白地发现自我。这时别处的'大'对于你就只是一个茫然,像灯光映出的身影,布满一墙。"

日本确实"小"("窄"),因此把"小"("窄")作为认识日本的切入点是行之有效的。日本论者概括日本文化特质时所谓的

"缩"或"藏",本质上都是"小"("窄")的变形或延伸。如李长声所说,自从美国人类学者本尼迪克特以"耻"与"罪"比较日本文化和西方文化,便多有学者试图用一个字论定日本。有影响的著作之一,就是韩国学者李御宁的《取向"缩"的日本人》(学生社1982)。富永仲基提出、加藤周一激赏的"藏"亦属此类。李长声对李御宁和富永仲基的观点作了介绍并进行阐发(见《日本人的缩小》和《藏》两篇),介绍是精练的,阐发则将他自己的理解和中国背景带了进去。李御宁把折扇作为日本人"缩"的一种方式提出,而李长声是将日本人石川丈三写富士山的汉诗与中国人黄遵宪写富士山的汉诗作比较,以揭示中日两国人思维方式的差异。在我看来,黄遵宪那句"二千五百年前雪"不仅表现出中国人的夸张,而且表现出中国人的"马虎"。富士山上的雪每年夏天都化光,所以才有深秋的"初冠雪",何来"二千五百年前雪"?当然,诗人本有想象和夸张的权力。李长声把谈中国人的夸张、马虎的文字与谈日本人"缩"的文字编在一起,体现出比较中日两国人思维方式之差异的自觉性。大(多)与小(少)确实与一个民族的思维方式直接相关。手指头数得清,而头发数不清。数得清的东西会经常数,数不清的东西不会去数。日本人的"精细"大概与其"小"不无关系。中国人如果和日本人那样把什么东西都"数"得清清楚楚,可能会累死。李长声还在日本人的"缩"与历史认识问题之间建立联系,说:"'缩'来'缩'去,某些日本人拼命缩小南京大屠杀的数字也就不足为奇。当然,我们不好说人家是民族性作怪。关于缩小,司马辽太郎在随笔集《历史中的日本》里还留下这样的话:'看东西,把自己缩得极小,可能的话，变成空中的一点，这时能看得最鲜明。'以缩小数字为能事的人也不妨试试，先缩小一下自己。"表达这种民族意识的时候李长声非常"中国人"，虽然他去日本已经那么多年。我甚至怀疑他对相扑（日本的"国技"）的讽刺与否定背后，隐藏着中国人常常怀有的"文化帝国主义"心态。

2002年底，旅日中国人刘晓峰、刘燕子、秦岚等人在大阪编辑的双语纯文学刊物《蓝　BLUE》第七、八期合刊用专栏的形式对李长声的作品进行了介绍，发表了李的一组"闲话"，同时发表了大陆学者王中忱、孙郁的评论文章。王文题为《跨国写作之一种——李长声随笔阅读札记》，在跨国写作的背景上分析李长声随笔的文体特征；孙文题为《轻轻松松看日本》，解读李长声把握日本的方式。对于李长声在知识的层面上对日本的介绍，两位都给予充分肯定。耐人寻味的是，这两位熟知大陆学界状况的学者都将李长声与大陆写作者（应限于学界）对比。王中忱说："长声的随笔并不止于幽默、机智，而更多地透露出豪情和血性"，"但时代确实在变化，有豪情有血性的文字确实越来越少见了。"孙郁说得更直接："培养一个教授、讲师，在大学里并不很难，但遇到一个像长声这样的闲人，却很不容易。中国当代的书写者文字越发粗鄙，似乎匆匆忙忙。可在李长声那里，我们却得到了休息。"这就涉及李长声与大陆写作者的差异。

我想，这差异很大程度上来源于"闲话"。"闲话"作为一种"准文体"，属于散文、随笔的范畴，但它同时也是一种人生态度，一种生活方式，一种感受、把握文化的方式。支撑"闲话"的，是非功利的、自由的立场，对于一位真正的写作者来说这种立场至关重要。我总觉得鲁迅的冷静、尖锐、深刻与其体制之外的"闲话"生存状态直接相关。在北京时虽然当过教育部的官员但位仅及小小"佥事",大学里的教职不过是兼任,南下厦门、广州转了一圈到上海之后,成了专业写作者——即今之所谓"自由撰稿人"。《三闲集》所收文章作于1927至1929年间,是"闲暇"状态的产物。不求什么也不在乎什么,即可率性而写。鲁迅认同夏目漱石提出的"有余裕的文学",也体现了对"闲话"式写作状态的认同。李长声的生存状态也有些"闲话"。"跨国"跨出新的知识领域,并且跨出另一种自由来。读书和写作并非职业,并非为了评职称、分房子,而是为了满足内在的冲动。从生存方式和心理状态来看,李长声更像一位自由知识分子。但是,对于被体制化的教授、讲师们来说,"闲话"的状态和心态却难以轻易获得。这"体制化"并非仅仅指外在的制约,同时也是指内在的欲求。著书只为稻粱谋,知识和学术堕落为一种权力、一种工具或"饭碗儿",就难免没话找话、故弄玄虚、自欺欺人,甚至搞"圈地运动"。知识、豪情、血性消失之后,剩下的大概只有"粗鄙"和"学术垃圾"。不过,"粗鄙"后面有一些无耻、一些无聊,也有一些无奈。

王中忱的文章谈及李长声的读书随笔对于上个世纪初梁启超在日本"月旦东籍"传统的接续,实际上,结合《四帖半闲话》来看,李长声的随笔也延续了中国新文学的"闲话"传统,并且在延续这种传统的同时丰富了周作人的随笔体现出来的中国"闲话"与日本随笔的关系。李长声在《藏》一文中说:"加藤周一是我最为佩服的评论家(不单是文艺评论家,并且是社会评论家),

也是我素来景仰的日本人之一。""我爱读他的随笔,如《山中人闲话》、《夕阳妄语》,知识赅博,论点明达。"在"知识赅博,论点明达"这一点上,李长声的"闲话"与加藤周一的"闲话"颇为一致,他应当是受到了加藤周一的影响。而从中国新文学与东西方文化的渊源关系来看,周作人、李长声等作为留日、旅日者所受日本随笔的影响与陈西滢作为留英中国人所受英国散文的影响构成了对称关系。

一位日本研究者曾经发不平之言,曰:"李长声在东京这么多年,也没有进入日本主流社会。"此言差矣——"差"在误解了日本,也误解了李长声。日本主流社会本来不是"外人"(日语用这两个汉字指称西洋人为主的外国人,中、韩等亚洲国家人士不在此列)能够随便进入的。本来就小,自己都在"缩"或"藏",怎能让"外人"轻易进入?而且,根据我的了解,自称"不解老庄,却自以为信奉"、来无影去无踪的李长声未曾打算进入、并且一直在回避"主流社会"——无论是日本的还是中国的。惟其如此,他才能够获得并保持"闲话"的态度与权力。独往独来,两眼充满自信并且有些蔑视、有些茫然地看着远方,或者在想象中把自己的影子投在"四帖半"房间的墙上,倒可以把世界和自己看得更清楚。

2003 年 5 月 11 日写于寒蝉书房
(载 2003 年 8 月号《读书》)

《时雨记》的伦理学

1977年,日本著名女作家中里恒子(1909－1987)的长篇小说《时雨记》出版,轰动日本文坛。据说当时社会上还因此出现了"时雨族"。二十年之后,小说被搬上银幕,再度引起日本社会的关注。影片的策划兼主演是日本著名影星吉永小百合,她自称痴迷于《时雨记》这部小说十七年,每年都要读一两遍。现在,《时雨记》终于有了中译本。译者是曾经在北京大学、东京大学两校就读、旅日近十年的夏冰女士,出版者又是人民文学出版社,可谓"珠联璧合"。

《时雨记》讲述的是一个爱情故事,而且是"黄昏婚外恋"故事。年近花甲、有家室的壬生孝之助爱上了刚过四十岁的寡妇堀川多江,亲密交往,某日与妻子吵架后神情异常地来到多江家里,吃了多江为他做的点心,心脏病发作卒死。于是多江恍然大悟:壬生是特意赶到她身边来死的。就内容而言,小说讲述的是被古今中外的作家们演绎过无数次的爱情故事,而且这故事既缺乏青春光彩,又缺乏生命冲动。壬生和多江相爱到刻骨铭心,互相看对方一眼、听一听对方的声音都感到慰藉,甚至不止一次想到过情死。尽管如此，自始至终两个人只是静静地相对，连一次纵情的拥抱都没有。壬生去欧美出差之前到多江家告别，仅仅是拔下多江的两根头发，打了个结装在信封里，带在身边作为护身符。一起到夏威夷旅游，住酒店的时候甚至是分别住在两个房间。从小说技巧来看，《时雨记》平铺直叙，如果没有叙事角度的转换，如果不是部分使用了书信体，写法甚至显得幼稚。这样一部小说打动日本读者的，显然是它表现的那种"心灵之恋"的奇特性。在社会竞争残酷、四处涌动着欲望的潮水、众多社会成员身心两倦的日本当代社会，壬生和多江之间纯净的"心灵之恋"确实成了浩瀚沙漠中的一小片绿洲。在小说中，多江美丽、安祥，开设茶道教室，咏《明月记》，几乎成为日本传统美的象征。

不过，问题也就出在这里。壬生和多江那种美丽的柏拉图式的"纯爱"其实是畸形的、残缺不全的。这是"无性的爱"，这里没有灵与肉的统一，没有共同生活。而对于身心健全的壬生来说，他与多江的"纯爱"之所以能够成立，在于他在多江之外的社会中实现了"心灵之恋"之外的价值。他是一家公司的大股东，拥有一个完整的家庭（虽然妻子性格暴躁），这是他的社会价值；他与许多风流、性感的艺妓交往，实现了他作为男性的价值。就是说，实际上那种美丽的"心灵之恋"与日本社会的关系具有"反抗"与"依存"的二重性。虽然它具有"反社会"的性质——壬生是在疲倦于公司事务、厌倦了家庭和庸俗的艺妓之后才倾心于多江的安祥之美，同时它又是以那个社会为存在的前提——壬生与多江的恋情能够成为"心灵之恋"，是因为有银座、浅草的艺妓，壬生开始建造自己和多江晚年一起生活的新房子，也是依赖于当大股东的财力。

《时雨记》中的"心灵之恋"因为是畸形的，因而是脆弱的。所以，当"多江开始意识到，把壬生从孤独的地狱解救出来，是自己的道德责任"的时候，与壬生相会也使多江本人"体会到自己以禁欲度过人生是多么压抑，如今她格外觉得这压抑感是如此强烈"。多江拯救壬生其实是不可能的，而她本人欲望的觉醒又将瓦解"心灵之恋"。因此，壬生在多江面前卒死，无论对于小说主人公来说还是对于小说作者来说，都是最完美的结局。

畸形成其为美是因为社会更畸形。《时雨记》在1998年的日本社会"再度辉煌"，有几分必然性。进入九十年代之后日本泡沫经济崩溃，社会上弥漫着几分颓丧与无可奈何。恰在此时，战后初期成长起来、为日本经济的高速增长贡献了青春的一代人也到了暮年。在经济滑坡的年代走进暮年，自然是加倍的颓丧与无奈。在这样的心态中，《时雨记》就成了一种慰藉。同样讲述黄昏恋故事的电视剧《黄昏流星群》也是在1998年初播出。同类型作品中，早一年问世、影响更广泛的，是渡边淳一的长篇小说《失乐园》的出版与电视剧化。比较起来看，《失乐园》与《时雨记》颇多类似之处。《失乐园》也是讲述"黄昏婚外恋"故事——五十五岁的有妇之夫久木祥一郎爱上三十八岁的有夫之妇松原凛子。久木也和壬生一样身居高位，原为月薪将近百万日元的现代书房出版部长。久木和凛子也是渴望情死，并且真的付诸实践。只是与《时雨记》展示"精神之恋"相反，《失乐园》将肉欲表现到极致——男女主人公沉湎于肉体享乐、最后是在做爱达到性高潮的时候抱在一起饮毒药,死于瞬间。夏冰在《时雨记》的译后记中自觉地将这两部作品进行对比,指出与《失乐园》中的性爱至上观念相比《时雨记》表现的是更高层次的爱。不过,无论是将"肉体之爱"表现到极致,还是将"精神之爱"表现到极致,《失乐园》和《时雨记》在揭示现代日本家庭的崩溃和人性的变异这一点上是一致的。

《时雨记》、《失乐园》等作品叙述的故事其实具有两个层面:一是"黄昏恋"层面,二是与年龄层无关的"婚外恋"层面——作品中的女主人公常常是风华正茂的。这就涉及到在日本社会具有普遍性的人生问题和家庭问题,因此同类作品才能在整个日本社会引起反响。同样是在1998年,《读卖新闻》社的生活情报部编辑出版了一本书,叫做《性的风景——寻找迷惘中的自我》。从1996年9月开始,日本势力最大的两家报纸之一的《读卖新闻》在"家庭与生活"版开设了"性的风景"专栏,发表有关现代日本人家庭生活和夫妻关系的文章。《性的风景》一书就是以该专栏发表的文章为基础编辑而成的。该书"前言"中有这样一段耐人寻味的话:"为了家庭不停地工作,一年一年过去,某一天妻子突然说:'和你在一起感到无聊。'这时才意识到'你是谁'这一从未考虑过的问题。对于现代日本男性来说,《失乐园》的结局是辛酸的。死的时候才得到了不做任何'他者'、仅仅属于自己的自由。"《时雨记》、《失乐园》等作品提出的问题也似乎并非日本独有,同样写黄昏恋的《廊桥遗梦》就是西方人创作并拍摄的,并且在中国大陆"火了一把"。据说电影《廊桥遗梦》在北京上映的时候,市内照相器材店的傻瓜相机卖得很快,不少中年男士模仿影片中以摄影为职业的男主人公，脖子上挂着傻瓜相机上街，见到年轻女士就上前搭话："大姐，请问到卢沟桥怎么走？"——北京没有廊桥，只有去卢沟桥了。这种调侃很幽默，但我想并不仅仅是调侃。整个人类都在衰老。

"时雨"一词在日语里是指秋冬之际的阵雨，忽降忽止，来无影去无踪。这个词的季节性很强，是俳句创作中表示"初冬"的"季语"之一。冬天到来雨将变成雪，变成雪意味着雨的"死亡"。那么，"时雨"是雨的回光反照吧。此外，在日语中，"时雨"还是流泪的暗喻。《时雨记》叙述的故事有着"时雨"的无奈和苍凉。女主角堀川多江姓氏中的"堀"在汉语中又与"哭"同音，"堀川"听起来像"哭川"。依然是无奈与苍凉……

2002年11月8至11日写于寒蝉书房
（载2003年1月8日《中华读书报》）

四十亦惑

《男人四十》是日本人写的，写给日本人看的。现在，它的中译本也出版了（中国社会科学出版社2004年11月版）。该书日文版的书名是《四十才からのサバイバル心理学》。サバイバル为英文survival的日语片假名写法，意为幸存、残存、生存，因此书名若直译为中文当为"四十岁之后的生存心理学"。译为"男人四十"倒是简洁明了。这个译语将"男人"推到前台——该书本是为年过四十的男人而写，"四十"则暗示出这个年龄的男士们所扮演的社会角色及其生理、心理状态。当然，有得亦有失，survival一词在中文版书名中没有出现，该词所体现的悲壮、苍凉之感亦随之消失。

如书名所示，该书是为四十岁之后的男人撰写的"人生读本"。本来，三十而立、四十不惑，年过不惑的日本男士们尚须别人来指导，说明他们依然处于"惑"之中。"惑"首先起因于人类寿命的延长。按照该书的计算方法，现在的四十岁仅相当于三十年前的二十五、六岁或者二十八岁。二十五、六岁距"而立"尚差着四、五年，距"不惑"则差得更远。确实，孔子时代是"人过七十古来稀"，而现在日本百岁以上的老人已经超过三万，老黄历自然翻不得。著者明言："'四十不惑'已成为历史"，"四十多岁的人只要摆正观念，不以长者自居，人生观就会发生很大的转变，能够充满信心，迎接生命的挑战。既然今时不同于往日，即便有些少年的轻狂也不为过"。信息时代的知识爆炸，也使年过四十的男士们依然面对着许多未知。应了那句歌词："不是我不明白，是世界变化快"。"惑"更主要的原因在于生存状态。"男人四十"转换成更为中国化的说法，就是"人到中年"，就是"上有老下有小"。终日背负重担，疲于奔命于家庭和职场之间，直面许多问题，没有认识自我与外在世界的余裕，"惑"即在所难免。

　　该书著者和田秀树毕业于东京大学医学部，现在却一只脚跨出医学领地，探讨起社会心理问题来了。小医医病人，大医医天下。和田的改行意义不小。医生的手术刀本来锋利无比，一旦转向社会，自然一刀见血。日本似乎具有医生当作家的传统。与夏目漱石比肩的大文豪森鸥外（1862－1922）本是陆军军医，大作家加藤周一是医学博士，以《失乐园》闻名于世的渡边淳一也是医生。中国也有类似的例子，鲁迅、郭沫若均为弃医从文之人。当和田秀树作为医生面对社会的时候，社会变成了一个病例。他从1965年之前出生的日本人中发现了众多"躁狂型抑郁症"患者，从1965年以后出生的日本人中发现了众多"精神分裂症"患者。在此类概括中，社会学与医学的界限消失了。以此为基础，和田从就业、上下级关系、知识结构、子女教育、夫妻关系、老人看护等不同方面为年过四十的男病人们开出药方，以满足男士们的解惑之需。

日本一般被视为男性社会,其实并不尽然。准确地说,日本是个"男性工作的社会"。一般日本家庭的财政大权、子女教育权是掌握在家庭主妇手中。据说,在工资发放方式由领取现金改为通过银行汇入帐户之前,日本男人们领了装工资的信封不得打开,须原封不动地拿回家交给妻子,零花钱也要从妻子处领取。从社会分工的角度看来,日本尚处于"母系氏族社会"。"日本男人三个妈"之说就是好佐证。三个妈一个是生身之母,一个是妻子——在日本已婚并育有子女的男士在家中对妻子的称呼是"妈妈",另一个就是小酒馆或者色情场所的老板娘——"妈妈桑"。处于三个妈妈的呵护和管束之下,日本男士看上去自然难免像是"十二岁的少年"(麦克·阿瑟语)。在当代日本社会,男人其实很不容易。《寅次郎的故事》是中国人熟知的日本系列影片,其实该片的总名称直译为中文就是"男人好辛苦"(或者"男人不容易")。工作起来像工蜂、像牛,忍辱负重、过劳死、自杀,在家中的地位不过是"大个儿垃圾"。享受生活的是女性,花道、茶道、俳句、钢琴,优雅自如。在近年日本出现的"成田离婚"或者"老年离婚"中,男性都是受害者。新婚旅行去海外,新娘发现新郎知识贫乏且无情趣,于是归国时在成田机场下了飞机便要求离婚(连回到家都等不及了)。辛劳大半生、退休之后因自己除了工作技能之外一无所长,难讨妻子的欢心,被妻子抛弃,是"老年离婚"的原因之一。对于这样处于"水深火热"之中的日本男士们来说,和田秀树的《男人四十》自然是必要的。不过,《男人四十》的局限性也一目了然。它仅仅是在承认日本当代社会男女秩序的前提下教男人们如何做个好男人,而不是重新确立男人在日本社会体系中的位置。从这个角度看,和田是"谋杀"男士的日本社会的共谋者。

对于中国读者而言,《男人四十》首先是认识日本社会的窗口。从日本男士的病征可以了解日本社会的躯体。不仅如此,对于四十岁以上的中国男士来说,《男人四十》也有"人生读本"的意义。四十岁的男人面临着不少超越国界的共同问题,随着社会的转型、社会竞争的日趋激烈,日本社会已经发生的某些问题在不久的将来同样会在中国发生,或者已经在中国发生。现在的中国在很多方面已经与1965年的日本很相似。事实上,"四十岁"的问题在中国已经被从不同的侧面提出。招聘广告中常见的"三十五岁以下"这一条件暗示出对"四十岁"的排斥与歧视,"四十岁之前拿命换钱,四十岁之后拿钱买命"的俗说则在提醒"四十岁"之前或之后的人们摆正财富与生命的关系。例行体检中四十岁以上的人士也是重点检查对象。但是,身体健康固然重要,心理和精神健康也许更重要。可惜现在似乎只有"体检"而无"心检"。在"心检"制度没有确立之前,《男人四十》倒是可以作为"心检"的一面镜子。

2004 年 10 月 24 日写于寒蝉书房
(载 2004 年 11 月 24 日《中华读书报》)

文学之波,历史之澜

柄谷行人《日本现代文学的起源》在出版二十三年之后终于有了中译本(赵京华译,三联书店2003年1月版,以下简称《起源》)。对于中国读书界来说,《起源》是一本迟到的名著。如果它在初版发行的1980年被译为中文,无疑会对中国当时的文学研究界构成冲击,并为八十年代的方法热、文化热推波助澜。可惜,二十多年来中国学术界几乎逐一实践了各种批评新方法,从"现代"进入"后现代"继而进入"后后现代",这种状况下《起源》的出现可能不会引起太大的惊奇。确实,在方法论的意义上,《起源》对风景、内面、告白、病的象征性、儿童的发现等问题的讨论已经被中国学者在中国新文学批评领域进行了更为精致的实践,甚至柄谷1992年补写的《书写语言与民族主义》一节,在我们了解了本尼迪克特·安德森的"想象的共同体"理论之后也不再感到太多的新鲜。就其论及的日本国学家们具有抵抗中国文化支配地位的声音中心主义而言,也许日本法政大学教授川村凑近年对于海外日本语或"异乡的昭和文学"的论述更有利于说明同一问题。

《起源》已经被历史化。柄谷本人在1997年2月为《起源》

韩国语版所写的序中亦视该书为"写于二十年前、在日本已经成为陈旧古董的书"。不过,《起源》作为一种"知识"所具有的价值却在历史化的过程沉淀下来。这里所谓的"知识"并非仅仅是指《起源》从独特的视角对明治二十年代(即1890年前后的十年间)日本知识状态的考察,同时也是指柄谷行人写作行为本身所具有的知识性——即作为日本学者如何从内部把握日本、在非西洋化地域的西洋化过程中探索"现代"的"起源",并因此对西方学术界构成冲击——如詹姆逊所论述的。《起源》最初在杂志上连载几乎与萨义德《东方学》的出版同时,并且早于《想象的共同体》的出版。中国学界因为惯于向西看而对《起源》保持了二十多年的"无知",这也是一种文化讽刺。

阅读《起源》不是一件容易的事,而是一种冒险。对于日本读者来说是如此,对于非日本读者来说尤其如此。这不仅是因为该书的论述对象以及大量使用的专业术语对读者的知识结构提出了一定的要求,更主要的在于柄谷本人经常在特殊的、个人性的意义上使用那些在一般化的社会中被赋予了一般意义的词汇。读者面对熟悉的词汇却未必熟悉词汇中包含的意义,陈旧的词汇因为柄谷的使用而变为读者的陷阱或谜语。该书的书名就具有陷阱的意味。柄谷在为该书初版本(讲谈社1980年版)所写的"后记"(可能是因为太短赵译没有收录)中就说:

> 本书并无特别需要补充之处,但想留下"为避免可能出现之误解的一言",即:在"日本现代文学的起源"这一书名中,实际上"日本"、"现代"、"文学"等词语

特别是"起源"一词必须打上引号。本书并非如书名所示的"文学史",恰恰是为了批判"文学史"而使用文学史的资料。故此,本书如果被读作另一种"文学史",我大概会苦笑。但是,对于在本书回避的地方生长不息的批评话语,我只有怜悯之笑。

比起柄谷行人后来为《起源》的各种版本所写的"序言"或"后记",这段在《起源》单行本发行之初的发言也许更真实地表达了写作《起源》时柄谷行人的意识和观念。在为1988年文库版《起源》所写的"后记"中,柄谷称自己"没有被德里达或其他思想家,而是被德曼所吸引",进而把德曼的思想概括为一句话:"语言背叛书写者的意图完全表达了别的东西"。实际上,语言在作者与读者之间的变形未必不是柄谷行人潜意识中的渴望或追求。对此进行否定或许是一种搔首弄姿式的学者的矫情——就像他在表现出现代性的同时声称与"现代"对立。那么,"日本"、"现代"、"文学"、"起源"等词汇在被打上引号之后意味着什么?必须由此追问下去才能真正理解《起源》一书。书中频繁出现的"制度"一词同样必须进行这种追问。只有进入这个时常被看作表示外在之物的词汇的内在性与个人性,才能理解个人与制度的关系,继而理解"日本现代文学的起源"。

打引号和"倒错"一样,是柄谷行人扩大、丰富其话语形式之内涵的手段。在某种意义上,《起源》是通过对词语的暧昧化、陌生化处理建立了普遍性与现代性,并因此在历史化的过程中左右逢源。关于此,看看柄谷后来为《起源》的各种译本所写的序言即可明白。1991、1995年为英文版、德文版作序的时候柄谷在《起源》、萨义德与安德森之间建立联系,1997年出版韩文版的时候,他又将"日本现代文学的起源"解读为"现代日韩关系的起源"。在类似的解读中,《起源》对于柄谷本人来说显然已经成为"他者"。这也是《起源》历史化的表现之一。中文版《起源》将柄谷为该书英、德、韩等语种版本所写的"序言"(包括为1988年日语文库版写的"后记")全部收录,能够使中国读者看到柄谷本人二十余年间是如何把自己的著作作为"他者"面对的。

近代日本与东亚诸国的特殊历史关系决定着《起源》在西方读者那里与在东亚读者这里具有不尽相同的意义。在中国《起源》是否可以和在韩国那样被解读为"现代中日关系的起源"另当别论,但它确实可以、并且应当作为重读中国近现代文学的一面镜子——由于中日两国在近代化过程中的纠缠以及留日作家群的存在等等导致的中日现代文学的特殊关联,镜内镜外的景象时常重叠在一起(其中的时间差当然必须注意)。从这里无疑可以寻找出东亚"现代性"的共通性。关于此,赵京华在中文版的"译者后记"中多有涉及。赵京华本来是中国现代文学专业出身,他提出的问题实际上大都有肯定性的答案。不过,他似乎已经习惯于将"是"表达为"是否"。这也许是因为留日、旅日多年沾染了日本式的"暧昧",也许是出于给读者留下更多思考空间的学术自觉性。

2003年9月22日写于寒蝉书房
(载2003年10月17日《中国图书商报》)

日本诗人的"战后"

作品被收入《日本当代诗选》的诗人共五十五位，其中我只见过吉增刚造先生和白石嘉寿子女士。见到吉增先生是去年秋天在清华中文系与《蓝》杂志合办的翻译研讨会上。他用日语朗诵自己的诗，声音很低，似从远方传来，但音质清纯，语调舒缓、清晰，表情谦逊。那表情谦逊得近于胆怯近于自卑，与他六十三岁的年龄和名诗人身份反差巨大，让人心生疑虑。在他的朗诵中诗歌似乎由文字艺术转变为行为艺术——借助于他的朗诵暂时存在的行为艺术。见到白石女士是2001年4月底的一个雨天，在东京杉并区南阿佐谷一家酒店的餐厅里。古稀之年的老人，浓妆艳抹，花枝招展。宽松的黑布裤，裤脚镶着大花边，看似中国刺绣。窗外的大街对面是一所消防站，红色的消防车在雨中鲜艳无比。女诗人的形象和窗外消防车的风景相映成趣。那天她是去与一位来自新加坡的华人老作家见面，她也许是有意打扮得"非日本"一点，中国化一点。现在，从这本诗集中读到两位老诗人的诗作，他们的形象也再一次清晰起来。吉增先生对于空间和速度的感觉近于疯狂——"今夜，你／能驾驶赛车／让流星从正面／在脸上刺青吗？你！""天鹅展翅／仿佛要拍打恒星的面颊"。在这类诗句中，曾经目睹的那种日本式谦卑消失得无影无踪。在白石女士笔下，憩息于绿色莴苣的深潭之时，有鸡蛋、少年、英雄、老鼠、蝈蝈从天而降，马尼拉逃亡的独木舟从京都的樱花树下划过。这应当是她的童心、她所谓不同国家的人们可以用诗与艺术来交流这种观念的表现。

不过，在这部诗集中，两位诗人是和五十三位丰采各异的日本诗人一起出现。当他们的身影消失在庞大的诗人群体中的时候，战后日本诗坛的整体面貌便浮现出来。不言而喻，向中国读者展示战后日本诗歌的全貌本来是编译者的目的所在。作品的编排基本是按照诗人生长年代的先后顺序进行，因此从中可以看到战后日本人情感世界的基本走向与脉络。比如战争记忆问题，性别问题。

作品同样被收入该诗集的野村喜和夫在为诗集所写的序言《日本现代诗的五十年》中说："日本的战后诗并不是单指战后创作的诗。它并不是一个时代的划分，应该说它是和象征派、超现实主义等相同的，特指一个大的流派或是趋势的固有名词。"看来，战后诗的"战后"和现代文学的"现代"一样，主要不是时间概念，而是一个通过记忆将战争内在化的空间。1947年同人刊物《荒地》出版，"荒地派"诗歌登上日本诗坛，这显然是美军的炸弹将日本的许多城镇、同时也将日本人的心变为"荒地"的结果。"'别了，太阳、大海都不足信'／M哟，长眠地下的M哟，／你胸部的伤口如今还疼痛吗？"——当荒地派代表诗人之一鲇川信夫（1920—1986）这位在战场上负伤的早稻田大学英文系肄业生在战后发出这种声音的时候，战后初期日本人的怀疑和痛苦被表达出来。结合田村隆一、黑田三郎等同派诗人的诗作来看，也许可以说这种怀疑和痛苦是战后日本和平主义精神与民主思想的基点。

随着"战后"一词作为时间概念的延长（这种延长每时每刻都在进行），对战争的超越也进入"战后诗"，重塑着诗中固有的战争记忆。当1941年出生的八木忠荣写下《池袋——散步之歌》的时候，几乎在东京大空袭中化为废墟的东京开始起死回生。现在在东京，池袋已经成为即将赶上新宿的繁华区。而1953年出生的池井昌树笔下流露出的细腻、温情的家庭生活情调，只能是日本经济高速增长改变了日本人生活状态的产物，离鲇川式的痛苦与怀疑已经相去甚远。女诗人们以主动、激烈的方式将自己的"身体"镶嵌在诗歌中，成为"战后诗"被超越（被丰富）的另一种形式。这方面伊藤比吕美（1955－　）的《杀死加乃子》一诗可以看作经典。怀孕、流产、生育、分泌、死亡、手术、手淫——该诗对女性欲望、女性生命冲动的展示惊世骇俗。伊藤比吕美似乎是在证明：诗人即病人，诗就是发烧、发抖、呓语、变态、疯狂乃至死亡。六十年代的日本人曾经自嘲说"战后变得坚硬的是女人和袜子"（袜子变硬是就战后的尼龙袜与战前的布袜相比而言），那么在战后变得坚硬的日本女性当仁不让地进入了日本战后诗歌。

随着"战后诗"中的战争记忆被非战争的因素冲淡，"战后"一词也因为词性中时间因素的增加而变为"当代"。于是这册收录了战后几代日本诗人诗作的诗集叫做"日本当代诗选"。

野村喜和夫强调荒地派作为日本战后诗的起点所具有的意

义,说:"战后诗只能是《荒地》派和对其进行了批判性继承的流派的别称"。五十年代初登上诗坛并"被认为是日本战后诗坛上唯一的国民诗人"(野村语)的谷川俊太郎(1931—),也被野村置于同样的诗歌发展走向上来认识。野村认为谷川俊太郎的名作《悲伤》一诗的"忘却"主题与荒地派的精神存在着对立,说:"忘却,从某种意义上来说是对历史的否定,同时也强调了'此时、此地'所存在的一切的无根据性。或许,战后诗是从这里开始进入它所固有的战后的时间的"。我想,野村所谓的"尖锐的对立"改为"合理的超越"也许更确切。记忆本身并非目的,记忆的价值取决于它对于"记忆之后"的影响。尽管谷川俊太郎"仿佛/在听得见蓝天涛声的地方/失落了什么意想不到的东西",但依然站到了"昔日车站"的"遗失物品认领处"。在"蓝天涛声"与"昔日车站"之间,谷川俊太郎大约是将历史记忆升华了。他的另一首名诗《清晨接力》也应看作这种升华的结晶。《日本当代诗选》收录了谷川的八首诗,包括《悲伤》,但《清晨接力》未被选入,现试译于此:

> 堪察加的青年
> 在梦中与长颈鹿相遇的时候
> 墨西哥的姑娘
> 站在朝雾中等待公交车
> 纽约的少女
> 微笑着在床上翻过身去的时候
> 罗马的少年

注视着染红房顶的朝霞
　　这个世界上
　　清晨总是正在什么地方开始

　　是我们在传递着清晨啊!
　　从经度传向经度
　　这样轮班守护着地球
　　进入梦乡之前,你侧耳倾听
　　远远地,何处会传来闹铃声
　　那是你传递过去的清晨
　　被谁紧紧拥抱的证明

简洁、朴素与深情、博大在诗中完美融和,标志着战后日本诗人达到的某种精神境界。这首诗好像被编入了日本的中学国语教科书,塑造着日本青少年对世界的感觉。

　　对于大部分中国读者来说,提及日本诗歌更多想到的可能是俳句、短歌,现代诗则陌生一些。现在,日本当代诗人终于以"集团冲锋"的方式进入中国,带着诗并且带着"战后"。在心灵相遇的地方,应当有什么故事发生。

　　　　　　　　　　　2004年2月16、17日写于寒蝉书房
　　　　　　　　　　　(载2004年3月5日《中国图书商报》)

文学与历史的纠缠
——比较文学视野中的留日作家群

现代中国文学和日本的关系与其和欧美的关系具有差异性。这差异性一方面与近代中日两国历史关系的特殊状况相关联,同时取决于中国留日作家群体在中国新文学发生过程中承担的功能。1928年,郭沫若在《桌子的跳舞》一文中谈及中国新文坛的时候不无自豪地说:"中国文坛大半是日本留学生建筑成的。"他说的是事实。他本人和周氏兄弟、郁达夫等"五四"新文学主将均留学日本,并且是在日本开始文学生涯。中国最早比较有影响力的话剧团体春柳社1907年成立于日本,开中国留学生文学先河的《留东外史》是在东京开始创作,"五四"时期两大文学社团之一的创造社成立于日本……在某种意义上,几乎可以说日本是中国新文学的起点。

留日作家群对日本的表达及其对日本影响的接受,确认了他们在近代中日文学关系中的"媒介"身份。一方面,他们描绘日本社会的生活形态,将感性的日本呈现给中国读者——比如不肖生的《留东外史》与崔万秋的《新路》对日本风土民情的描绘。

同时，他们也把来自日本的影响转化为文化精神融入二十世纪初的中国文学——不肖生对福田英子共和思想的认同、鲁迅的改造国民性思想、周作人对日本新村运动的介绍等，均属此列。仅就作家之间的关系而言，夏目漱石之于鲁迅、武者小路实笃之于周作人、佐藤春夫之于郁达夫，等等，都有直接的影响关系。一个奇特的文学现象是：日本作家往往作为"作品中的人物"出现在中国新文学作家的作品之中。不肖生笔下的小说人物阅读小杉天外，徐祖正剧本中的人物阅读武者小路实笃。这方面最突出的是崔万秋的《新路》。《新路》的背景是1930年至1931年的日本，小说中留学日本的中国人总是与日本名作家相遇：林婉华失恋之后踏上旅途，在火车站遇到了前往新村的武者小路实笃，实笃还带着情人真杉静枝；金秀兰喜爱读书，正在阅读《朝日新闻》连载的佐藤春夫的小说《骄傲的女性》。事实上，当时实笃确实经常由真杉静枝陪同往来于东京和九州岛上宫崎县的新村之间，佐藤春夫的《骄傲的女性》也确实是从昭和五年（1930）一月起在《大阪朝日新闻》上连载。

留日作家的"媒介"性质是双向的而非单向的，是主动的同时也是被动的。他们叙述着日本，同时也被日本人叙述。1938年初，日本近代著名作家佐藤春夫（1892－1964）创作了电影脚本《亚细亚之子》，作品的主人公就是郭沫若和郁达夫。六年之后，同样是日本近代著名作家的太宰治（1909－1948），也以鲁迅在仙台医学专门学校的留学生活及其与藤野先生的关系为题材，创作了长篇小说《惜别》。

以留日作家群为媒介，"日本"与中国新文学发生了如此直接、如此密切的关系。这种关系甚至在某些侧面促成了中日现代文学的"一体化"。二十世纪二十年代后期在中国文坛兴起的无产阶级文学以留日归来的李初梨等人为中介,直接受到日本"普罗文学"的影响,从而使两国的无产阶级文学运动融为一体。"一体化"的代表性文学事件是1931年"九·一八"事变发生后中国作家孙俍工对武者小路实笃的反战剧本《一个青年的梦》的续写。中日两国作家在不同的时间和空间中创作一部作品的正、续集,这似乎是唯一的。

保持这种密切关系的中日现代文学,最适合于用比较文学的研究方法来把握。或者说,这种国别文学之间的密切关系本身,证明着比较文学学科成立的必然性。在比较文学作为一个学科受到个别的、伴随着狭隘的学术观念的怀疑的时候,中日现代文学的这种关系在文学研究方法论的层面上也具有启示意义。

中国人留学日本的历史背景决定着留日作家的"文学"具有"非文学"的性质。始自1896年的留日学生派遣作为"甲午战争"失败的副产品之一,对于中国人来说是被动性的也是屈辱性的——它意味着中日两国间延续了两千年的主从关系、师生关系的倒转。中国人是怀着弱国子民心态以及与此相表里的阿Q式文化优越感开始留学日本的。不幸的是,从中国在甲午战争中失败到1945年日本投降,两国间压迫与抗争、侵略与反侵略的关系持续了五十年。这种关系投射到个人身上,体现为身份的高度"国民化"。中日作家在这样一个背景上展开认识活动与话语活动,文学创作因之成为表达民族意识、确认国民身份的方式。相关的例证有许多。郭沫若"别妇抛雏"回国参加抗日战争的时候,某些日本作家戴上钢盔作为"笔部队"的成员进入中国；中国作家组织了中华全国文艺界抗敌协会，日本作家则成立了日本文学报国会。

国民身份的确立使中日两国作家之间保持着对立的姿态。郁达夫在《日本的娼妇与文士》一文中对佐藤春夫的斥责，巴金对林房雄、武者小路实笃等人的不满，都是这种对立的表征。不过，这种对立仅仅是事物的一个层面，在更深的层面上，中日两国作家暗示出相似甚至相同的逻辑形式——那就是"作家"身份被"国民"身份压倒，将文学工具化、使文学承担政治意识形态功能。于是作家们直接进入现代历史，文学亦随之被高度历史化。在这个背景上，佐藤春夫创作《亚细亚之子》，用虚构的方式颠覆郭沫若的爱国行动，将郭沫若拉入战时日本的意识形态之中，太宰治应日本文学报国会的请求创作《惜别》，在官方给定的框架内利用鲁迅阐释"大东亚共荣"。1919年前后武者小路实笃和周作人曾经通过新村运动的倡导在两国的文学界和思想界展示出人类主义者的姿态，但是，二十年过去之后，前者成为日本文学报国会的戏剧文学部部长，后者成为傀儡政权的"教育督办"，都被组合进了战时国家机器。

中日两国现代文学关系的特质，一方面在于它的关联性，一方面在于它是作为文学关系之外的历史关系存在的。它的意义不仅在于作为比较文学研究对象的"天然性"，还在于它是清理历史、清理思想史的一种材料。

2003年秋写于北京

(载2004年2月24日《中国社会科学院院报》)

虚拟的病，虚拟的死

——读林译片山恭一《在世界中心呼唤爱》

"林译小说"一语本来专指林纾翻译的西洋小说，但是，在林少华翻译东邻作家村上春树的作品大获成功之后，这个用语的含义应当有所改变了。林少华的译作已经成为译品中的名牌，并且具有规模效应，也应称作"林译小说"。林纾生活于十九、二十世纪之交，不谙西文，是通过他人的口述翻译西洋小说，而林少华身处二十、二十一世纪之交，精通日文，翻译的是东洋小说。这种对称是一种偶然，但两种翻译现象值得结合起来研究。林译东洋小说的品牌效应已经被纳入出版操作系统。青岛出版社隆重推出的七册片山恭一作品系列，打的就是"著名翻译家林少华先生最新译作"的广告。《在世界中心呼唤爱》即为七册中的一册。

书名中的"呼唤"一词在日语原文中写作"叫ぶ"(Sakebu)，直译成中文应当是"叫喊"。而"呼唤"一词的日语对应词汇应当是"呼ぶ"(yobu)或者"よびかける"(yobikakeru)。那么，林少华将本应译为"在世界中心叫喊爱"

的书名翻译成"在世界中心呼唤爱",是误译(或"偏译")吗?不是。此种译法或许比较典型地体现了林少华的翻译风格——即注重译文自身的美与抒情性。将林译村上作品与台湾翻译家赖明珠所译村上作品对照起来看,更易于发现前者的华丽与后者的朴素。仅就词汇的对应关系而言,"呼唤"不如"叫喊"准确,但是,"呼唤"比"叫喊"更美、更抒情,更符合小说原作的情调。此种译法应当是基于林少华的翻译观。林少华将翻译家视为"灵魂的间谍",将翻译活动看作"灵魂对接活动。"辞典在验证翻译是否准确方面所具有的意义不应绝对化。没有人能够保证作家本人完全是在辞典规定的意义上使用词汇。毋宁说,对于约定俗成的违反和抗拒、通过这种抗拒获的自由、制造意义,才是文学创作作为语言活动的特征之一。对于原作和获得了自身完美性的译作来说,辞典或许是招惹是非的"第三者"。如果说翻译作为一种精神劳动也是以创造美为指归,那么译作不妨比原作美一些。

《在世界中心呼唤爱》作为一篇讲述纯情恋爱故事的小说,正与林少华的翻译风格相吻合。这应当是译作获得成功的原因之一。高中男生朔太郎,在相恋的女同学亚纪死去之后,和亚纪的父母一起带着亚纪的骨灰到澳洲的荒原上去抛洒。小说开头的时候他们正在出发:冬天的一个寒冷的早晨,汽车在冰雪覆盖的路上赶往机场……这个开头构成了青春恋爱故事被叙述出来的背景。在澳洲的荒原上,朔太郎偷偷地保留了亚纪的一点骨灰,带回日本,在樱花开放的季节抛洒在风中。和亚纪的骨灰一起随风飘落的,是凋零的樱花花瓣……小说结尾处的这个场面,意味着樱花所凝聚的日本人的生命体验在小说中获得了具象化的体现。

2005年4月17日著者与林少华（右）在片山恭一作品研讨会上（秦岚／摄）

这是一个将青春之爱置于病、死、骨灰和旅途之上来叙述的故事，关键词中的关键词是骨灰。这个骨灰故事的背后还有一个骨灰故事。朔太郎的爷爷终生怀恋青年时代的恋人——尽管恋人是与别人结婚并且已经去世。他在孙子朔太郎的帮助下到恋人的墓穴中盗取了恋人的骨灰，请求孙子在自己百年之后将恋人的骨灰掺在自己的骨灰里抛洒。大概是宗教背景的不同所至，与中国人相比，日本人对待骨灰怀有一种超乎寻常的虔诚与亲近感。《在世界中心呼唤爱》就对这种虔诚与亲近感进行了充分的表现。

爱到骨灰，表明了爱确实至死不渝，同时表明了爱的纯净、爱对肉欲的超越。《在世界中心呼唤爱》出版之后狂销170多万册，并且依然在畅销。何以如此？林少华在小说"译序"中指出：

"究其主要原因,大概恰恰在于作者在爱被污染的今天提供了未被污染的爱,在没有古典式罗曼司的时代拾回了古典式罗曼司。"确实如此。不过,此种表达也揭示了纯爱故事本身对于日本社会的虚拟性。——作为虚拟之物对于物欲、色欲的日本现实社会构成补充并且充满魅力。这个纯爱故事确实具有虚拟性——不同于小说叙事技巧之"虚构"的虚拟。因为纯爱故事之所以能够成立,在于病和死介入了生命过程,即介入了两个人的爱情。失去了爱和死,纯爱故事大概就难以展开,就会流于俗套。结合片山恭一早前创作的另一部小说《世界在你不知道的地方运转》来看,病的虚拟性就显然一些。在《世界在你不知道的地方运转》中,故事同样是通过疾病得以展开,而主人公薰所患的是一种想像中的摄食障碍症。不仅如此,世界本来是运转于"你不知道的地方"。在此延长线上,"世界中心"就具有了双重的未知性即双重的虚拟性。世界本身尚在"不知道的地方",那么谁又知道"世界中心"在何处?就小说题目的关联来看,"世界在你不知道的地方运转"已经赋予了"爱"以虚拟性。这里隐藏着一种虚无,一种无奈。作家本人显然是在现实面前感到无能为力,所以才常常借助病和死寻求升华与解脱。

《在世界中心呼唤爱》与当代日本社会之间还有更复杂的关系。作家的年龄值得注意。出生于1959年的片山恭一已经四十六岁,他是以年轻时代的生活体验为素材创作青春小说,创作对于他来说是一种怀旧的仪式。作者年龄与作品世界之间的时间差,是否意味着日本社会进入了怀旧时代呢?答案是肯定的。因为以青春题材大获成功的村上春树也已经年过半百。此种小说在日本社会的流行,意味怀旧情绪已经像传染病一样蔓延。这或许与二十世纪九十年代以来泡沫经济的崩溃有关。此种怀旧情调的小说中男女角色的变化亦应注意。在这里,无论是亚纪还是薰,都是病患者。患病却不失为男性的精神寄托,在与男性的误解或交流之中固守着自己,塑造着自己。这或许意味着日本的男性和女性们在新的时代里都在重新界定自己的角色,意味着日本社会"准母系氏族社会"式的男女关系正在悄悄地发生改变。

世界在人们"不知道的地方"运转,人们却"在世界中心呼唤爱"。绝望却并未失去希望。地球存在位置的不确定性,同时也为这种存在提供了多种可能性。《在世界中心呼唤爱》被翻译为中文并且开始被广泛阅读,意味着中国暂时成为"世界中心",有人在这里呼唤爱。也许,哪里有人呼唤爱,哪里就是"世界中心"。

2005 年 4 月 25 日写于寒蝉书房

东瀛文化的中国解读

叶渭渠先生所著《日本文化史》由广西师范大学出版社出版了第二版。出版时间为今年八月，这也许并非偶然。在政府关系陷入僵局、国民感情日益恶化的状况下迎来抗战胜利六十周年，对日本的了解变得更为必要。而日本的文化传统正是了解日本的主要途径之一。这样，学术性的《日本文化史》就难免被纳入现实的阅读环境之中。该书书后附有两段介绍文字，曰："本书意在探寻日本文化的精神，展示其丰富的面向，追溯其发展的源流。首先考察大和民族在生活实践中自主生成的宗教、文学与艺术的成果，以及由这些成果凝聚而成的文化性格；其次研究日本文化与外来文化——具体地说，古代之与中国，近代以来之与西方——的交流，以及在两种文化的碰撞中，日本文化所表现出来的内在发展的自律性和外在交流的主体性，由此展开日本文化发展的论述。""作者叶渭渠教授，多年来致力于日本文学的译介与研究，于日本文化浸淫既久，其论其述，自然亲切通达。本书堪称了解日本文化的最佳读本。"这两段文字恰到好处地概括了《日本文化史》一书的基本特征。该书对日本文化的叙述始自日本文明的发端，注重历史延续性，同时顾及到不同文化类型的均衡性。著者本是日本文学研究专家，但该书对宗教、建筑、美术以及茶道等文化类型的介绍也深入细致、鞭辟入里。在对与中国文化、西洋文化之差异的辨析之中，日本文化精神的独特性被展示出来。需要特别强调的，倒是《日本文化史》一书作为"印刷品"的完美形态。该书收录插图多幅，因此在某种程度上成为"图说·日本文化史"。对于该书来说，图片的大量使用并非仅仅是为了顺应"读图时代"的大趋势，而主要是为了更直观地展示日本文化的诸种形态。深入细致的描述与精美的图片相辅相成，将日本文化立体地展示给读者。这些图片印制精美，无论是陶俑、壁画，还是伊势神宫、日光寺、大阪城等建筑，亦或是《凯风快晴》等浮世绘作品，皆赏心悦目，即使是作为纯粹的美术作品来看也具有欣赏价值。

《日本文化史》对日本文化的叙述是以古代和近代为主，二十世纪的日本文化（比如绘画中的"大正浪漫派"以及战后风靡日本的漫画、卡通之类）则基本没有涉及。我想这主要与现代日本文化形态的复杂性与丰富性有关。相对于具有稳定性和纯粹性的日本传统文化而言，多元、急变的日本现代文化则难以进行"史"的描述。不过，《日本文化史》对日本文化传统的描述为我们观照现代日本社会和现代日本人提供了一面历史性的镜子。比如，该书对于"真实"（诚）这种审美意识有细致的引证，指出"真实"（诚）包含了"真言"、"真事"和"真心"等意思，"以'真实'为根本的精神，自然地成为古代日本人的生活基础和社会文化基础。"而现代日本人特有的"认真"，显然是那种具有历史传统的"真实"的延续，并且不仅是一种处世态度，而且涉及审美意识的层面。该书对标志着日本文学的重大变革、标志着日本文学英雄叙事诗时代开始的"战记物语"的叙述，为认识甲午战争至今出现在日本的大量战记类作品提供了参照。关于"不立文字"、"以心传心"等禅文化宗旨在日本绘画、书法和枯山水庭院等造型艺术中的体现，《日本文化史》也有详尽分析，这同样可以成为认识日本人国民性的参照。在现代日本社会中依然能够感受到的那种日本式的暧昧、委婉与阴湿，也许是禅文化的一种生活化体现。真实与暧昧构成的关系，日本右翼历史学者在对待战争责任问题时的"不诚"，日本政治家表明参拜靖国神社立场时的不暧昧，则表明了日本文化自身的复杂性以及文化传统在现代社会中的变异。

一本书的价值因读者不同而有差异，对于中国读者来说《日本文化史》也是如此。日本传统文化是在对中国文化的吸收与改造中发展起来的，因此认识日本文化传统也成为认识中国文化传统的一种途径。白居易作品在日本的流行提供了认识白居易的另一种视角，深受中国绘画技法影响的雪舟的《泼墨山水图》等作品则为重新认识中国古代画家（例如梁楷）的作品提供了参照。类似的例子有许多。这或许可以看作《日本文化史》一书的"中国价值"。

2005年11月12日写于寒蝉书房

（载2005年11月25日《新京报》）

姗姗来迟的"太宰鲁迅"

新星出版社的于九涛先生打电话来谈出版太宰治《惜别》中译本的事,大概是在今年(2005)六月。明知出版此种书籍可能会赔钱、要冒商业风险,但我当时依然是竭力怂恿。这是因为我觉得《惜别》是一部许多中国人早就应当读却一直没有读的小说。据说,五年前河北某家出版社出版鲁迅研究书系的时候曾经将《惜别》列入出版计划,但不知何故计划未能实施。今年是抗战胜利六十周年,恰巧也是《惜别》出版六十周年。在这一年筹划出版《惜别》中译本,可谓独具慧眼。在《惜别》构思阶段的1944年3月,太宰治曾向日本文学报国会提交《<惜别>之意图》一文,他在文中表示希望即将创作的《惜别》能够被中国的年轻知识分子阅读。可惜,在太宰治1948年6月自杀之前,《惜别》被翻译为中文的条件并不具备。现在,六十年过去之后,《惜别》中译本即将出版,太宰治九泉之下有知亦应感到欣慰。

太宰治(1909－1948)本名津岛修治,是日本现代著名作家,但在中国,除了日本文学研究界的人们,他似乎少为人知。堤重久的《恋爱与革命——太宰治评传》(讲谈社1973)和细谷博的《太宰治》(岩波书店1998)都是深入浅出的太宰治入门

鲁迅在仙台医专留学时上课的阶梯教室（著者摄于2007年2月）

书，但尚无中译本。1909年6月19日，太宰治出生在日本东北青森县北津轻郡金木町（即当年的金木村）的一个大地主家庭。父亲是当地纳税大户，对国家贡献颇大，因而成为日本贵族院的敕选议员。太宰治早熟、多愁善感，1923至1927年在青森中学读书期间即立志于文学创作，与同学们一起创办了《星座》、《蜃楼》等同人杂志。在弘前高校读高中期间（1927－1930），他又创办《细胞文艺》，身为高中生，居然向远在东京的林房雄、舟桥圣一、井伏鳟二等知名作家约稿并支付稿酬。1930年春太宰治离开故乡到达东京，考入东京大学法国文学科。参与非法的日本共产党的左翼运动，反抗地主家庭，与艺妓恋爱，这种"堕落"

导致了1930年10月的"分家除籍"（家庭与之断绝关系）。1929年12月和1930年11月，刚过二十岁的太宰治两次自杀，均未遂。对于太宰治来说，自杀未遂表明的并非胆怯，而是死亡的艰难。第二次是在东京郊外的海边与银座咖啡店十九岁的女招待一起情死，女招待身亡，太宰治却侥幸获救，于是被警察以"帮助自杀"的罪名进行审讯。自杀未遂反而成为杀人嫌疑犯，足见人生之荒诞。因为此类原因，"太宰治"这一笔名（1933年开始使用）的来源之一被研究者解释为"太宰"与"堕罪"的谐音（日语读音均为dazai）。"人为恋爱与革命而生"——太宰治晚年代表作《斜阳》的主人公和子这样认为。实际上此言也是太宰治的心声。为了从"恋爱与革命"的烦恼中解脱，太宰治最后依然是用自杀的方式结束了自己的生命。堤重久将自杀身亡视为太宰治本人"恋爱与革命"的最终结局。1948年6月13日深夜，太宰治抛下妻子和三个孩子，在东京西郊与情人山崎富荣投河自尽。自杀之前，他在山崎富荣的房间里给妻子留下遗书、手稿，给孩子留下玩具，给朋友留下临别赠言，他与山崎富荣两个人的照片前还供着香火。好像是自杀得从容并且有些浪漫。时值梅雨季节，搜寻困难重重，直到六天之后的6月19日，两个人的遗体才在井之头公园里的一座桥下被发现。好像是命运的安排，这一天正是太宰治三十九岁的生日。

太宰治的创作生涯从1933年3月发表短篇小说《鱼服记》算起仅有十八年，但却留下了《富岳百景》、《右大臣实朝》、《津轻》、《斜阳》、《人品丧失》等名作。其作品或取材于现实生活，或取材于民间传说、历史记述，大都具有独特的构思和别致的语言形式,包含着深刻的人生体验。1947年《斜阳》的出版甚至在日本社会促成了"斜阳族"的诞生。与上述名作相比,战争末期接受日本内阁情报局和日本文学报国会的委托而创作的长篇小说《惜别》不仅内容令人生疑,艺术表现也显得粗糙。显然是由于这样的原因,《惜别》在日本学界没有受到足够的重视,甚至没有被收入筑摩书房1977年出版的

鲁迅(后立者左)在仙台医专留学时与同学合影

《太宰治全集》。我强调《惜别》的价值,主要是立足于中日现代关系史和日本人的鲁迅观。这部作品在中日战争的特殊背景上将鲁迅的复杂性、太宰治本人的复杂性展示出来,包含着文化观念与国家意识形态的多重纠葛,与鲁迅的名文《藤野先生》构成了奇特的关系,具有多侧面的认识价值。

与日本的特殊关系使鲁迅成为"东亚的"(而非仅仅是"中国的")文豪,对鲁迅的认识构成了现代日本人中国观的一部分,并且构成了日本现代思想的一部分。竹内好(1910－1977)是现代日本著名思想家,也是现代日本研究鲁迅的第一人。1943年,他怀着近于写遗书的心境撰写了研究著作《鲁迅》,完稿之

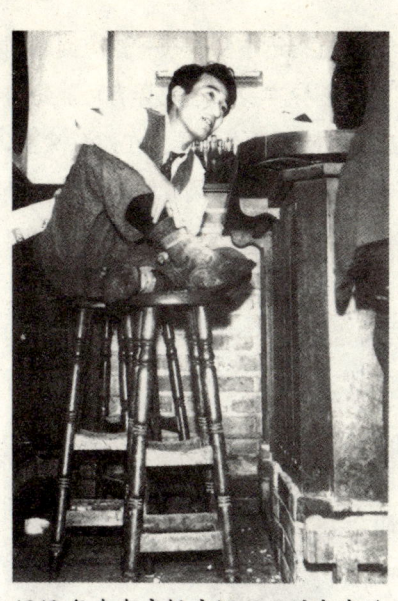

1946年在东京银座酒吧里的太宰治

后即应征入伍,被派往中国战场。《鲁迅》成为日本鲁迅研究的奠基之作、经典之作,竹内好阐释的鲁迅因此被称之为"竹内鲁迅"。《鲁迅》出版于1944年,那正是太宰治的《惜别》出版的前一年。恰恰是这位竹内好,在《<藤野先生>》(1946)、《花鸟风月》(1956)等文章中对《惜别》进行严厉批评,认为太宰治歪曲了鲁迅,对鲁迅的屈辱感认识不足。这种批评主导了战后日本学术界对《惜别》的认识。竹内的批评有合理性,但也有简单、片面之处,遮蔽了《惜别》中的许多重要问题。实际上,鲁迅的"本体"存在于鲁迅的复杂性之中,需要从不同的角度进行阐释。《惜别》作为小说固然是在"想象"鲁迅,但小说对于鲁迅文化观的表述、对于弃医从文动机的解释、对于侮辱信作者动机的解释,都有启发性。太宰治其实是在用另一种方式接近鲁迅的复杂性。借用"竹内鲁迅"的命名方式,我把太宰治理解和想象的鲁迅称之为"太宰鲁迅"。无论是"竹内鲁迅"还是"太宰鲁迅",都不仅仅是本体意义上的鲁迅,并且是被特定的主体相对化的鲁迅。作为概念它们均具有二重主体性。以《鲁迅》为代表的"竹内鲁迅"和以《惜别》

为代表的"太宰鲁迅"哪一个更接近鲁迅本身？——这个问题固然是重要的，但更重要的是二者的差异本身。这差异有可能是鲁迅内部差异的对象化，同时也是日本内部的差异。在此意义上，将太宰治的《惜别》与竹内好的《鲁迅》对照阅读是必要的。换言之，读过《鲁迅》的人应当读这本《惜别》。好在竹内好的《鲁迅》已经有两种中文译本出版。

就对中国的了解而言，与曾经留学中国、懂汉语、以中国研究为职业的学者竹内好相比，作家太宰治是个门外汉。不过，这种身份的差异并不意味着太宰的中国观、鲁迅观在价值层面上一定处于竹内好之下。职业化的中国研究能够深化对中国的认识，但"习以为常"也有可能造成偏见与钝感。置身"门外"使太宰治保持着更多日本人的纯粹性，而此种更为纯粹的日本人的眼对鲁迅、对中国的观照是我们必须正视的。"非专业"的背景有可能使太宰治表现出"日本人"的另一种敏感与另一层真实性。毕竟，在日本国民中中国研究者是少

1948年创作《人品丧失》（《人间失格》）时的太宰治

数，而更多不以中国研究为职业的人同样在"想象"着中国。

给《惜别》以足够的重视对于太宰治的整体研究来说同样是

重要的。《惜别》是太宰治在战争状态下投入巨大劳动创作出来的一部长篇小说,它与太宰治的其他作品并非绝缘。如果将《惜别》置于太宰治的作品谱系中来看,某些值得注意的问题就会浮现出来。比如,基督教在《惜别》中的投影与在《右大臣实朝》中的投影有何关联?《惜别》与日本偷袭珍珠港之后太宰治创作的短篇小说《新郎》、《十二月八日》具有怎样的相通性?《惜别》与同样创作于1945年初的《御伽草纸》均将叙事语境设定在空袭警报下,但却保持了轻快的叙事风格,何以如此?——类似的问题均有待于作进一步的研究,此种研究有助于更全面、更具整体性地认识太宰治。不仅如此,太宰治的"革命"与孙中山的"革命"之间的关系,竹内好批评《惜别》时所谓"花鸟风月"(风花雪月)涉及的认识问题与小说美学问题,同样有待于作进一步的研究。

中日两国从十九世纪末开始交恶,两国关系百余年来多有波折与挫折。上个世纪七十年代初终于"正常化"并且迎来"蜜月期",但三十年过去之后的现在又冷到冰点。六十年前太宰治在《惜别》中试图解决的问题现在依然摆在我们面前,并且摆在日本人面前。所幸,在灰暗的中日现代关系史上鲁迅与藤野先生的关系是一抹亮丽的玫瑰色。无论是在太宰治的《惜别》中,还是在中国人对鲁迅《藤野先生》一文的解读中,这种关系都被赋予了国家意识形态的意义。太宰治希望中国年轻的知识分子阅读《惜别》之后能够"产生'日本也有我们的理解者'之感怀",在六十年的时间间隔之后,中国读者由阅读《惜别》而生的"感怀"与太宰的希望无疑会有很大的差异。但是,无论怎样的感怀都可以作为理解日本的起点。"太宰鲁迅"姗姗来迟，但依然能够给中国读者带来新鲜的感受。

《惜别》中译本的面世当在2006年年初。正是在整整一百年前的1906年初春，青年鲁迅带着背面题有"惜别"二字的藤野先生的照片离开仙台回到东京，投身文学事业。这种巧合似乎也暗示出《惜别》中译本出版的另一种必然性。

2005年12月5日记于寒蝉书房

（本文为《惜别》中译本序言）

大米、水与《华严经》
——再读《亚洲美食之旅》

将这本书的书名翻译为"亚洲美食之旅",颇高明。若直译为《吃整个亚细亚吧》,则不像书名。事实上,著者伊藤武也确实是以美食体验为目的在亚洲旅行,并完成了该书的写作。"旅"在该书中至少有两层含义。一是著者本人在亚洲各国的旅行——从东北亚走到西亚、南亚,二是食物在亚洲的传播——比如起源于中亚地区的饺子往东"旅行",越过日本海一直"旅行"到日本列岛。

通过美食之旅从整体上把握亚洲,使著者获得了一种全局性的俯瞰视角。这是一种开阔的、居高临下的视角。视角的此种特征不仅表现在该书内容的构成上(从日本写到中国、阿富汗、印度、泰国等地),甚至表现在著者亲手为该书绘制的插图中。包饺子的情景,盛着美人排翔的大盘子,跳芦笙舞的场面,几乎都给读者一种从正上方往下俯视的视觉效果。

应当注意的是,尽管《亚洲美食之旅》对从寿司、馒头到饺子、咖喱饭等诸多亚洲食物进行了描述和解说,但伊藤武毕竟是作为日本人进行其亚洲美食之旅。因此，他对异国食物的认识本质上是在日本食物的延长线上进行的。该书对大米表现出的特殊兴趣，即与此有关。

假如举出一种最具日本特征的食物，那无疑是寿司。生鱼片看起来似乎更具代表性，但那毕竟是菜，不能当饭吃。而寿司，虽然是以米饭为主料，但同时也将生鱼片包括进来了。"寿司"二字是日语平假名"すし"（sushi）的汉字写法，但"すし"的汉字写法并非只有"寿司"。在"すし"的几种汉字表记当中，"寿司"之外还有"鮨"等，而"鮨"本来是一种鱼。现在的寿司中，半数以上还是用鱼虾之类裹着米饭团做成的。

寿司以米饭、鱼虾以及紫菜等为主要原材料，这就涉及到水了。日本是个受惠于水的民族，其生活形态乃至审美趣味均与水保持着密切关系。日本的稻作文化是以水为基本条件发展起来的，大米成为日本人主要的、并且是最喜欢的食粮。他们常吃的鱼来自水中，洗澡必须用水，甚至其"简洁"的审美观都与水保持着隐隐约约的关联。就饮食而言，日本人清淡的口味近于饮水。伊藤武笔下的尼泊尔厨师阿门指出："日餐实际上是水的味道。米饭之所以好吃，是因为做饭的水甘甜。只有日本人觉得不放油盐酱醋、只用水煮的白米饭可贵。生鱼片也一样，因为用好水进行清洗，所以才好吃。"这实在是精到之论。若将日本菜与"中华料理"对比，重大差异之一大概就是清淡与油腻的差异，即水与油的差异。清淡的日本菜适合清酒，而油腻的"中华料理"则正与烧酒相称。油不溶于水，中日两国人性格之难和，从口味亦可见出一斑。

伊藤武对大米怀有的那份虔诚，即与以水为基本条件的稻作文化传统有关。他在《亚洲美食之旅》第四章中说："每一粒大米中都栖息着神的灵魂，因此，哪怕是一个米粒，也不应该轻视浪费。稻作是伴随着信仰发展起来的，与之相关的各种祭祀活动应有尽有，这就是亚洲稻作文化的特点，和美国的现代稻耕农业大相径庭。"他的外婆为了培养他珍惜米饭的习惯，甚至对他说："你要记住，米饭是蛇的化身，人死的时候，他在一生中吃剩的米饭都会变成白蛇，缠住他的全身。到时候，不论念多少遍'阿弥陀佛'都得不到原谅。"从外婆到伊藤武的这种隔代关系，已经体现出稻作文化社会珍惜米饭的传统。不仅如此，米饭作为一种植物的果实，在这里已经被赋予了灵性。

赋予植物以灵性，正是伊藤武饮食文化论的一个重要特征。在这一特征的形成过程中，佛教的影响——具体说就是《华严经》的影响——是不能忽视的。伊藤武指出："世间万物全部彼此相互联系，一个存在之中能映照出所有的一切。《华严经》的

伊藤武在送给著者的书上随手画的图

这一思想，据说是开了莱布尼茨'单子论'的先河。"甚至一粒纳豆（煮熟发酵之后的黄豆）上栖息着的三、四亿纳豆菌，也使伊藤武联想起《华严经》所谓"微尘中存在着宇宙"的思想。

于是，在《亚洲美食之旅》中，植物乃至霉菌都被作为有类似心灵的东西来对待了。伊藤武写到：加拿大、澳大利亚的人们对着农田播放巴赫、莫扎特等著名作曲家的作品，于是小麦、大豆产量倍增；日本豆瓣酱工厂的人们在车间播放音乐，于是豆瓣酱的发酵速度加快，且味道均衡。此类近于荒诞的叙述让我疑为虚构，但是，人与食物在这里获得了平等并且进行了心灵交流。在对待食物的态度方面伊藤武与一般人的差异，大约就在于此。

食物维持着我们的生命，在此意义上食物就是我们自己。这是《亚洲美食之旅》一书给我们的重要启示。

2006年1月4日写于寒蝉书房
（载 2006 年 1 月 18 日《21 世纪经济报道》）

鲁迅·革命·孙中山

——写在《惜别》中译本出版之际

公元1906年，即日本的明治39年，已经过去了整整一百周年。就是在这一年的春天，青年周树人从仙台医学专门学校退学回到东京，开展文学活动，以期唤醒民众、拯救中华民族。这就是中国新文学史上著名的"弃医从文"。十二年之后，青年周树人成长为著名作家鲁迅，在五四文坛上大放异彩。鲁迅被誉为"中国现代文学之父"，而其文学活动却是始自日本。在此意义上，日本是中国新文学的起点。确实如此。鲁迅之外，郭沫若、郁达夫、周作人等著名新文学作家均属留日派，五四时期两大主要新文学团体之一的创造社甚至是在日本成立的。

鲁迅与日本的密切关系及其在中国现代文学史上的地位，决定着日本人必然对他怀有浓厚的兴趣和不衰的热情。1936年10月19日鲁迅去世，1937年2月至8月日本改造社就出版了七卷本的《大鲁迅全集》。这比中国第一部《鲁迅全集》的出版早了将近一年。在"日中战争"（从中国方面来说即"抗日战争"）正在进行的1940年代前期，日本依然出版了至少三部鲁迅传记。这就是小田岳夫（1900－1979）的《鲁迅传》（1941），竹内好（1910－1977）

的《鲁迅》（1944），太宰治（1909－1948）的《惜别》（1945）。三部著作各具特色，但尤具特异性的当属《惜别》。这不仅是因为《惜别》采用了传记小说的形式，更主要的是它与战时日本的国家意识形态以及前两本鲁迅传保持着复杂的联系。

　　青年周树人离开仙台医专的时候，带着藤野严九郎先生赠送的背面题有"惜别"二字的照片。因此，太宰治将其以鲁迅的仙台留学生活为素材的小说定名为《惜别》，恰到好处。《惜别》虽然是在日本宣布战败大约三周后的1945年9月5日出版，但它实际上是太宰治接受日本文学报国会和日本内阁情报局的委托与资助在1945年初创作的。委托者提供资助，是希望太宰治通过青年鲁迅与藤野先生的关系表现"大东亚之亲和"的思想，服务于"大东亚共荣圈"的军国主义意识形态。但是，太宰治作为一个具有独特创作个性的作家，并没有完全服从委托者的意志，而是通过《惜别》表达了更为复杂的思想观念。在作品中，太宰治一方面通过鲁迅对日本在日俄战争中获胜的评价肯定了日本的"国体"，同时又对孙中山的革命思想和三民主义理论表示了完全的认同。《惜别》中的青年周树人被塑造为"三民主义的信奉者"，声称"那三民主义的民族、民权、民生三者之中，我本人最容易理解的就是民生这一条。总是在自己眼前浮现的，是自己少年时代三年间那悲惨的身影。"不仅如此，《惜别》中的藤野先生作为日本人也同样认同孙中山的三民主义。基于三民主义的民族思想，藤野先生主张"支那之保全"，主张"不要欺负支那人。"这样，对三民主义思想的认同实质上已经构成了对日本军国主义侵略行径的间接批判。在《惜别》中，中国儒家文化传统和现代三民主义思想同样得到肯定。太宰治笔下的青年周树人是一位儒教礼赞者，同时是一位道教批判者。这种描写揭示了鲁迅文化心理的复杂性。

太宰治创作《惜别》之前阅读了小田岳夫的《鲁迅传》和竹内好的《鲁迅》，他认为前者"春花一样甘美"而后者"秋霜一样冷峻。"实际上，此二者均影响到《惜别》的创作。《惜别》中有青年周树人长达约十页的对自己身世的叙述，这种第一人称的叙述方法与小田岳夫《鲁迅传》的基本写法十分类似。《惜别》对鲁迅与孙中山关系的阐释则显然受到了竹内好《鲁迅》类似论述的启发。竹内好在《鲁迅》中指出："鲁迅在孙文身上看到了'永远的革命者'，而又在'永远的革命者'那里看到了他自己。"由此展开有关鲁迅"革命文学观"的论述。《惜别》则创造性地将孙中山的革命观念在鲁迅这里具体化为三民主义思想。竹内好认为鲁迅的根本思想就是"人得要生存"，而太宰治让鲁迅对三民主义中的"民生"表示特别的共感，也是强调"生存"对于鲁迅的特别意义。

现在的中国人，能够从《惜别》中读出自己的旧面影，读出战争时期日本人的心态，读出明治末年至昭和前期东北亚历史的碎片。《惜别》在出版六十年之后被翻译为中文在中国出版（新星出版社 2006 年 1 月），这本身是一个小小的文化事件。置身二十一世纪的东北亚社会，穿过六十年的时光，阅读《惜别》并且通过《惜别》认识一百年前的鲁迅、中国与日本，重新思考民族认同与文化同一性等问题，应当能够在双重的历史纵深感中有所收获。

2006 年 1 月 23 日写于寒蝉书房

（载 2006 年 3 月 3 日《环球时报》）

高仓健：健者多情

对于中国人来说，高仓健首先不是高仓健，而是电影《追捕》中那位坚忍、执著、智勇双全的日本警官杜丘，或者《幸福的黄手帕》中那位名叫勇、沉默寡言、内心世界丰富、出狱归来的日本男人，或者《远山的呼唤》中善良的逃犯岛田耕作。"表演"往往带有几分先天的真实，演员与其扮演角色气质的相近是表演成功的条件之一，并难免被其扮演的角色所塑造。在此意义上，不妨通过"杜丘"等虚构人物来认识高仓健。但是，这种认识肯定是肤浅、片面的。演技高超的演员被其扮演的角色遮蔽，完整、真实的自我消失在角色的阴影里，似乎是一种宿命。高仓健也未能逃脱这种宿命。

完整、真实的高仓健在哪里？在这本《高仓健影传》（中信出版社 2006 年 1 月出版）里。

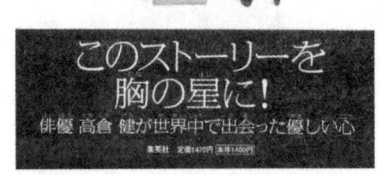

《南极的企鹅》日文原版封面

《高仓健影传》封面上有三句内容介绍，曰："国内第一本全面记录高仓健成长历程的影传。／珍贵绝版照片＋高仓健亲笔著述散文。／一个你从未真正了解过的高仓健。"这并无夸张。该书确实完整展示了影星高仓健的人生历程——从出生、成名直到 2005 年在中国拍摄《千里走单骑》。丰富的史料与独特的编排方式，决定了该书不仅是一本娱乐性大众读物，同时也是一本"个人昭和史"，是认识现代日本社会的教科书。"高仓健"本是 1931 年出生于北九州的煤矿职员家庭、1949 年考入明治大学商学部、名叫小田敏正的日本青年的艺名，1950 年代中期小田敏正用这个艺名进入演艺界是为生活所迫，并且带着沦为"戏子"的挫折感。但是，二十年后"高仓健"成为享誉全球的影星，"小田敏正"则被人遗忘。从该过程能看出昭和中期之后日本人思想意识与价值观念的巨大变化，此种变化又与战后日本电影艺术、大众文化的发展过程相伴随。出身九州对于高仓健来说具有特殊意义。"九州男儿"是日本男士的一种类型，口碑不错，类似于中国人心目中的"东北汉子"或"山东大汉"。《追捕》、《远山的呼唤》等影片所展示的高仓健式的沉默与强悍，显然包含着"九州男儿"的阳刚之气。不过，"九州男儿"的身份或许也强化了高仓健身上同样存在的日本式大男子主义。1959 年高仓健与红歌星江利智惠美结婚，但无法建立平等、和谐的夫妻关系。1971 年二人劳燕分飞，1982 年智惠美醉酒而死。离婚悲剧发生的原因之一，应当是高仓健的"九州男儿"气质。

如内容介绍所言，《高仓健影传》录有"高仓健亲笔著述散文"。该书所录十四篇散文或散文片段中，我最感兴趣的是译自散文集《南极的企鹅》的四篇，即《非洲少年》、《北极的印度人》、《故乡的妈妈》以及同题散文《南极的企鹅》。因为我的书架上就有一本日文版《南极的企鹅》。

《南极的企鹅》2001年2月由集英社出版发行，短短的序文（仅十四行）之外共收录散文十篇。十篇散文能够印成一本书，是仰仗多幅插图与精致奢华的印刷装帧。版心小，字号大，插图多，印刷用纸厚，再辅以厚厚的精装封面，一本像模像样的图文书就诞生了。插图为唐仁原教久所绘，简洁，淡雅，富于装饰性，日本画风格鲜明。当初在东京的书店里买下该书是出于好奇，想看看高仓健这位硬派风格的影星会写出怎样的文章。

著名影星竟然也是一位文章高手。书面体日语，助词省略很多，文字简洁、精练，文章构思同样简洁、精练。那种叙述方式似乎只能出自在银幕上扮演了众多沉默、坚忍的男性角色的高仓健之手，高仓健创造了"高仓健文体"。《南极的企鹅》展示了高仓健丰富、深邃的情感世界，从中能够看到高仓健的生命观与伦理精神。他了解生存的艰难，因此在《非洲少年》中认同人们将少年留在沙暴中、使其接受磨练的做法。他向往广袤的空间，因此对旅途之人怀有共感，写北极的印度人，写夏威夷的越南人，写澳大利亚的牧马人。他怜爱弱小者，因此写非洲少年，写冲绳岛患麻风病的少女。他有无常感，因此在《比睿山的高僧》中写高僧艰苦的修行之旅，在《北极的印度人》中提及印度人拜载鲁的那句话——"存再多的钱，一把火烧掉就什么都不剩了"。高仓健对母亲的爱刻骨铭心。《故乡的妈妈》一文写道：母亲去世的时候他正在外地拍电影，葬礼举行一周之后他才回到家中。打开骨灰盒，看到妈妈的骨灰，无尽的思念与留恋使他心痛欲裂，他发狂般地咀嚼妈妈的骨灰，像是亲吻妈妈……文章的最后一句是："妈妈依然活在我的生命之中。"

《高仓健影传》只选译了《南极的企鹅》十篇散文中的四篇，实际应全部译出。六篇散文不会占多大篇幅。不过，前者的相关记述为阅读后者提供了有效参照。1970 年高仓健的家在火灾中化为灰烬，火灾影响了他的人生观并且影响到夫妻关系。这样看来，印度人关于"火"的谈话对于高仓健来说具有特殊意义。高仓健与智惠美离婚之后没有再婚，并一直带着智惠美送给他的小兔护身符。1999 年拍摄《铁道员》的时候，他征得导演的同意把智惠美的成名曲《田纳西的华尔兹》放入了影片。高仓健在影片中扮演乙松，而影片中时常轻声唱着这首歌的是乙松的妻子静江。这意味着高仓健是用隐喻的形式在影片中与智惠美相遇。对于高仓健来说，三十多年间的独身生活也许具有赎罪的意义。对前妻（也是唯一的妻子）的感情与对母亲的感情一样刻骨铭心。

高仓健与中国的关系非同一般。他激动过中国的一个时代，曾经被众多中国女性"寻找"。中国给他的是"故乡"的感觉，甚至那个小兔护身符也是在 1990 年来中国参加电影节的时候遗失。在 2005 这个特殊年份出演张艺谋影片中的男主角，与同时期冰冷的中日关系之间构成了对比。对于中国人来说，高仓健其实并不是普遍意义上的"日本人"，而是一位男子汉，一位大哥，一位大伯，一位多情的健者。

2006 年 2 月 2 日写于寒蝉书房

比中国人更严厉
——反省侵略战争的日本人及其出版物

日本政府官员在侵略战争方面的"失言"事件屡次发生。或曰日本发动"大东亚战争"是为了"使亚洲殖民地获得解放",或曰"日本统治朝鲜期间为朝鲜做了好事",或曰"亚洲妇女应当为充当日军慰安妇感到自豪"。此类发言的问题不仅在于严重歪曲历史事实、伤害了当年惨遭日本荼毒的亚洲各国人民的感情,而且不停地强化了人们"日本人不认罪、不反省"的印象,使众多对侵略战争有深刻反省的日本人遭受连累。

历史是复杂的。实际上,即使是在日本发动全面侵华战争、绝大部分国民都被卷入国家机器的情况下,日本也存在着反战者。日本共产党可以作为代表。该党有许多党员曾经因为反对侵略战争被关进监狱。战后,在日本作为一个国家对侵略战争缺乏足够反省的情况下,众多的民间人士依然对战争进行了深刻反省,并且采取实际行动清算日本军国主义的罪恶。

总体看来,反省的日本人基本上可以分为三种类型。一是当年侵略战争的参加者。最有代表性的是"中国归国者连络会"的成员。这些人在中国犯下了罪行，战后得到中国方面的赦免并在中国接受思想教育，对侵略战争的本质有了认识，回到日本之后便用亲身经历揭露军国主义的罪恶。该组织出版了刊物《中归连》（季刊）。中国人熟知的东史郎也是属于此类反省者。二是有良知、有理性的知识分子。代表人物就是由于自己正确记录历史的教科书被日本政府否定、因而与日本政府进行了将近四十年诉讼斗争的家永三郎（1913－2002）。对历史真实的执著，使家永三郎成为2001年度诺贝尔和平奖的候选人。与日本右翼知识分子组织"新历史教科书编纂会"进行激烈斗争的东京大学教授小森阳一，也属于此类。小森追究昭和天皇战争责任的《天皇的玉音放送》中文版，已经在2004年由三联书店发行。三是将对侵略战争责任的追究付诸实践的日本律师和市民团体。这些人成为最近十余年间731部队细菌战诉讼、强制中国劳工诉讼、慰安妇诉讼的强大后盾。以731部队细菌战诉讼为例，日方成立了"731部队细菌战受害国家赔偿要求诉讼团"，并出版发行资料丛书《被审判的细菌战》。土屋公献、一濑敬一郎等日本律师做了大量工作，与日本政府进行了艰苦的斗争。中国劳工诉讼团的支持者为了帮助中国人打官司，甚至专门学习汉语，并且发行了报纸《索赔》，把"suo-pei"这个汉语词汇直接引入了日语。

  对于中国人来说，为了真正做到"以史为鉴，面向未来"，与否定侵略历史的日本右翼势力进行斗争是重要的，与对侵略战争有深刻反省的日本进步力量的联合更重要。只有这种进步力量，才能从内部瓦解日本军国主义残余势力。只有当这种进步力量强大到足以左右日本政府的时候，日本与东亚的战争受害国才有可能彻底和解，民族主义才有可能被真正超越。但是，由于种种原因，日本社会的战争反省状况尚未被中国人全面了解。

值得庆幸的是，这种了解已经在进行。日本的相关出版物近年越来越多地被介绍到中国，此中尤应注意的是昆仑出版社2004年出版的译丛"战争记忆与历史反思"。该译丛是将三位日本人的三册反省侵略战争的著作作为一个系列推出。其一是野田正彰的《战争与罪责》。该书日文版1998年由曾经出版许多战争反省著作的岩波书店出版，在日本社会引起反响。著者为精神医学教授，他在书中将实际采访与精神分析理论相结合，对原侵华日军的精神状态和思想意识进行了剖析。其二是山田正行的《自我认同感与战争》，著者同样是大学教授。该书通过对日军在云南腾冲所犯罪行的实际调查，从教育学、心理学的角度追究了日本人的战争责任。其三是《"建国大学"的幻影》。著者水口春喜出生在日本本土，1945年2月到伪满州国的最高学府"建国大学"读书，在中国迎来了日本战败。切身感受使他对日本的侵略历史有了深刻认识，回日本之后他参加了日本共产党，去世之前为日共中央委员。他在书中用亲身经历批判了日本对中国的殖民统治与侵略。昆仑出版社作为解放军系统的出版社推出日本人反省战争的译丛，这一事实或许象征着中日两国已经在另一层面上展开了对话。

2005年4月写于寒蝉书房

（载2005年8月《读书人》第1期）

三个艺妓的回忆

《一个艺伎的回忆》主人公原型岩崎峰子

出版界出现了一场不大不小的"艺妓热"。美国学者阿瑟·高顿的小说名作《艺伎回忆录》由青海人民出版社出版中译本是在1999年3月,那个版本的书名为《一个艺妓的回忆》。在那之后将近六年的时间里,中国图书市场上似乎只有该书主人公小百合一个艺妓在"回忆"。但是,到了今年一、二月间,情形就大不相同了。一月,上海译文出版社出版了《艺伎回忆录》的新译本,二月,金城出版社同时推出了两本艺妓回忆录:京都名艺妓岩崎峰子所著《真正的艺伎回忆录》与美国学者丽莎·C.荻尔贝所著《我在京都当艺伎——一个美国女学者的花街生活》。这样,岩崎峰子、荻尔贝便随同小百合在中国"回忆"艺妓生涯。三本书放在一起,即构成"三个艺妓的回忆"。此种情形的出现与美国影片《艺伎回忆录》的拍摄、公映有关。美国大导演以小说为基础拍摄同名电影，艺妓扮演者则是巩俐、章子怡、杨紫琼这三位华人大明星。在这一过程中日本艺妓又一次被美国化，并且被中国化，最终导致中国出版界"艺妓热"的出现是自然的。

三位艺妓的同时出现展示了艺妓的差异性与丰富性。"艺妓"究竟是一种怎样的身份？在汉语语境中"艺妓"是否应当改写为"艺伎"？此类问题也是岩崎峰子《真正的艺伎回忆录》与高顿《艺伎回忆录》冲突的焦点所在。

高顿是以对岩崎峰子的采访记录为基础创作了畅销小说《艺伎回忆录》。小说写及艺妓的卖身，因此曾经有过辉煌艺妓生涯的岩崎峰子认为自己以及日本的艺妓们都遭受了侮辱，于是起诉高顿违反采访时的保密约定，并创作《真正的艺伎回忆录》以正视听。不过，在将高顿的小说与岩崎峰子的回忆录对照阅读之后，我认为岩崎峰子未必能够胜诉。首先，高顿的《艺伎回忆录》是小说而不是传记。小说主人公小百合1920年代中期出生在日本海岸边的小渔村，这个虚构的人物与岩崎峰子回忆录中1943年出生在日本海岸边渔民家庭的百合子有点类似，但与1949年出生在京都的岩崎峰子本人相去甚远。其次，岩崎峰子作为二十世纪六、七十年代京都艺妓界的"花魁"（保持该称号达六年之久），实践十九世纪末期京都艺妓组织"祇园甲部歌舞会"倡导的"卖艺不卖身"，将艺妓之美发挥到了极致，但她并不能保证历史上的艺妓或者其他艺妓不卖身。实际上，将艺妓等同于青楼女子的认识是来自艺妓界内部的复杂性。如荻尔贝在《我在京都当艺伎》中所言："对艺妓和妓女之间的关系产生的误会和争议，正是源于艺妓群体内部存在着很多类别。"

在上面提及的书名中，除了青海人民出版社的版本，均将"艺妓"写作"艺伎"。但是，岩波书店出版的权威辞书《广辞苑》（1991年第四版）中有"艺妓"而无"艺伎"，岩崎峰子自传日文版书名《艺妓峰子的灿烂青春》中用的也是"艺妓"这个汉字。在中国，民国初年的留日作家们也是使用"艺妓"这个词。不肖生在《留东外史》（1914年开始创作）中或者周作人在《游日本杂感》（1919）中均如此。现在改"艺妓"为"艺伎"，表现了将"卖身"与"卖艺"区分开来的自觉性，但有可能遮蔽日本艺妓文化的真实状态，并且表露出对"妓"的歧视态度。因此，笔者在此使用"艺妓"一词，并主张将相关出版物中的"艺伎"还原为"艺妓"。实际上，被翻译为"艺妓"或"艺伎"的"geisha"这个日语词汇

在日文中的对应汉字既不是"艺妓"也不是"艺伎"，而是"藝者"（有艺术家之义）。"艺妓"与"艺者"在日语语境中意义基本相同，但在汉语语境中意义相去甚远。"艺者回忆录"显然不会像"艺妓回忆录"那样有吸引力，如果试图在保留这种吸引力的同时又追求雅致，那么用"艺伎"取代"艺妓"是一种不错的

选择。只是难免流于虚伪。

岩崎峰子未必能够赢得对高顿的胜诉，但她的回忆录表明纯粹的艺妓确实是日本文化精神的结晶——其歌舞、服装、造型、道具均具有高度的形式美，与日本美学、日本建筑和风土保持着内在的联系，代表了日本的文化传统。因此，美国总统福特或英国女王伊丽莎白访问京都之际，岩崎峰子才能够参与接待，被作为日本文化的符号点缀在宴会的显要位置。岩崎峰子记述的有关她与哲学家谷川彻三、诺贝尔物理学奖获得者汤川秀树的交往同样具有象征性，这表明了艺妓作为日本文化传统的符号与日本现代哲学、日本现代科学之间的和谐、平等关系。岩崎峰子自传的日文版中，还有岩崎峰子与日本大作家司马辽太郎在一起的照片。谷川彻三与司马辽太郎与中国都有一点关系。中日战争期间谷川基于其"亚洲理念"支持日本的侵略战争，1943年曾经随汉学家盐谷温、作家武者小路实笃一起到南京开会，批评周作人的"儒家文化中心论"。司马本名福田定一，因酷爱司马迁的《史记》而将"司马"作为笔名中的姓氏。

艺妓是日本文化的符号，但上述三本艺妓回忆录均译自英语文本。高顿的小说或荻尔贝的自述是用英语撰写，只能从英文翻译，但岩崎峰子的自传亦并非译自日文原版，而是从兰德·布朗的英译本转译。换言之，中国读者面对的三本艺妓回忆录均有"西方"（英语）的投影，包含着东西方文化的碰撞，这种碰撞又与作为视角的性别等问题缠绕在一起。

高顿和荻尔贝都是作为西方人、以西方文化为背景认识艺妓。荻尔贝学的是人类学，为了考察日本艺妓的历史、现状和生活方式,她在京都当了大约半年的艺妓。较之于高顿,荻尔贝作为女性、作为人类学者、作为有过艺妓生活体验的人,对艺妓的认识与描述更客观、更全面。比如对于穿和服的女子何以不穿短裤、和服之美与榻榻米之关系等问题的解释,对艺妓跳"浅川"(一种脱衣舞)时内心屈辱感的体察。而有关"浅川"的描写在阿瑟·高顿笔下完全是男性视角的娱乐。尤须注意的是,高顿笔下的艺妓小百合从1956年起生活在纽约的华尔道夫大酒店,并有一双并不属于黄种人的透明的灰眼睛。对这种描写可以做出两种相反的解释——可以看作西方殖民意识在艺妓身上的投影,也可以看作白种人和美国的"艺妓化"。岩崎峰子显然是注意到了这种描写,并且是在前一种意义上来理解,所以在《真正的艺伎回忆录》中特意强调自己的东方人身份——来访的岩崎艺妓馆老板娘伊豆夫人第一次看到三岁的峰子(当时的名字还是政子)就发出惊叹:"多黑的头发和眼睛!还有如此小巧的红嘴唇!多么漂亮的小姑娘啊!"这美丽的外貌使伊豆夫人决定让政子当岩崎艺妓馆的继承人。查日文版《艺妓峰子的灿烂青春》,没有查到这段文字。也许这是岩崎峰子在英译本中特意加上的,以在英语读者的世界中对抗高顿通过改变艺妓眼睛的颜色表现出的殖民意识。也许,当岩崎峰子自觉地通过其自传的英译本向西方读者(白人)表达自己的时候,也不自觉地被对象规定了。正是在此意义上,笔者认为"三个艺妓"都是西方视线下的艺妓。

英文版《真正的艺伎回忆录》(英文书名直译为中文当为"艺者生活"或"艺妓生活")应当是以日文版《艺妓峰子的灿烂青春》(讲谈社2001年7月第1版)为底本翻译的,但将二者加以对比可以发现更多的不同。日文版开头对京都花界祇园的介绍、艺妓的起源等内容都被大大简化,那些更能表现艺妓自豪感的小标题如"被丢弃的英国皇太子的签名"、"遭受女王妒嫉"(指伊丽莎白)等等也消失了。也许,日文版《艺妓峰子的灿烂青春》中的艺妓并不同于《真正的艺伎回忆录》中的艺妓,是真正的日本艺妓。将这位艺妓与前三位结合起来,艺妓文化自身以及艺妓文化与西洋文化的冲突才能看得更清楚。

对于中国读者来说,诸位日本艺妓的回忆不仅是用于消遣、满足好奇心的故事,同时也是日本文化、日本美学的教科书,是了解东西方文化差异、中日文化差异的媒介。核心问题是"性"的观念、"性"的存在方式与社会功能。"性"在日本文化环境中显然比在中国文化环境中拥有更大的合法性与更大的空间。因此一方面在精神、美学的层面上升华为"艺妓",一方面在本能的层面上被广泛认可。在此意义上"慰安妇"构成了与"艺妓"相对的另一极。战争年代日军以朝鲜、中国女性以及日本娼妓为慰安妇是人所共知的事实,不仅如此,据《日本女性史:性·爱·家庭》(角川书店1992年3月初版)的记述,战后美军进驻日本之初,日本政府甚至筹集大笔资金建立"慰安设施",主动为美军提供性服务,以保证大多数日本女性的安全。这种事情在连"艺妓"都要改成"艺伎"的中国是难以想象的。

2006年2月28日写于寒蝉书房
(载2006年3月3日《中国图书商报》)

并非"艺妓",亦非"艺伎"

元月初,美国畅销书《Memoirs of a Geisha》由上海译文出版社出版了新版本。所谓新版本,自然是相对于青海人民出版社 1999 年的旧版本而言。旧版书名为《一个艺妓的回忆》,新版书名则是《艺伎回忆录》。将两个版本进行对照,可以发现某些有趣的差异。

书籍首先是出版物,是印刷品。作为出版物,《艺伎回忆录》显然上了一个档次。开本比旧版大一些,纸张质量更高,正文前面还附有章子怡、杨紫琼、巩俐等影星联袂主演的同名电影的彩色剧照。尤其是封面设计,用的是章子怡扮演的艺妓小百合的面部特写:粉白的脸,鲜红的嘴唇,衬着漆黑的背景。黑、白、红三种颜色的对比效果被发挥到了极致,视觉冲击力很强。不仅如此,粉白的脸更符合着妆艺妓的真实面貌,与日本能乐、歌舞伎的脸谱保持着文化上的一致性,灰眼睛也符合小说本身对小百合眼睛的描写。作为印刷品,《艺伎回忆录》的制作显然更为成功。即使不是作为阅读对象、仅仅作为欣赏对象,它也是有魅力的。相形之下,《一个艺妓的回忆》的封面设计则比较一般化——封面上那个身着和服、坐在榻榻米上的女性可以是任何一位日本女性，未必是艺妓。说到译文的质量，《艺伎回忆录》也更为成熟。旧版中的一些误译（明显的例如把"京都"译为"东京"、把"瓷土"译为"中国粘土"）得到了修正，语言也更熟练、精致。

上面这些话似乎有褒新译本而贬旧译本之嫌，其实不然。新译本有旧译本作为参考，如果不比旧译本好才是异常的。应当指出，新译本亦并非完美无缺。也许是由于刻意回避旧译本导致的，新译本的某些译语反而有"退步"之嫌。小百合姐姐的名字旧译本译为"夏子"，而新译本译为"佐津"。其实朴素的"夏子"之名与渔家女的身份更相称，而"佐津"为日本姓氏之一，不像名字。在祇园与初桃明争暗斗的另一位著名艺妓的名字旧译本译为"真美羽"，很符合这位艺妓的地位与身份，而新译本译为"豆叶"，过于"乡土气息"，有可能使读者联想起张艺谋那部影片中的女主人公菊豆。新译本人名的翻译也许是受了原作日译本的影响，但日译本毕竟也只是"译本"而已。此外，日语汉字的"三味线"即三弦，"足袋"即袜子，而新译本直接写作"三味线"、"足袋"。此类译法也许是为了丰富汉语的词汇、让读者在陌生感中获得新的审美体验，但也易于造成误解。

最值得注意的是书名中的"geisha"一词的翻译。旧译本译作"艺妓"，而新译本译作"艺伎"。这个差异涉及到了一些本质性的问题。据说，新译本改"妓"为"伎"是因为"艺妓卖艺又卖身"而"艺伎卖艺不卖身"，但这个解释不足以构成改"妓"为"伎"的理由，因为《艺伎回忆录》中的小百合等人并非不卖身，只是卖得认真、优雅些罢了。甚至真美羽、小百合等人的初夜权都是被拍卖的。从是否卖身的角度考虑"geisha"一词的译语，实质是在道德层面上将"艺伎"置于"艺妓"之上，似乎"人"字旁的"伎"高于"女"字旁的"妓"。此中潜藏着性别歧视。更大的问题是，这种努力在日本艺妓文化的实际形态面前是无效的。岩波书店版《广辞苑》（1991年第4版）中有"艺妓"而无"艺伎"，在日本的文化环境中"艺妓"一词并无太多的负面因素。在《艺伎回忆录》中，小百合的发现者田中先生甚至将艺妓称作"伟大的艺术家"。

确实，在日本艺妓是"伟大的艺术家"。因此，与"geisha"这个日语发音对应的日语汉字词汇既不是"艺妓"，也不是"艺伎"，而是"艺者"。"艺者"与日语汉字词汇中的"革命者"、"文学者"、"儒者"等词在"者"的意义上是平等的，即从事某种事业或具有某种专长、持某种观念的人。"艺者"一词在指称艺妓的同时指称多才多艺的人，意味着艺妓就是艺术化的、多才多艺的妓女。中国人与日本人在性道德、性观念方面的巨大差异，从对待"艺妓"一词的态度中即可看出一斑。中国古圣贤说："饮食男女，人之大欲存焉"，"食色性也"。但此种精神在中国并没有被均衡地贯彻到生活实践中去，以至于"饮食"光明正大而"男女"曲折隐晦，连"艺妓"也要改成"艺伎"。日本人不同。他们将"男女"（色）发扬隐大，创造出优雅绚丽的艺妓文化，甚至走火入魔，将向海外派遣"南洋姐"（妓女）作为掠夺殖民地财富、进行资本主义原始积累的手段之一，并且创造了军队中的"慰安妇"制度。

《艺伎回忆录》的不同译本在中国相继出版，同名电影也即将在中国上映，这种文化现象的发生应当导致中国人文化观念

（包括对身体的观念）的改变。比起该作品展示的艺妓生活实态以及昭和前期的日本社会图景，该作品折射出的中日文化差异更值得注意。就电影而言，艺妓文化是通过美国编导与中国演员展示出来的，此中包含的文化关系更为多元，已非仅限于中日两国之间。

2006年1月23日写于北京
（载2006年第3期《译文》）

学人之旅与书籍之旅

钱婉约和宋炎辑译的《日本学人中国访书记》（下文简称《访书记》，中华书局 2006 年 1 月初版）收录了内藤湖南、田中庆太郎、武内义雄、神田喜一郎、长泽规矩也、吉川幸次郎等六位日本著名学人的二十余篇记述中国访书经历的文章，为认识近现代中日文化关系提供了一个特殊视角。由日本学者江上波夫编著的两册《东洋学的谱系》（大修馆书店 1992、1994 年出版）可知，日本近代东洋学的成立是以广义的中国学（包括所谓的"汉学"、"支那学"）为基础的。上述六位日本学人中除田中庆太郎，均列名江上波夫的两本书。由此可见，《访书记》是在更为具体的层面上呈现日本东洋学与中国文化的关系。

"访书"一词似为内藤湖南等人所造，现在，该词随着《访书记》被引入中国，意义不小。"访书"与人们习以为常的"逛书店"一词显然不同。较之于"逛"，"访"是一种认真、庄重、严肃的态度。所谓"读万卷书，行万里路"，大概可以简化为"访书"二字。一个"访"字，在学者与书籍之间建立起新的关系，强化了"书"作为认识对象的主体性。用之于日本学者与中国书籍之间，还表明了"访书者"所持有的某种与在近代日本社会占主流地位的"脱亚入欧"观念相对立的文化价值观。

书籍主体性的提升包含着某种新的学术可能性。在"前电子媒体"时代，书籍是最主要的文化载体。一本书的诞生、流通与被阅读并非偶然，它是出版、流通等商业行为的结果，但这种商业行为受文化因素的制约，并通过文化人的参与完成向"文化"的转换。文化人与书籍发生关联的过程包含着丰富的文化内容，将这个过程作为独立的对象来研究，这些文化内容才能够被揭示出来。这个过程有可能包含着国家学术体制的参与（如内藤湖南1912年的"奉天访书"），也有可能主要是出于学者个人的学术兴趣（如武内义雄《房山记》所描述的骑驴游房山）。在文化史上，某些重要的思想、文化问题有时是由某位学者与某本书的相遇引发的。1926年7月2日午后，鲁迅在东单牌楼的东亚公司买到了安冈秀夫所著《从小说看来的支那民族性》，于是才有《马上支日记》中有关日本人的中国观以及国民性问题的讨论。安冈的书是东京聚芳阁当年四月出版的，出版三个月之后鲁迅就在北京购得，可见当时中日两国间书籍的流通状况。长泽规矩也1931年所作《中华民国书林一瞥》"北平书林"一节也写及东安市场的书店，曰："此地的书店，从洋装、平装到东西洋国外书等杂然并存，间或能从中挖掘到不错的外文原版书。"鲁迅的购书经历可以与此类记述相印证。

《访书记》所录长泽规矩也和吉川幸次郎的文章都谈及在琉璃厂的购书，日本现代学人竹内好1930年代留学北京的日记中也有类似记载。至于生活在北京的文化人，在琉璃厂购书的就更多。琉璃厂与现代文化发展、与中外文化交流之关系，应当进行专题研究。

田中庆太郎未能进入江上波夫的《东洋学的谱系》，大概是因为他是书商而非学者。不过，从图书流通与文化发展的关系、中国文化在现代日本的传播过程来看，田中及其经营的文求堂的贡献也许更大。田中身为书商却能够批评东京大学、京都大学这些名牌大学的中国学研究者，是因为他本人学问好。这应了"学在民间"那句话。学问好，眼光高，进的书自然质量高，于是文求堂被视为"文求大学"。1923年东京大地震，文求堂毁于火灾，大量珍贵汉籍化为灰烬。东京失火中国文化遭殃，可见两国文化关系之深。灾后田中重建文求堂，调整经营方针，输入中国的白话文教科书，促进了中国新文化在日本的传播。此亦可谓与时俱进。这位田中不仅精通书籍，而且精于察人。郭沫若流亡日本期间，他欣赏郭的才能，甚至考虑过把女儿嫁给郭。可惜，文求堂在1954年关闭，现在中国的一般读者就只知道内山书店了。翻阅这本《访书记》，可知田中庆太郎不仅眼光高，而且风度甚佳，并且写得一手好字。

了解前人的"访书"之后再来看今人的"访书"，也能从一些平淡的风景中发现意义。现代学人的求学之旅在某种意义上也是"访书"之旅。限于中日两国而言，到访东京的中国学人会时常走进神保町书店街、纪伊国屋书店或者东洋文库。同样，生活在北京中关村各大学的外国学人也会时常在风入松、万圣书园留下身影。尤其是万圣书园的醒客咖啡厅，已经成为学人相聚的场所。去年三月末日本"文化天皇"加藤周一先生来北京讲演之际，万圣书园特意在书店入口处为加藤先生著作的中译本做广告，吸引了不少中国读者,而加藤先生也把与日本读者(那些人是特意从日本来北京听讲演的)见面的早餐会安排在醒客咖啡厅。这样,以"书"为媒介,书店成为文化交流的场所。若干年后再有人写"访书记",许多城市的许多书店、书店街还会成为记述对象。

2006年3月写于寒蝉书房

新生代政治家的声音与理念
——读《如果我是日本首相》

2001年11月,时年四十三岁的日本参议院议员(自民党所属)山本一太在东京发起并主持了一个名为"新首相宣言"的研究会。在新世纪刚刚开始的日本社会,这件事具有象征性——象征着日本政治生态的根本转变。在随后大约七个月的时间里,三十位国会议员应邀在该研究会上就日本的政治、经济、社会、外交、文化等问题发表了意见。2002年11月,二十九位的发言记录被山本一太编辑成《如果我是日本首相》一书,由日本著名的角川书店出版。该书立即在日本社会引起关注,并很快被韩国翻译出版,英文版的翻译也正在进行之中。今年七月,该书中译本由当代世界出版社在北京出版。山本一太于八月初专程来到北京,参加中国学者为该书举办的座谈会。

在目前中日关系的低谷中,《如果我是日本首相》中译本的出版无疑是值得关注的。通过该书,中国读者能够直接倾听日本新生代政治家的声音。该书的副标题,就是"日本新生代政治家宣言"。"宣言"本来是对日本人而发,中国人并未被发言者预设为"听众",因此,对于中国读者来说书中的声音更具客观性与

2004年8月8日山本一太在清华东亚文化讲座发表演讲

真实性。译者不加删改的"全译",则保证了这种客观性与真实性的完整传达。

"新生代"首先是就年龄而言。在这里发言的二十九位政治家中的十六位生于五十年代,十三位生于六十年代。现任众议院议员、最年轻的后藤田正纯生于1969年8月,仅三十五岁。最年长的众议院议员根本匠生于1951年,也只有五十三岁。尽管年轻,但其中多人已经或者正在担任日本政界的要职——比如内阁部长或副部长、市长、县长(相当于中国的省长)、执政党干事长、在野党党魁等。现任小泉内阁国务大臣防卫厅长官的石破茂生于1957年,仅四十七岁。

新生代政治家的诞生与战后日本的政治传统密切相关。民主政治制度的确立为青年人进入政界提供了机会。值得注意的是,日本式的"世袭制"也为老一代政治家的子女"子承父业"、进入政界创造了条件——在本书中发言的政治家中不乏政治世家的第二代或第三代，该书主编山本一太即为已故前农林水产大臣、参议院自民党干事长山本富雄之子。这些人在日本被称作"太子党"。不过，在特定的社会环境中，"太子党"的存在自有其价值。在一个社会监督系统完备的民主社会，在政治被高度技术化之后，"世袭"在封建社会中的含义发生改变，在某种程度上标志着政治理念与政治势力的延续性。政治理念在延续中得到修正，政治势力在延续中得以巩固、重组，如同祖传绝技、祖传秘方在血缘关系的传承中日益成熟。同时，"世袭"中的差异也标志着"世袭"的现代性。国土交通大臣石原伸晃比他担任东京都知事的父亲石原慎太郎理性得多也低调得多，众议院议员河野太郎可以在外务委员会上对其父亲、外相河野洋平进行质询。

五十年前，俯视日本列岛的占领军司令官麦克·阿瑟说："日本人尚处于学生时代，为大约十二岁之少年。"此言深深地留在日本人的记忆中，并刺伤了日本人的心。同样在《如果我是日本首相》中发言的众议院议员小池百合子在其"宣言"中仍提及此事，说："半个世纪过去了，日本人也该摆脱稚气长成大人了吧。我认为，具有判断力的、有主体性的成熟的国家风范，是我国在国际社会中发挥领导作用的必要且最起码的条件。然而我似乎感觉我们国家更加幼儿化了。"不过，在正面的意义上，麦克·阿瑟的"十二岁少年"说或许无意中道出了日本政治的某些特征：富于进取精神而又幼稚、健忘，固执而又具依赖性。"十二岁少年"曾经偷袭珍珠港、挑起"太平洋战争"，战后又创造了经济奇迹，让美国人刮目相看。在"十二岁少年"的历史延长线上，今天日本新生代政治家群体的集结是必须重视的。如果因其年轻而不加重视，那将是一个历史性的错误。

"新生代"并非仅仅是就年龄而言，而更主要的是就政治理念而言。该年轻群体的政治理念表现出三个明显特征。首先是更自觉、更强烈的国家意识。安倍晋三所追求的"一个有自信的国家"、所拥有的"作为日本人的自信心和对日本历史、文化的一种骄傲感"，下村博文将"新生日本"建设成"有尊严的国家"的愿望，就是表征。国家意识的高涨甚至导致了从美国的"独立"。前众议院议员高市早苗说："美国'9·11'恐怖事件发生后，日本仅仅因为自己是美国的同盟国，就认为美国的国家利益就是日本的国家利益，这是错误的。"其次是普遍性的西方（美国）情结。世耕弘成表示，如果成为首相首先要做的是通过因特网向世界实况转播其英文就职演说（所谓的

2005年《书城》发表本文时的插图

"向世界"实质是向英语国家），松泽成文提议将英语定为日本第二通用语，茂木敏充同样主张把英语定为日本第二官方通用语。这三位均曾留学美国。其三是技术化倾向。他们的政治话语中几乎没有"主义"、"道路"之类的大字眼儿，只有税收、体制、修

宪、教育、遗产继承法、投资等具体问题。这是日本政治技术化特征的延续。

显而易见，新生代政治家们的政治理念中包含着"远中国"的潜台词。这主要不是指西方情结暗示出的对于中国的冷漠（与此相对应的是二十九位政治家中既无留学中国背景者亦无意识形态接近中国的日本共产党系统的议员），而主要是指近代以来日本与中国的历史关系与日本的"尊严"、"骄傲"构成了先天性的冲突。当青年政治家们建设"日本的尊严"的时候，与中国的对立就难以避免。事实正是如此。安倍晋三为了确认"作为日本人的自信心和对日本历史、文化的一种骄傲感"，叙述了二战末期东南亚的日军为了印度尼西亚的独立协同印尼人与荷兰军队作战的故事，这与所谓"大东亚战争是将亚洲从欧美殖民统治下解放出来"的论调相一致。高市早苗认为中韩两国对日本历史教科书的批判是干涉日本内政，指责中国提高军费开支并向恐怖国家出售武器。而1998年三十八岁时担任邮政大臣的野田圣子是当年参拜靖国神社的国会议员之一。

历史认识仅仅是问题的一个方面，更为重要的是与历史的距离。对于这些生于战后、成长于日本经济高速发展时期的日本青年政治家来说，"侵略历史"将更大限度地被时间相对化。"侵略"已经是父辈、祖父辈的罪恶，急于建设"新日本"的他们不会继承长辈们本来就不多的历史负罪感。他们注重的是国家的未来性而不是国家的历史性。面对他们，中国方面在对日外交中常用的"历史牌"将不可避免地失去有效性。"历史牌"使用不当有"血统论"之嫌，且有被讥为"以祖辈的苦难为避难所"之虞。实际上，从中国政府放弃战争赔款、以不恰当的方式处理战争责任问题的时候开始，中国人就失去了处理历史问题的主动性。也许，面对日本新生代政治家，中国人应当做的不是像过去那样滥出"历史牌"，而是在更深的层面上更有效地将历史苦难和民族仇恨转化为发展动力。

可以断言，"如果我是日本首相"这种假设在不远的将来就会变成现实。在今后大约二十年中，这二十九位青年政治家中将产生不止一位日本首相，中日关系将因此发生重大变化。因此，《如果我是日本首相》一书包含的信息值得反复解读。

2004年8月14至15日写于寒蝉书房
（载《书城》2005年1、2月号合刊）

用另一面镜子照自己
——读桑原隲藏的《东洋史说苑》

桑原隲藏（1871 – 1931）是近代日本东洋学研究的先驱者之一。1992年日本大修馆书店曾出版江上波夫主编的《东洋学的系谱》，书中共介绍近代日本东洋学研究者23位，桑原即列名其中。可惜，桑原并不为中国学界所了解，其著述也仅有一部研究中西通商史的专著在1930年前后被介绍到中国。现在，在桑原去世七十多年之后，其《东洋史说苑》的中文译本在大陆出版（中华书局2005），令人欣慰。

桑原所谓的"东洋史"，其实是以中国为中心的东北亚历史。如桑原本人在1914年的讲演《东洋人的发明》中所言："我在此说的东洋，是极其狭义的意思，与东亚意思相同，且主要是指中国人"；"我国现行的东洋史，以中国为中心，在多数情况下，倾向于排除西域的史实。"此话若是出自中国学者之口，难免遭"大中华意识"之讥，但出自日本学者之口，则表述了一个基本的历史状况。东北亚文明发展的进程具有地域性差异，而中国曾长期处于领先位置。"中国中心"首先是一个历史事实，然后才是一种意识。换言之，"大中华"意识是产生在"中华大"的事实之后。桑原谈"东洋"即主要是谈"中国",因此其著作成为中国人观照自己的一面镜子。在这面镜子里,中国人的保守、多疑、懦弱等国民劣根性表露无疑,与此同时,孔子、秦始皇、班超等历史名人也焕发出新的光彩。桑原提供的"中国形象"是分裂的,这种分裂表明了桑原"中国观"的复杂性与两面性,将桑原看作"蔑视"中国的学者显然并不正确。毋宁说,桑原是通过批判中国人的国民劣根性和褒扬孔子等人的伟大思想与人格这两种方式来建立自己的价值观。

耐人寻味的是,桑原对中国人国民劣根性的批判与鲁迅的改造国民性思想多有相通之处。他在《东洋学人的发明》中介绍中国的四大发明对人类的贡献,同时指出:"造纸、印刷术、罗盘、火药固然是伟大的发明,但可惜的是,其老祖宗的东洋,经历几百上千年,依然未脱旧态。"而鲁迅在杂文《恨恨而死》中也讽刺中国人只知将火药用来做鞭炮、将罗盘用来看风水。桑原将保守视为中国人的天性,同时从文明发展过程和文化精神两个方面寻找其成因,鲁迅也同样对中国人的保守深恶痛绝,所谓"搬动一张桌子也要流血"。桑原对"中国人食人肉的习俗"进行了详细考证,而鲁迅的小说《药》、《狂人日记》均写及食人肉(人血)。那位"狂人"翻开历史书,透过字缝,居然看到"满本都写着两个字是'吃人'!"桑原早鲁迅十年出生,早鲁迅六年去世,与鲁迅几乎是同时代的人,但鲁迅的文字中未曾提及桑原,桑原是否了解鲁迅也有待考证。如果桑原与鲁迅之间并不存在互相影响的关系,那么,上述一致性则暗示出"东洋"在文化精神以及与此相关的人格转换过程中的某种必然要求。存在于中国和日本这两个不同空间中的中国国民性批判构成了互相印证、互为阐释的关系。不仅如此，无论是桑原还是鲁迅，其对中国国民性的批判性认识都受到了美国传教士阿瑟·史密斯《中国人的特质》一书的影响。

对国民劣根性的批判表明的未必是蔑视，甚至可能是更深刻意义上的爱。大概是由于这个原因，桑原不仅将中国和日本同时纳入"东洋"的框架，而且在讨论"黄祸"问题的时候将中国和日本置于同一阵营。《东洋史说苑》中的《黄祸论》一文包含着丰富的历史信息，特别值得一读。这不仅是因为文章对"黄祸论"的起源和形态进行了系统的疏理，而且在于它表达了同处于西洋殖民扩张之下的日本和中国所共有的抵抗冲动。这种冲动是近代日本"东亚意识"得以形成的精神根源之一，可惜1930年代之后不幸地被日本军国政府所盗用，发生了质变。桑原在1931年六十岁的时候去世，就在那一年日本开始了对中国大陆的入侵。如果桑原再多活十年，其学术研究与日本的国家行为将构成怎样的关系，则是一个难以假定却值得深思的问题。

桑原不愧为日本近代东洋学的大家，对于历史、风俗、人物、时事等均有所涉猎且知之甚深。更为可贵的是，在他这里，博大精深的学问与清新明快的文风达成了统一。无论是对于中国人辫发历史的考证，对六朝隋唐佛教影响的分析，还是对宦官形成史的介绍，均条理清晰、简明易懂且发人深省。这种文风的形成一方面与读者（或听众）对象的设定有关——有些文章是讲演稿或者是为报纸撰写的，但更主要的在于桑原本人对研究对象具有深入、全面的了解，融会贯通，所以能够表达的条理清晰、通俗易懂。在方法论的层面上，《东洋史说苑》同样是一个经典性的范本，值得借鉴。

2005年9月8日写于寒蝉书房

（载2005年10月14日《新京报》）

日本如何"美"?
——安倍晋三《迈向美丽之国》解读

一、"命"年之"美"

"年度汉字"的评选是日本汉字检定协会每年一次的年末例行活动。2006年11月,通过网络进行的评选投票又在全日本范围内展开。这次拔得头筹的汉字是"命",得票率接近百分之十。12月12日,京都清水寺,高僧森清范大笔一挥、浓墨重抹,2006年的日本就定格在一个"命"字上。

2006年的日本人何以如此关注"命"?据说主要原因有三。一是皇室三十九岁的秋筱宫妃纪子生了个男婴。皇室中相隔大约四十年的男婴,一婴之命关涉到"万世一系"的日本天皇制命脉。二是这一年"校园欺辱"事件频发,数名中

《迈向美丽之国》日文版

小学生留下遗书自杀身亡。三是司机酒后驾驶，造成多起恶性交通事故。从皇室到民间，从校园到马路，制度与生命的延续问题使日本人把注意力集中到了"命"字上。得票在"命"之后、排名第二、三的"悠"与"生"二字，同样与"命"密切相关。"悠"引人注目是因为皇室的那位男婴取名"悠仁"，同时，以工作狂著称、不惜过劳死的日本人在疲于奔命的生存之中，再一次意识到了"悠然"的重要性。至于"生"，只不过是"命"的另一种表达。

排名第四的汉字为何，评选组织者似乎未曾经公布。按照笔者的推测，应当是"美"字。如果笔者参加投票并且只投一票，将会投给"美"。这是因为，安倍晋三所著《迈向美丽之国》2006年7月20日由文艺春秋出版，影响甚大，至同年12月20日，半年间发行量即超过七十万册。笔者的这本《迈向美丽之国》是在一家经营二手图书的旧书店购得，新书，原价七百三十日元，只售三百日元。由此可见该书近于饱和的图书市场占有状况。《迈向美丽之国》出版整整两个月之后的9月20日，安倍晋三当选自民党总裁，并在当选总裁一周后的9月26日就任日本首相。宣布参选自民党总裁之初，安倍就把"美丽之国"作为宣传口号。在就任首相当天举行的记者招待会上，他又宣称"今天组建了建设'美丽之国'的内阁"。安倍是首位战后出生、同时也是战后最年轻的日本首相（就任时年龄52周岁），风头甚健。人贵言重，其"美丽之国"一语也成为2006年下半年日本的全国性话题。东京电视台在12月30日晚上黄金时段播放的一个专题文化节目，标题就是"拯救'美丽之国'日本！——来自七位昭和风云人物的讯息",报纸上甚至有以"美丽之国"为关键词的专栏出现。反体制派的文化人,则从反面调侃、批判"美丽之国"。书店里出现了书名为《迈向不美丽之国》的书。一位名叫中岛义道的文化论者出版了文化论著《丑日本的我》(这个书名显然是戏仿川端康成、大江健三郎两位诺贝尔文学奖获奖者的获奖演说词题目"美丽日本的我"与"暧昧日本的我"),书籍封带上的广告语居然是:"喜爱'美丽之国'者不读此书亦可。"

"美"没有成为2006年日本的"年度汉字",但它确实是理解2006年日本政治与日本社会的第一关键词,并将成为日本历史上表示"战后体制"终结的关键词。

二、日本如何"美"?

《迈向美丽之国》日文原版书名写作"美しい国へ"。最后的"へ"(读音"唉")是表示目的或方向的介词,相当于汉语的"朝着"、"向"等。笔者将其译为"迈向"这个具有"昂首阔步"意象的词,是因为安倍本人在该书后记中将其所谓的"美丽"表述为"能够拥有自信与自豪"。该书封带上的广告词即为"迈向能够拥有自信与自豪的日本",广告词旁边是安倍表情肃然、作沉思状的彩色照片。

2006年9月2日《朝日新闻》头版的专栏"天声人语"已经指出:安倍晋三"既然声称'迈向美丽之国',大概是认为现在的日本有不美之处吧。"那么,如何改造日本、使其"迈向美丽之国"?对此问题的回答构成了《迈向美丽之国》一书的基本内容。

《迈向美丽之国》由七章构成。第一至第三章的标题分别为"我的原点"、"自立国家"、"何为民族主义",安倍在这三章中明确表达了其保守主义、国家主义和民族主义理念。这些理念是安倍晋三建立其"美丽之国"的基础。表达了这些理念之后,安倍在第四章"日美同盟之构图"中对日美同盟进行了充分的合理化和新的阐发。在其论述中,战后日本的右翼政治传统得到了完全肯定(实际上这种肯定在第一章中已经开始),日本自卫队的合法化与扩大化被反复强调。前三章与第四章的这种接续并非偶然,决定这种接续的是安倍的基本理念与日美同盟之间的逻辑关系。日本左翼评论家一针见血地指出:安倍所谓的"美丽之国"实质上就是"日美同盟型军事之国"。明白了这一点,就会发现该书第七章(即最后一章)"教育之再生"强调修正"具有自虐倾向的教育"、鼓吹所谓的"爱国心",是将日本教育纳入国家主义的框架之中。

对于认识汉字而不谙日语的中国人来说,安倍晋三追求的"美しい国"(美丽之国)去掉当中的两个假名即变为"美国"。这个语言差异造成的戏剧性误解曾经成为2006年秋天北京文化界的笑话之一。恰在那时东京大学教授、九条会事务局长小森阳一前往北京出席大江健三郎作品研讨会,及时将该笑话带入日本。不幸的是,这个语言误解宿命般地展示了安倍的"美丽之国"与美国的关系。对于安倍来说,"迈向美国"成为"迈向美丽之国"的首要途径。正因为如此,在出版《迈向美丽之国》、向日本国民传达其政治理念之前,他首先在美国的杂志上发表

2007 年 3 月《21 世纪经济导报》发表此文时做的插图

了阐明其外交理念的文章。更有象征性的是，该消息是右翼色彩浓厚的《读卖新闻》用专题报道的形式在 2006 年 7 月 11 日报纸的头版公布的。那篇报道题为《向亚洲推广"自由"与"民主"／安倍晋三表明外交理念》，第一段是这样的："自民党总裁选举实力强大的候选人、内阁官房长官安倍先生最近在美国的外交杂志上发表了作为政权构想而撰写的、有关外交问题的论文。此事十日为世人所知。论文的重点在于，展示将自由、民主、人权、法制这四种普遍价值观作为'安倍外交'的哲学向亚洲与世界推广的姿态。论文明确表示对中国和北朝鲜的人权状况感到担忧，并谴责了北朝鲜的导弹发射。"报道又说："安倍先生在论文中还表明了与能够共有自由、民主等普遍价值观的美、澳、印三国等联合、以亚洲为中心致力于扩大这些价值观的方针。"这样看来，首先通过《读卖新闻》将在美国发表论文之事公之于众，大约十天之后通过《迈向美丽之国》向日本国民传达政治理念，两个月之后当选总裁、就任首相，这是一种先后有序、里应外合、计划性很强的政治运作。

在掌握国家最高权力之后，安倍晋三迅速地把自己的政治理念转换为具体的国家政策和行政实践。代表性事件是，他上台不到三个月，日本防卫厅即升格为防卫省（国防部），基于和平宪法而制订、实施了将近六十年的《教育基本法》也被修改。意味深长的是，防卫厅升格案与向青少年灌输"爱国心"的《教育基本法》修正案是同一天在国会通过。国防问题本质是军事问题，儿童教育问题是涉及国民精神、国家未来的"百年大计"，安倍晋三通过对这两个问题的根本解决，一举完成了"事实改宪"，"和平宪法"随之成为一纸空文。与这种"事实改宪"相比，日本右翼政治家们的曾经进行的那种"解释改宪"已经是小巫见大巫，并且太"书生气"。安倍晋三领导下的日本，就这样开始"迈向美丽之国"。

日本的和平主义知识精英们从安倍的"美丽之国"中感到了深重危机，展开了猛烈批判。2006年9月号《现代》月刊作为专辑发表的保阪正康、立花隆、边见庸等人的文章，表达了日本左翼知识精英的基本立场。保阪的文章题为《真靖国论——小泉史观的重大错误》，文章将战后日本政治命名为"DNA政治"，指出安倍追求的是其外祖父、战犯首相岸信介奉行的"日美同盟型'军事立国'主义"。立花文章的题目干脆就是《给安倍晋三"改宪政权"的宣战书》，文章指出安倍不仅继承了其外祖父岸信介、父亲安倍晋太郎的血液DNA，而且继承了他们的政治DNA，所以才那样执著于修改和平宪法。边见的文章题为《生存于无耻与忘却之国这件事……》，文章把安倍晋三看作"'阴热'的国家主义者"，指出其"看上去温和的表情下面潜藏着阴暗的世界观"，声称从安倍这里不仅看不到"美丽之国"，甚至"感到极度的耻辱"。北海道大学教授山口二郎在发表于《周刊金曜日》的政治评论（621期，9月8日出版）中，甚至将安倍的美意识与希特勒的美意识相提并论，认为"那种美意识将成为毁灭日本民主政治的起点。"结合安倍晋三的政治背景与《迈向美丽之国》所表达的政治观念来看，应当认为上述批判切中了要害。安倍是岸信介的外孙，也是另一位前首相佐藤荣作的侄孙（佐藤是岸的亲弟弟，岸读中学时过继给父亲的本家，改姓岸），其父安倍晋太郎则是知名鹰派政治家中曾根康弘的亲信。在此意义上，安倍晋三是战后日本右翼政治理念的集大成者。其"反共亲美"的理念，其上任后通过首先访问亚洲国家以展示重视亚洲的姿态这种灵活的操作方式，明显是对其外祖父的继承或模仿。

左翼知识阵营的批判是尖锐的，但在近年日本社会总体"向右转"、执政党凭借在国会占有议席的数量可以无视在野党的存在、单独通过多项法案的形势下，此类批判已经无法左右日本的政策。

三、中国问题与历史问题

对于笔者来说，"美丽之国"与中国的关系以及安倍晋三的中国观更值得关注。前述"外交论文"与《迈向美丽之国》是写给美国人或日本国民看的,中国人并未被设定为"读者"。惟其如此,其中包含的中国观才更真实。

如前文所引《读卖新闻》的报道显示的,在安倍心目中,中国不仅不是"能够共有自由、民主等普遍价值观"的联合对象,并且是处于其联合对象包围网之中、与北朝鲜相并列、存在着"人权问题"的国家。显然,当时安倍作为日本内阁官房长官、作为即将登上日本首相宝座的人,不可能真正关心中国国民的"人权",他所谓的"人权"首先是一张政治牌,一张与美国保持一致、与中国保持距离的政治牌。这种中国观同样表现在《迈向美丽之国》一书中。

《迈向美丽之国》第五章题为"日本与亚洲以及中国",安倍在该章强调了中日合作的重要性。但是,这种合作主要是以搁置政治分歧为前提的经济合作,具体主张就是所谓"政经分离原则"。在该章第三节"自由与民主六十年"中,安倍赞美战后日本六十年间的"自由与民主主义",强调日本"已经反复向中国正式谢罪",继而批判2005年中国发生的反日游行,然后借美国(美国!)"某高官"之口把中国民间的反日解释为中国政府推行"经济增长"与"反日爱国主义"政策的结果。在强调了中日两国政治关系的隔膜与近年经济关系的日益密切之后,过渡到第四节"用政经分离原则处理日中关系"。他是这样说的:"中国与日本的这种关系无疑将会继续下去,让政治问题损坏这种互惠关系,对于两国来说只有负面意义而绝无正面意义。为了稳定今后的中日关系,有必要尽早在两国间制订政经分离原则。"该原则的提出表明：安倍晋三作为日本首相既要得到在中国的经济机会，但又无意解决中日间近年日益严重的历史认识问题。说得通俗一点，就是既要到中国赚钱，又不愿承担历史责任。

安倍面临历史性政治机遇的2006年9月上旬，法政大学教授五十岚仁即在《周刊金曜日》上发表文章（622期，9月15日出版），批评《迈向美丽之国》中历史认识的暧昧，指出是日本"战后历史教育的不充分培养出了在加害历史方面知识欠缺的安倍"。安倍当选自民党总裁之后，庆应大学教授草野厚也在9月21日《读卖新闻》上发表文章，批评《迈向美丽之国》回避历史问题，希望安倍"明确表达历史认识"。但是，这些批判者似乎没有意识到，对于安倍来说，对历史问题的"沉默"本身就是一种历史认识。而且，《迈向美丽之国》并非完全回避历史问题，回避的仅仅是以偷袭珍珠港为起点、以美国为作战对象的"太平洋战争"而已。这种回避是安倍的日美同盟型国家理念决定的。关于中日间的历史问题《迈向美丽之国》有所涉及，而且这种涉及是与对中国的批判结合在一起的。比如在第二章，安倍认为依据"事后法"进行的东京审判对"甲级战犯"的判决无效，指责中国方面对日本政治家参拜靖国神社的抗议违反了1978年签订的《中日友好和平条约》，是"干涉内政。"在第五章，他不仅批评亚洲杯足球赛时重庆赛场有中国观众对日本球员喝倒彩、将日本右翼政治家的反历史行径引发的中国民间的反日游行描述为"暴徒化"，并且对比性地赞美日本人的重道德、重礼教、宽容。他不知道或者无视了当年日军的"重庆大轰炸"与重庆观众喝倒彩之间必然存在的联系。

四、敢于斗争、善于斗争的政治家

在《迈向美丽之国》的序言中，安倍晋三把政治家分为"斗争的政治家"与"不斗争的政治家"两种，指出所谓"斗争的政治家"即"只要是为了国家、为了国民，不畏惧批判而采取行动的政治家"，并表示"期盼自己总是作为'斗争的政治家'而存在。"事实表明安倍晋三确实是一位"斗争的政治家"，并且十分善于斗争。对于"北朝鲜绑架日本人质"事件的创造性利用即为绝好例证。绑架事件本是发生在具有特殊历史关系的两国之间、时间跨度在二十年以上、只涉及二十多人（不及日本每天因车祸死亡的人数）的小问题，但经过安倍1997年以来的精心炒作，终于使其成为日本国民最关心的问题之一，并且引起国际社会的关注。在这一炒作过程中，日本由当年吞并朝鲜的加害者转变为受害者。如日本左翼知识人已经指出的，炒作者们甚至忘记了当年日本殖民统治者大批"带走"朝鲜人、强迫其当劳工的历史事实。不仅如此，被"流氓国家化"的北朝鲜也成为日本抛弃和平宪法、扩充军备的口实。如果将此种炒作与安倍把中国与北朝鲜相提并论这一事实结合起来看，问题就更复杂。安倍就任首相之后仅仅是将中国作为第一出访国，就满足了中方的虚荣心，受到高规格接待，可见其心机之深、技巧之高。实际上，当他出访的第二站也不是美国而是欧洲、并在欧洲公开表示反对解除对华武器禁运的时候，"第一出访国"的真实含义就变得捉摸不定。上述"成功"是得力于安倍独特的外交战略，即所谓"在自己建造的摔跤场上搏斗。"在《迈向美丽之国》第二章第二节，安倍认为日本对中国、对北朝鲜的外交之所以一直缺乏主动性，原因就在于站到了"对手建造的摔跤场"上。安倍对外善战，对内同样善战。比如，在为修改《教育基本法》弄虚作假的事实被媒体揭露、新内阁面临信誉危机的情况下，他用将三个月的工资交还国库的方式承担责任，在度过难关的同时获得了道德优势，并随之断然在国会通过了《教育基本法》修正案。

安倍晋三的出现，意味着无论是日本国内的在野党，还是日本之外被视为非合作对象的国家，都遇到了一个强大的对手。

六十年过去，战后日本迎来了最大的历史转折。泡沫经济崩溃、社会老龄化严重冲击了当代日本人的心理，战后民主主义与和平主义开始崩溃，以否定国家的历史性为前提的所谓"普通国家"（或曰"正常国家"）成为日本的目标。这种社会心理体现在日本"年度汉字"的评选上，就是2004年的"灾"，2005年的"爱"，2006年的"命"。在这个大背景上，战后出生的首相安倍晋三开始建构"美丽之国"。安倍及其以"美丽之国"为核心的政治理念与政治实践所具有的含义，随着日本社会的变化将会看得更清楚。

根据每日新闻社2006年12月21日发布的消息，《迈向美丽之国》2007年春天将在中、美、韩等国翻译出版。由此可见日本内外都已经意识到了安倍晋三及其政治理念的重要性。对于中国来说该书的翻译出版更为重要，这是因为三国之中中国是唯一被安倍视为与日本价值观不同的国家，中国如何正确地认识日本、如何处理与日本的关系，如何尽量通过价值观的共有达成和解与合作，必须建立在对日本政治的全面把握和准确认识之上。对于《迈向美丽之国》的中文译本，笔者有如下三点希望：一是全译、直译，不要进行掩耳盗铃、自欺欺人式的删节，应当和2004年当代世界出版社出版日本另一位政治家山本一太所编《如果我是日本首相》的全译本一样，让读者面对一个真实的"美丽之国"；二是请著者撰写中文版序言，让著者表达其现在的中国观与对中政策；三是将日本左翼知识界的批判文字（比如上文引录的文章以及《周刊金曜日》连载的《安倍晋三官房长官的真相》）作为"附录"收录，让中国读者看到日本思想的多面性。若译者不弃，笔者愿将本文贡献出去作为《迈向美丽之国》中译本的解说。

2007年2月3-8日草就，23日改定。于东京高岛平
（载2007年3月26日《21世纪经济报道》）

日本的面孔，中国的面孔

读者对一本书的理解直接受到读者与著者关系的影响。如果读者与著者相识，那么对著者的了解就会与对书的理解交织在一起。这样，书作为一个文本的纯粹性与独立性可能会受到某些影响，但读者对该文本的理解也会更深入，并且能够通过该文本重新认识其著者。我读刘晓峰的文化随笔集《日本的面孔》（中央编译出版社 2007 年 8 月出版），就是这样。与晓峰相处有年，至今还清楚地记得在友谊宾馆第一次见面时他那种出家人式的、近于漫不经心的从容。本以为对他已经很了解，但读了《日本的面孔》之后，我意识到自己从前的了解依然是有限的。换言之，《日本的面孔》加深了我对他的了解。知识之博，性情之真，才艺之多，是他用这本随笔集中的五十多篇文章展示给我的。从该书"琉璃藏"一辑所收的五篇文章，我发现了他写小说的才能并感到惊奇。他曾经是诗人，现在好像还写一点。如果他潜心写小说，应当能够把小说写得和他的诗一样好。显然是因为有过此类"文字训练"，该随笔集中的文章远离了学院式的艰涩，颇有可读性。

在这本随笔集的编选阶段，曾经听晓峰说起集子的命名，那时候他准备用的好像是"琉璃藏"。我觉得很好。无论是他叙述的日本，还是那些日本之外的人和事，对于他来说都是一种琉璃般具像化的"藏"（记忆之库）。正式出版之后书名变成了《日本的面孔》，显然是为了适应"东亚人文·知日文丛"这个丛书的总名称。这个书名将日本拟人化了。一个国家或者一个国家的国民，是可以用拟人的方式来认识的。由此我想起鲁迅的名文《略论中国人的脸》，以及与鲁迅文章相关的日本作家长谷川如是闲的《中国人的脸及其他》。"脸"（面孔）似乎是社会研究、文化研究的重要途径之一。八年前我也曾东施效颦，仿鲁迅先生的笔法写过一篇《论日本人的脸》。多有讥讽调侃之辞，文章一发表，即遭到某日本人的批判。现在回首看去，自己当时看日本人脸的眼光确实有些灰暗、有些挑剔。晓峰显然不是这样的，他看到的"日本的面孔"是暖色调的，善良并且智慧。何以如此？原因在于他是通过日本"文化天皇"加藤周一先生和长期关照中国留日学生的公司老板高松尚之先生去看日本人的脸，而且他本人拥有宽厚从容的心态。

《日本的面孔》一文只是这本同名文化随笔集中的一篇。其实，通过"日本的读法"一辑所收的十七篇文章，读者能够重新认识"面孔"下的历史、社会、文化、心理等诸多问题。这些问题对于日本来说是根本性的、符号性的。比如战后政治体制、历史观、汉字文化、富士崇拜、匠人精神、秽的观念（其反面即为日本文化中的重要观念"洁"）等。从方法论的角度看，晓峰对日本的叙述与认识一方面是通过对日本社会的直接观察、对历史文献的阅读进行的，另一方面也有对前人日本观的重新阐释。这种阐释使其"日本研究"作为一门学科获得了学术史层面的延续性。所以，我更注意那三篇关于本尼迪克特《菊与刀》的文章。这三篇文章中至少潜藏着日本研究的三个差异——中国人与美国人的差异，二十一世纪初和二十世纪四十年代的差异，在日本生活过的研究者与未曾在日本生活过的研究者的差异。由于这种差异的存在，可以说这本《日本的面孔》比名著《菊与刀》更有助于认识现代日本。如晓峰已经论及的，当代中国人通过《菊与刀》认识日本显然已经近于"刻舟求剑"。我一直觉得《菊与刀》的经典化与其书名呈现的精美意象（符号化的同时也是简单化的意象）有关。晓峰对《菊与刀》的相对化很重要，大概是由于这个原因，《＜菊与刀＞畅销在呼唤什么》在大陆的报纸发表之后，也被东京的华文报纸《联合周报》转载。五月初我在东京曾看到那一期报纸，据晓峰说转载并未征得他的同意。可惜当时没有把那期报纸保留一份。否则晓峰可以去讨一点稿费。

日前在《中华读书报》上读到桑原先生为《日本的面孔》写的评论《从文化角度看"日本的面孔"》。文章在阐发了这本随笔集涉及的问题之后，也谈到该随笔集"不可避免的散漫性"。我想，这"散漫性"也与"日本的面孔"这个书名与该书第三辑"永志不忘"（主要是记述个人生活道路与身边人物的回忆性文字）之间的距离有关。不过，这些文字与"日本的面孔"之间也潜存着一种"结构"。从这一辑文字中，我看到了一个更立体、更完整的刘晓峰。就是这样成长起来、走在"亦文亦史的道路上"的刘晓峰，在看、在描绘、在面对"日本的面孔"。此时此刻刘晓峰已经不再是纯粹的个人，而是作为叙述主体完成了"符号性"的角色转换，作为一个留日中国人在看、在描绘、在面对

"日本的面孔"。眼睛与面孔无法分离,因此与面孔相对的只能是面孔。那么,当刘晓峰面对"日本的面孔"的时候,他实际上也成了一副"中国的面孔"。清晰度、表情等等当然有差异,但这副"中国的面孔"与近代以来黄遵宪、戴季陶、周作人等人面对日本时的"面孔"重叠在一起。这些面孔是具有多重意义上的符号,面孔与面孔之间的意义具有个人性同时具有时代性,发现这些意义对于中国读者来说是重要的,对于日本读者来说同样是重要的。

2007年10月14日写于寒蝉书房
(载2007年10月22日《21世纪经济报道》)

游记、国家与文化

"近代日本人中国游记"译丛今年一月开始由中华书局陆续出版,这是中日文化交流和中国日本学研究界的一件盛事。"近代"指清末民初,那正是日本的崛起和中国的没落导致传统的中日关系发生改变、两国人各自用新的眼光重新看对方的时期。就是在那时,众多日本人到中国来旅游,并且撰写了大量游记作品。译丛主编在译丛总序中指出:"由于当时日本人的中国之行,总体上与日本的大陆扩张政策有关,因此这就决定了他们所写的游记大多不同于纯粹以访古探胜、欣赏大自然为目的而做的'观光记',而是以调查和探知中国的政治、经济、文化、军事、地理、风土、人情等为目的的'勘察记'或'踏勘记'。正因为这一点,从今天来看,这些游记本身已远远超出文学的范畴,而是涉及历史地理学、中外关系史学、经济史学、文化史学等多种领域、多门学科的综合科学,是我们研究近代中日两国的社会、经济、政治、军事、外交、思想、文化等所必不可少的重要史料。"日本人素有记录癖,带着使命来旅游,记录得就更详细了。

译丛主编即为张明杰先生。一位旅居东京的中国学者。三年前的夏天曾与他见过一面,当时他是与一群日本学者来北京做学术交流。近距离地相处并对他有所了解,则是不久前笔者在东京进行访问研究期间。明杰先生是一位正统的山东人，善良、朴实、勤奋，坚守自己的学术园地，在近代日本人中国游记的搜集和研究方面花费了大量精力和财力，所以才能掌握三百种以上的原版游记作品，并促成这套译丛的出版。丛书的译者如秦刚、王成、吴卫峰等人，都曾是北京日本学研究中心的高材生，现在活跃于日本研究和日语教学的第一线，故译文质量很高，超出了周作人、钱稻孙、崔万秋那一代翻译家。明杰先生能够将这些高水平的译者组织起来，我想并不仅仅是靠同学关系，更主要的在于他的努力和付出获得了大家的认可。

笔者手边现有游记中译本共七册，收录了日本人游记十三种。拿到这些书之后我很快读完的，是内藤湖南（1866－1934）的《燕山楚水》、夏目漱石（1867－1916）的《满韩漫游》与芥川龙之介（1892－1927）的《中国游记》。这种选择性的阅读与我的学术趣味有关。内藤湖南作为日本东洋史学京都学派的代表人物，其中国认识更值得关注。"燕山楚水"这个书名的意象也优美开阔，概括性强。漱石和芥川均为日本近代名作家，其中国认识应当有几分代表性。

内藤湖南是大学者，《燕山楚水》所收作品旁征博引，学术性也比较强。书中对世界局势与中日关系的思考，以及这种思考中包含的"东亚"意识，显然与近代日本的国策保持着内在关联。内藤到中国旅游是明治三十二（1899）年秋冬之间，当时甲午战争结束不久，他还在新闻界谋生，因此是带着"记者式"的敏感去关注现实问题。在该书《学徒的暑假旅行》一文中，他认为日本学生"旅行的范围，一两年间就会不甘于狭窄的海岛，进而前往彼岸大陆，畅游长江上下游，饱览武昌、金陵的景色，从闽、粤、厦、澳进入香港、新加坡，目睹欧洲东侵的经营，也算得壮举。"又说："我希望他们再进入到内陆去，去探寻那些中国诗人自古以来咏怀抒情、而现在依然能尝到羁旅辛苦的地方，或踏访东三省、山东这些新近被欧洲强国侵占的地方，以备思考战略雄图。"他本人也是这样做的。基于自己的考察，他向日本当局提出了具体的国策性建议：如何在中国搞航运，如何向中国派遣留学生或外交官，等等，其建议涉及交通、教育、外交诸方面。他论及的针对中国的"保全论"与"分割论"这两种基本观念，与明治时代以来日本的国家政策密切相关。"保全论"与"大东亚共荣"的国家意识形态具有相通性，但在转化过程中却沦为帝国主义和殖民主义的工具。为了对付来自北方的威胁，内藤主张加强日本与中国西部的军事合作，曰："甘肃、新疆有了五千至一万的新式训练兵，那个虎视眈眈的国家就有了后顾之忧，难以竭尽全力经营远东。如果把远东问题的一部分转移到中亚，岂不是我国之幸吗？"。深思熟虑，高瞻远瞩，内藤确实是一个政治家型的学者。

与内藤相比，夏目漱石和芥川龙之介的文学家色彩则鲜明许多。在日本，漱石的头像曾长期印在一千日元上的纸币上，那个位置被细菌学家野口英世（1876－1928）取代不过是三年前的事。纸币上的漱石显然过于严肃、过于深沉。但是，读《满韩漫游》，则能更多地感受到漱石式的幽默感与真性情。在旅顺的日式餐馆里，胃疼并且疲倦的漱石躺在榻榻米上休息，居然枕着女招待的腿。感觉到周围太静、以为女招待睡着了，他还抬手去挠女招待的下颔。洗温泉,为了打破只准洗十分钟的规定、多洗一会儿,他居然"想了各种招数,或者坐在石阶上,或者趴在水上,或者用手托腮,靠在温泉池边上,完成这些动作之后,就来到外边。"这样的漱石才是那个留着俏皮的八字须、拄着手杖、创作了《哥儿》、《我是猫》等精彩作品的漱石。通过《满韩漫游》,还可以对漱石与胃病、与博士头衔的关系进行更深入的理解。《满韩漫游》写的是"满"(满洲)而很少写及"韩"(朝鲜),并且在明治四十二年(1909)年底中途停止连载。对此漱石研究者们各有解释,但我想,除了《满韩漫游》中的思想内容(对此译者有分析)之外,漱石在游记中表现的那种漫不经心的"文学态度",与明治日本的意识形态、与邀请他进行这次旅游的"满铁"领导人的想法均有抵触。这样看来,幽默闲适的游客态度同时也是一种消极的政治态度。芥川龙之介的《中国游记》更具私人性。他到中国来旅游比内藤、漱石等人晚得多,是在1921年。从长相怪异的上海车夫和颠簸的马车,他发现在上海"若是没有慷慨赴死的决心和勇气的话,是轻易乘不了马车的。"他认为中国女性"最美的地方是耳朵",并由此发现了日本女性耳朵的退化。从中国环境的恶劣,他发现"日本人一旦在中国久住,首先嗅觉就会变得迟钝。"等等。日本有谚语曰"旅途之耻丢在旅途",意思是在旅途上即使做了羞耻的事也无妨。旅游和醉酒一样,成为日本人逃避社会规范、表现真实自我的一种方式。漱石和芥川都在旅途上并且是异国的旅途,所以表现出了更多的真实。

必须正视这些走在中国土地上的日本游客与中国的关系。在这里我们能够看到一种矛盾——"中国想象"与"中国现实"的矛盾。对于这些日本人来说，中国想象是以通过他们理解的中国传统文化完成的。成为想象材料的主要是《三国演义》、《水浒传》为代表的历史故事与古代诗歌。内藤"中国诗人自古以来咏怀抒情"的表达，已经表现出文化想象在其叙述中国的过程中发挥的作用。在漱石、芥川那里，文化在中国想象、中国之旅中发挥的功能更大。漱石这样讲述他在大连的榨油厂里看到中国苦力时的感想："当我注视着这个苦力赤裸的身体时，不由得联想起了'汉楚军谈'。古时候，让韩信从胯下钻过去的好汉必定是这样一些人。"芥川几乎是把中国传统文化作为认识现实中国的指南。看到西湖，他想起白居易的诗。看到湖边杀鸡、洗衣、垂钓的中国人，他"找到了小说般的感觉"，三个中国人在他眼中幻化成了石碣村的阮氏三雄。此类例子在《中国游记》中随处可见。

这就涉及这些日本人对中国的蔑视或厌恶。此类恶感在芥川的《中国游记》中表现最突出。所谓"我不爱中国，想爱也爱不成"，"再没有比中国更为无聊的国家了"，"我越来越不喜欢中国了"。对此，有的译者在解说中已经有所批判。但在我看来，类似的恶感与其在国家或国民的层面上来理解，不如在文明的层面上理解。对于这些日本人来说，此类恶感起源于"中国想像"与"中国现实"的冲突。政治批判、文化批判、国民性（以冷漠为重要表征的残忍）批判之外，恶感更多的是指向中国人的生活习惯，涉及最多的是不洁与喧闹。内藤湖南指"整个北京城感觉就像个大茅厕"，芥川对中国人随地大小便、到处擤鼻涕的行为深恶痛绝，漱石甚至称中国人为"肮脏的国民"。如果把日本文化精神概括为"净"与"静"，那么此类批判中实际包含着中日文化的根本冲突。芥川在宣称"我不爱中国，想爱也爱不成"之后说："在目睹了这种国民的堕落之后，如果还对中国抱有喜爱之情的话，那要么是一个颓废的感官主义者，要么便是一个浅薄的中国趣味的崇尚者。即便是中国人自己，只要还没有心智昏聩，一定会比我这样一个游客更加不堪忍受吧。"确实如此。鲁迅那一代知识分子，正是因为"不堪忍受"，才投身社会变革、文化批判与国民性改造。尽管对现实中国多有批判之辞，但面对"文化中国"的时候，无论是漱石还是芥川，似乎都未曾失去钦敬之心。这大概也是芥川在胡适眼中"颇似中国人"的原因之一。

那些日本人写了那些中国游记之后，近百年过去了。现在的中国早已不是内藤、漱石、芥川们看到的中国。不过，游记中涉及的问题（比如公共卫生以及内藤谈及的廉政与中亚）并没有全部解决。现在我们重读这些游记，能够看到映现在异国人眼中的近代中国旧面影，能够看到那个时代日本人的中国观，还能够在对历史健忘症的克服中重新认识自己的历史。

2008 年 1 月写于北京
（载 2008 年 4 月 21 日《21 世纪经济报道》）

卓南生的日本论

得到卓南生先生惠赠的《卓南生日本时论文集》是 2006 年 12 月上旬在京都。世界知识出版社当年三月出版，精装本，厚厚的三大册，总字数接近一百八十万，真正的"皇皇巨著"。当时我是从东京去京都、大阪一带旅游，把三本大书从京都提到大阪再提回东京，切身感到的是物理上的重量。"时论文集"收录的是卓南生二十世纪六十年代中期至二十一世纪初约四十年间撰写的日本评论，按内容分为三卷，分别是《日本社会》、《日本政治》和《日本外交》。一读之后，深感其内容比其体积更为厚重。这是一部战后日本的百科全书，并且具有史书品格。虽然很重，但值得提来提去。去年七月，我又将其从东京运回北京。

卓南生先生是新加坡人。1942 年出生，1966 年留学日本，先后就读于早稻田大学和立教大学，学的都是新闻学，后来获得立教大学的博士学位。留日期间即开始为新加坡报刊撰写东京通讯，1973 年返回新加坡之后从事新闻工作，曾任《联合早报》社论委员和驻东京特派员。1989 年转入日本学界，先是被聘为东京大学新闻研究所副教授，1994 年到京都执教于龙谷大学。从这个简单的履历书即可看出其生活道路、其职业与日本的密切关系。惟其如此，他才能够对日本社会的政治、外交与日常生活有全方位的深入了解，写出三大本"日本时论"。与一般的日本论相比，卓南生日本论显而易见的特点是即时性与学术性的统一。文集中的许多文章是为《联合早报》、《星洲日报》等报刊撰写的社论或通讯，采用的是面向大众读者的"报纸文体"，但文章背后却有著者本人对日本社会和日本现代历史的深入了解。

不过，我作为中国大陆的读者，更注意卓南生日本论中与著者的特殊身份相关的内容。

所谓"特殊身份"首先是指"新加坡人"（或曰"东南亚人"）。该身份使卓南生在认识日本之际自然地从日本与东南亚的关系这一角度考虑问题。《日本外交》卷所收访谈文章《新、中、韩旅日学者谈后冷战的亚洲与日本》具有代表性。此文发表于1992年1月25日《联合早报》，文中卓南生作为旅日新加坡学者发言，用新加坡现代历史的实例批评日本人历史观的片面。他说："日本在1942至1945年侵占新加坡时，曾将新加坡改名为'昭南岛'，但日本的年轻人对此却几乎都完全不知晓。这不能不令人发出如此之问号：日本年老的一辈到底将什么样的历史知识传授给年轻人？"问得有理。日本人应当记住并且正视"昭南岛"，就像他们应当记住并且正视"满洲国"和南京大屠杀。但不少日本人没有记住也没有正视，因此无法建立起正确的历史观。不过，卓南生画的这个问号并非仅仅对日本人有效，在作为日本近代军国主义受害者的中国人这里同样有效。如果我们只知道"满洲国"、南京大屠杀等，而不知道新加坡曾经沦为"昭和日本的南方之岛"以及类似的尚未引起我们重视的史实，那么我们的历史观同样是片面的，我们对东亚历史的思考也不完整。东亚的历史获得完整性需要东南亚视角的介入,而卓南生就提供了成熟的东南亚视角。在现实社会中,东南亚同样不可忽视。战后日本和战前日本一样,自觉地将东南亚纳入其国家战略。二十世纪七十年代,日本首相田中角荣就是以完整的东南亚观为指导访问东南亚,展开外交行动。三十年过去之后小泉纯一郎依然大打东南亚牌,在访问东南亚的过程中推销"中国威胁论"。某些日本人为了夸大中国经济的"威胁",甚至无视东南亚国家的华侨并非中国公民这一事实。好在日本在东南亚并不那样受欢迎,就像它在东北亚不太受欢迎。印尼、泰国都曾发生抵制日货运动,就像二十世纪初至二十一世纪初中、韩多次发生抵制日货运动一样。这些,卓南生在其"时论"中都有论述。对于中国大陆读者来说,类似的内容将改变单一视角的东亚图景,"日本"与"东亚"的关系将被置于更大的历史环境、更有紧张感的区域关系中重新认识。

卓南生的新加坡视角并非仅限于对新加坡与日本的关系或者东南亚历史、社会的认识。由于具有"第三者"的客观性,所以,当它成为一种认识其他地域之方法的时候同样具有穿透力。比如,苏联对于中日邦交正常化的戒备,八十年代中期越南外长阮基石访问东京时拉日本打中国的外交手段,——卓南生对这些国际事件能够做出深入分析,同样与其"新加坡视角"有关。

卓南生作为日本论者的另一层特殊身份,就是"新闻从业者、研究者"。其言之有据、明白晓畅的文体,显然是新闻工作的职业所决定。更重要的是,作为学习、研究新闻学并且具有长期新闻工作经验的人,卓南生对媒体的本质及其在现代社会的功能有深刻的认识。这是一种"职业敏感"。他自云,1973年修完博士课程到朝日新闻社进行为期三个月的实习的时候，就对日本大报的运作有了深入的了解（《我怎样与日本时评结下不解之缘》）。因此他长期关注日本媒体在日本社会生活与国际政治中发挥的作用，撰写了多篇文章。仅《日本外交》卷，就有《透视日本传媒的舆论导向——再评江泽民的日本行》、《日本传媒如何解读北京的"历史情结"》、《日本媒体怎样炒作沈阳闯馆事件》、《日本媒体与朝鲜"绑架事件"》等多篇分析、批判日本媒体的精彩之作。第一篇揭露了日本传媒对于江泽民在早稻田大学活动状况的欺骗性报道，可以帮助我们重新认识战后日本社会的本质。战后日本以"民主社会"的面目出现于世界并且标榜言论自由，但其"民主"和"自由"并非绝对的，而是内外（国内国外）有别、左右（左翼右翼）有别。从媒体工作者的"自肃"、右翼势力对左倾媒体的打压、媒体对社会舆论的控制、媒体对非欧美国家的不公正报道等方面来看，战后日本并非自由民主社会，而是"软性专制社会"。在这种专制形式中，某些媒体从业人员作为日本知识阶级的一部分，是体制的共谋者甚至是体制的帮凶。2005年春夏之交，某些日本媒体片面报道中国的"反日游行"，与中岛岭雄之类的反中国知识人一唱一和，将中国妖魔化并且大肆挑拨中日两国国民的感情。恰巧是在我阅读《日本外交》卷的2007年1月下旬（当时身在东京），NHK电视台综合节目频道（相当于中国的央视一台）有关中国高速铁路的报道让我直接领教了卓南生揭露的那种日本媒体的偏见。1月28日杭州与上海间的高速铁路通车，NHK当晚七点的新闻节目（相当于中国的"新闻联播"）即作为重要新闻进行报道。但他们是怎样报道的呢？关于车体，播音员说：中国方面虽然说是自主开发，但明显是模仿日本东北新干线的"疾风"号（电视画面与之配合，同时出现了"疾风"车头和中国高铁车头的照片）。画面上接受采访的中国女乘客自豪地说："我们中国人也可以和发达国家的人一样乘坐现代化的高速列车"，随后播出的却是列车上饮水机的水不够喝、盥洗室的龙头不出水等镜头。播音员又说：列车虽然平安到达上海站，但比预定时间提前了五分钟。总体看来，那个报道传达给日本观众的是中国人模仿日本而又不承认、中国人无知自大、中国高速铁路设备差不准时之类的信息。当然，我这个中国人从中看到的却是报道者的胆怯、渺小与狭隘。而次日（29日）晚七点有关横田惠（所谓遭北朝鲜特工绑架的日本人质）救援活动的报道，又夸大其辞，强调日本人的受害，甚至用美国音乐家为横田作曲、举办专场音乐会来煽情。完全不顾绑架人质事件的历史背景与个别性。当代日本著名学者、积极投身护宪运动的东京大学教授小森阳一，正是认识到了日本媒体的专制性，并且是为了打破这种媒体专制的封锁，才向和平运动参加者发出了"每个人都成为媒体"的呼吁。在媒体不仅记录历史并且参与创造历史的时代，通过媒体认识一个社会是十分有效的。

从卓南生的日本论中，我们能够对日本国与某些日本人的"本性"进行再确认。比如"经济动物"本性。无论是对外国留学生贫困生活的侮辱性报道，还是政治家"260亿美元买回北方四岛"的天真构想，亦或是1991年海部俊树访华之际趁火打劫式地用日元贷款换取中国对日本海外派兵的默许、对"历史问题"的让步，均为其"经济动物"本性的具体表现。经济优越感曾经成为日本人（从政治家到平民）的一种"集体无意识"，经济（钱）是其出发点又是其目的。从卓南生的介绍和分析来看，对于"中国分裂"的期待也已成为日本国与某些日本人的一种"本性"。

中国大陆正在出现一股日本研究热。此种情况下，通过怎样的媒介认识日本是个问题。本尼迪克特《菊与刀》作为日本论的经典被广为阅读，但那毕竟是一个未曾切身感受日本的美国人类学家在半个世纪之前运用第二手资料撰写的日本文化论，更多的是学术价值与文化价值。生活在二十一世纪的中国人通过它来认识日本，容易犯"刻舟求剑"的错误。所以，与其读《菊与刀》，不如读卓南生或者当代中国学者的日本论。这样能够接近现实的日本，并且有助于打破日本研究领域的"西方中心论"。三大本"卓南生日本时论"无疑将成为中国大陆日本研究乃至东南亚华人日本观研究的重要资料，但是，从现实性与操作性的角度考虑，这些"时论"更适合给从事对日外交工作的中国人当教科书。卓南生归纳的日本政治由"保革对峙"向"总保守化"的转变应当成为认识当代日本社会的基点，而《日本外交》卷对日本外交战略、外交手段、战后外交史的分析，以及有关日本对付中国的四张牌（中国威胁论、两岸分裂、经济、北京怕乱）的归纳，均条理清晰、切中要害、具有"实战"参考价值。细读此书，了解自己并且了解日本（所谓"知此知彼"），可以保证在对日外交中少犯错误或者不犯错误。

2008年2月3－4日写于寒蝉书房
（载2008年12月号《博览群书》）

■ 越境心影录

声音

二月来到东京,才真正体会到"异乡人"的感觉。一个春雨如织的午后,独自打着伞从涩谷往驹场的住所走,看着雨雾中朦朦胧胧的高楼,看着汽车红色的尾灯消失在远处的街头,忽然有一种置身荒野的感觉。这个喧闹的、繁华的、张牙舞爪的大都市,和来自北京的我究竟有什么关系?不错,街上有许多人,熙熙攘攘,来去匆匆。他们和我一样是黄皮肤,甚至和我一样使用汉字,沉默的时候确实像是我的同类。但是,一旦开口,语言就如一道无形的高墙,将我与他们隔离开来。我常常怀疑,从他们口中说出来的,就是我学了好几年的日语吗?无论他们是用美丽的语言赞美我,还是用恶毒的语言诅咒我,我都很难明白。同样,无论我对他们表达我的爱慕,还是表达我的蔑视,他们也同样难以理解。语言在这里失去了它的交流功能,仅仅是一种让人着急、使人茫然的噪音。

同胞们似乎都在为生存奔忙,会说汉语的日本朋友都有自己的工作。独居室中的我开始一天比一天仔细地品尝那种异乡人的寂寞了。寂寞,寂寞,寂寞是什么?寂寞是一条执著的毒蛇,无声地、坚韧不拔地噬咬着我的灵魂;寂寞是无边无际的黄沙,无声地掩埋我,从脚下埋到胸口,让我感到呼吸的沉重……

在寂寞之中，我的听觉似乎越来越敏锐。一个晚上，夜深人静、伏案读书的时候，我隐隐约约听到自己的房间里有一种紧迫的、节奏分明的金属敲击声：铮铮铮铮……循声望去，原来是我的手表在忠实地记录时间的流逝。和现在许多造型别致、色彩丰富、带日历、音乐报时的新式手表相比，那块不锈钢的上海牌机械表确实变成一只丑小鸭了，但我对它有着特殊的感情。十五年前，妻子考上大学的时候从她母亲那里得到了这件珍贵的礼物，后来她又把这件礼物送给我。听到那紧迫的金属敲击声，我想起曾经在表链下面跳动的妻子的脉搏，和现在在表链下面跳动的我的脉搏。生命，就在脉搏从容不迫的跳动中一点一点地消失。给远在北京的妻子写信，我告诉她我对"幸福"这个词的新的理解："什么叫幸福？下班回家看到你坐在沙发上一边看书一边听音乐就是幸福，黄昏提着菜篮子两个人一起去菜场买菜就是幸福。"

不止一次，那紧迫的金属敲击声使我坐卧不宁。那样的时候，我就灭了灯，打开阳台的拉门，让窗外的夜声进来淹没它。有电车驶过的声音，有汽车驶过的声音，有摩托车驶过的声音，有时还能听到晚归的少男少女们隐隐约约的谈笑声。其中最动听的，是井之头铁路线上电车驶过时驹场野公园门前路障升起或放下的信号声：当、当、当、当、当……好像一位慈祥的老僧在敲一口古老的钟，好像那声音不是来自电车将要经过的路口而是来自深山的古寺。于是，唐人张继《枫桥夜泊》中的名句浮现在我的脑海中：姑苏城外寒山寺，夜半钟声到客船。

更多的时候是到住所附近的小街上去散步，在苍白的路灯下慢慢地走，看地上自己的影子变长、变短、变长、变短。街边人家的窗口常常有各种声音伴随着温暖的灯光流泻出来：音乐声，说话声，电视播放声。但越是走近它们，我越是觉得它们离我太遥远。似乎所有的声音，都在提醒我意识到那种异乡人的孤寂。然而有一次，当我从一户人家门前走过的时候，一只狗隔着栅栏打招呼一般对我叫起来：汪汪汪……那是一只体型小巧的白色长毛狮子狗，它的叫声和我童年时代常常听到的中国狗的叫声完全一样。在听到那叫声的一瞬间，我好像回到了国内、回到了童年，我被深深地感动了。人的语言有多种，狗的语言却只有一种。较之人与人的隔膜，人与狗之间或许更容易交流、更容易理解吧！哦，我爱东京的狗！晋人陶渊明《桃花源记》中有这样一句话："阡陌交通，鸡犬之声相闻。"读大学的时候听老师讲过《桃花源记》，自己当中学老师之后也给学生讲过《桃花源记》，现在想想似乎未曾理解"鸡犬之声相闻"这句话的真意。其实这可能并非单纯的写景，也许一千五百年前那位"采菊东篱下，悠然见南山"的陶渊明，已经从鸡鸣狗叫声中体会到人与自然的交融，进入物我合一的至境。我本来不太喜欢狗，也不喜欢养狗的人。来到东京看到有些男子汉牵着狗在街上走，心里常常暗骂一声"堕落"。但从那次听到狗叫声之后，我对养狗的人多了一层理解。回到国内，我也许会找一条狗来养。——当然，要养体型优美的白毛狮子狗。

东京是个喧闹的都市，但属于我的声音似乎并不多。也许将来会多起来吧。

1994年5月28日写于东京
（载1994年7月17日香港《华侨日报》）

业余教徒

留学日本期间曾经走进教堂和寺院，喜剧般地成为基督徒又成为佛教徒。现在回首看去，自己都感到意外。生长在崇尚无神论的新中国，本来不信宗教。

最初接触基督教徒是在1994年8月中旬。当时刚到东京半年，住在目黑区驹场的东京大学国际学生宿舍。暑假清闲，晚上常到一楼大厅读报、看电视、与人聊天，这样便认识了比自己小几岁的台湾留学生何昆耀。他热情地向我传福音，发现我对基督教感兴趣（他不知道我感兴趣的原因是我的研究对象涉及宗教问题），便带我到七楼他的房间，给了我一些与基督教有关的书刊。他本来是留学美国，在美国与年轻的日本女基督徒田鹤子相恋，受感化接受洗礼成为基督徒。田鹤子回国他又同来日本，入东京大学就读。每逢礼拜日，他都到一位日本兄弟家里聚会。一周后他在多功能活动厅播放《耶稣的诞生》、《苏醒的耶稣》两部录像，向会馆的留学生们传福音，邀我去观看。放映结束又邀我到他房间，分享他妹妹从台湾带来的鸡、鱼、虾。我对他表示感谢，他淡然一笑："为什么感谢我？这是主的恩赐，感谢主吧。大家都是兄弟姐妹，不要分彼此。"在国外生活的人一般都有些冷漠，甚至对人怀戒备之心，像何君这样热情、坦诚地对待初识者的，确实少见。

当月底的礼拜日，他便带我和另一位留学生、大陆来的李小姐去参加日本基督徒的家庭聚会。一大早起身，从代代木上原乘地铁，到东郊的松户转车，下车后又步行一段，才到那位日本兄弟的家。那个地名比较奇特，叫做"五香六实"，并且有一个名字同样奇特的公园，叫做"一文字公园"。直到现在我依然能够切实地感觉到那天早晨郊外新鲜的空气和离开都市置身乡野的怡然。

那位日本兄弟名叫居原仁，妻子名理惠。夫妻二人开了一家商店，好像是卖电器。居原仁本来身体有病，婚后不育，但皈依基督教之后病好了，夫妻二人生了个健康活泼的男孩儿。为感谢

著者（左）第一次去居原家抱着世翼。中为何昆耀

主的恩赐，他们给孩子取名"世翼"——这个名字的日语读音（yahane）与《圣经》"约翰福音"的"约翰"相同，并把自己的家作为兄弟姐妹们礼拜聚会的场所。我们到的时候，一楼的客厅里已经聚集了六、七个人，有两位女士是开车带着孩子从二百里外的群马县赶来的。据说那位姓"小此木"名"真由美"的女士本来与丈夫不睦，离家出走三年多，信耶稣之后便回到丈夫身边，现在夫妻关系融洽。

人员到齐，居原在墙上挂上一张小屏幕，打开幻灯机，年长的大和由纪子便带领他们齐声唱起了赞美歌。那儿童般的天真和旁若无人的神态，立即消除了我初到陌生人家中的拘谨与不安。不熟悉他们唱的歌，便拿起一个儿童玩具鼓，敲起来给他们伴奏。唱完赞美歌，他们一起商量着什么。让我和李小姐每人拿一本《圣经》宣誓的时候，何君才告诉我们，那是要给我们洗礼，让我们也成为主的儿女。事情来得太突然，没有心理准备，但实在不忍心拒绝他们的虔诚与热诚，于是便左手捧着《圣经》，右手按在胸前，用生硬的日语跟着大和向主告白。简短的"洗礼"仪式在一片"阿门"声中结束，大和感动得掉下泪来。接着大家一起听录音带学习《圣经》，录音中担任讲解的是一位生活在美国的日裔女牧师。当时并不能全部听懂她的日语，但那种自信的语调和开朗的笑声却是在一般日本女性那里听不到的。午餐、晚餐之前，大家都一起祈祷、说"阿门"。那天晚上回家时，我带着一本精装的日文版《圣经》，两盒磁带，还有一个小录音机。大和让我一边听磁带一边学《圣经》，下个礼拜回去和其他兄弟姐妹们一起交流。本来是抱着学日语和了解日本社会的目的参加家庭聚会，受洗礼当"基督徒"是出乎意料，但那种感动与解放感很真实。

两三次聚会之后，有一天傍晚居原夫妇便开车带着孩子来留学生宿舍传播福音。大家在多功能活动厅聚餐，唱赞美歌，邀请其他留学生来参加，还给收发室值夜班的老爷爷送去点心和苹果。居原夫妇特意给我带来一件浅灰色的短袖T恤衫，胸前有理惠夫人亲手写的两行字。上面一行是Hallelujah（希伯莱语，意为"赞美神"），下面一行是Jesus love me（耶稣爱我）。那是用一种特殊的彩色化学材料写上的，用熨斗加热之后发泡凸起，看上去很别致。9月20日，十盒总题为"御灵之实"的录音磁带从美国寄到我手里。那天正巧是中国的中秋节。

那之后不久，又参加了伊藤虎丸先生的家庭聚会。伊藤先生是东京女子大学教授、著名学者，在日本社会与居原仁属于不同的阶层，但他信耶稣，同样是主的儿女。据说他年轻的时候生了一场大病，险些活不成。神智不清的时候看到主来到病床前，与主相遇之后他的病好了。从那以后他便信奉耶稣。在那年十月东京女子大学的学生节上，他的学生用中国语演出田汉的剧本《咸鱼主义》，我去观看，闲谈中得知我在参加日本基督徒的家庭聚会，他便邀我去他家。几天后他寄来了明信片，上面印着几句广告式的话："今年剩下的日子已经不多。虽然有些忙乱，但我们研究会依然在从容地'享受'《圣经》。面对《圣经》敞开心扉，彼此获得'愉快相逢'的感觉——希望我们的研究会能够这样。"11月29日晚上，我便按照明信片上的路线图来到小金井市他的家，参加"信朋塾《圣经》研究会"的学习活动。当晚担任讲解的是

兄弟姐妹们在东京大学驹场国际学生公寓多功能厅聚会。左一为著者，左二为何昆耀，左四为居原仁

日本基督教团砧教会的牧师内坂晃先生（"砧"是地名），讲解从"创世纪"第一章第25节开始，有些学术色彩，内坂晃先生还发给大家一些参考资料。讲解开始之前大家一起祈祷的时候，我下意识地向伊藤先生看去。看到他闭上双眼时虔诚、庄严的面容和花白的头发，忽然感到一种莫名的震撼。那是在讲台上和学术著作中不曾看到的另外一个伊藤先生。居原家的聚会单纯而又有几分狂热，而伊藤先生家的聚会却是理性的、学者化的。归途的电车中我对西装革履的内坂说："您是我认识的第一位牧师。在我的想象中牧师是穿黑色长袍的。"确实，内坂牧师看上去更像一位文质彬彬的学者。东京地铁沙林事件发生后我意识到，伊藤先生也许是了解日本社会的复杂，担心我初到东京误入歧途，才邀请我去他家的。

平日读书、上课，还要考虑升学、搬家问题，很难每个星期天都出门。这样,教会生活终于成为"业余"。与大和、居原等兄弟姐妹们在井之头公园传了一次福音之后,就没有继续参加他们的活动。年底伊藤虎丸先生寄来明信片,邀请参加他家的新年会,也未能去,听说伊藤先生有些失望。但1995年春天搬到世田谷区的祖师谷留学生会馆之后,又与其他教团有了联系。一个叫做"耶和华见证人"的组织来传教,定期送来《儆醒》等杂志。代代木有一个台湾基督徒聚会的场所,也去露了几回面。当年夏天参加全东京各教会基督徒的总聚会,又认识了从美国来东京的沈嘉骅、柯心磊夫妇。刚一认识,他们就邀请我参加家庭聚会,并且给了我聚会日程表。表上有他们家的地址、乘车路线图和每班车的到站时间。在基督徒的聚会中,总可以遇到不少外国人。对于他们来说,参加教会活动既可以了解日本社会、学习日语,又可以交朋友、消解异国生活的压力与寂寞。

与佛教发生关系也是住在祖师谷的时候。那天,同会馆的自费留学生小孟在东京Dome和晴海打短工,内容是布置展厅。工作从早上6点开始,但小孟有事9点必须离开。为了不影响工作、取信于那位经常雇用他的老板,他便让我替他去做10点以后的工作。本来并非打工的人,所以我到了工地也只是滥竽充数,没帮上太大的忙还碍手碍脚。但午后工作结束、吃饭的时候,那位名叫丸田克之的老板给了我八千日元的工资,与那些从开始干到最后的人一样多。我知道小孟离开的时候丸田已经付过三个小时的工资,便退回三千日元。旁边的同胞用汉语提醒我说"老板是好人,给了别不要",丸田却与我谈起了佛教,说我有"佛性"。吃完饭出了餐馆,他便开着他的车带我去板桥区的一处寺院。从东京湾的晴海去北郊的板桥区，几乎要穿过整个东京闹市区，车在纵横交错的高架桥中跑得飞快，丸田手把方向盘却不停地给我谈佛教、拉家常。所幸他的驾驶技术高，没有出问题。到了目的地才知道，那里是日莲正宗显正会本部。丸田让我填了一张表，又买了一个钱包大小的蓝色织锦袋给我。打开一看，里面是一串佛珠，一本小小的《日莲正宗勤行要点》。《要点》只有40页，日语"序文"告诉信徒颂经的方法：面向富士大石寺跪坐，手持佛珠，在意念中让大御本尊来到眼前，诚心合掌，然后开始。正文却是标准的汉语："妙法莲华经。方便品。第二。尔时世尊。从三昧。安详而起。告舍利佛。"虽然旁边都用平假名注了日语读音，但日本人读起来应当是很吃力的。看了那张表我才知道，丸田是日莲正宗下面的一个小组长，我在那张表上签了名，就成为他那个小组的成员了。给丸田佛珠和《要点》钱，丸田不收，我便向寺院奉纳两千日元，领了一本精装的《日莲大圣人之佛法》（浅井昭卫著），以表示自己对佛祖的虔诚。当时二楼大堂正在为一位施主做法事，丸田带我上去参加。"正坐"（汉语应当叫"跪坐"）二十多分钟，对于从小生活在榻榻米上的日本人来说不是问题，但我的两条腿已经麻木得无法站立。法事结束，便顺势坐倒将两腿伸直。丸田大惊失色，忙把我的脚拖向一边，连声说："把脚对着佛祖，不行不行。"离开本部之后他又开车把我送到地铁站，然后匆忙回家。

从那以后没有与丸田见过面，但那天的经历却增加了我对佛教的兴趣，使我发现佛教这种东方的宗教也许更适合自己。年底参加一年一度的留学生旅游，认识了同在文学部留学的台湾佛教徒洪楼兰，谈起佛教，她便将符芝瑛撰写的星云大师传记《传灯》送给我阅读。我对她说星云大师的故乡苏北也是我的故乡，在北京工作的时候有幸见过大师，她说那就是"缘"。1996年阳历除夕读完《传灯》有了一点小感触，便作打油诗一首以自娱：忙时饮茶闲饮酒，扶桑山海眼底收。演歌声中冬已暮，佛祖如来到心头。诗中的"演歌"是一种特具岛国情调的日本流行歌，很受留学生欢迎。邓丽君的有些歌如《星》、《又见炊烟》，就是用日本演歌的旋律重新填词的。次日是元旦，去板桥区熊野町的佛光山东京别院参加新年的"礼千佛法会"，又买回了一本《中国佛学概论》和几盒佛教音乐磁带，有《文殊颂》、《一声佛号一声心》、《清净法身佛》。

毕业前的两年间集中精力写博士论文，业余的教徒生活终于也不能继续。但太忙或者心绪不佳的时候，听一听美籍日裔女牧师的讲演录音或者《一声佛号一声心》，还是可以得到心灵的安宁。1997年秋末从祖师谷留学生会馆搬到东京东北郊外江户川畔的三乡市之后，依然有不认识的家庭主妇送来《儆醒》。由此可见"耶和华见证人"在日本社会的广泛影响力。同一住宅区的小池大嫂（只知道她姓"小池"却从未问过她的名字）免费送给我池田大作的创价学会发行的《圣教新闻》，每天一大早把报纸投到我房门上的信箱里，风雨无阻。1998年初春的一个午后进城访友，在绫濑车站等人的时候看到几位日本基督徒在路边传福音。一位男士弹着吉他放声高唱，两位女士散发宣传资料，金黄色的阳光笼罩着他们。忽然记起三年前随何昆耀去五香六实也是经过绫濑车站,一种熟悉的感觉从心底出现,便走过去帮助他们散发宣传资料。男士停止歌唱,过来和我握手,邀请我参加他们的礼拜日聚会。虽然没有去参加,但宗教情绪被唤回。回国之前想再一次参加居原家的礼拜聚会,但联系早已中断。打开地图找到了五香六实,但想不起从车站去居原家的路,曾经发生过的事情变得梦一样飘忽。回国的时候行装太多,我把一些衣物送给住在同一栋公寓的一位东南亚留学生,其中就有那件印着"Jesus love me"的T恤衫。愿主保佑他,和保佑我一样。

去东京之前就听说有宗教信仰的日本人在日本总人口中所占比例不大,但日本教徒的数量接近日本的总人口。造成这种情形的原因是一个人会同时信不止一种宗教。这构成了日本宗教的一个特色。当时觉得日本人信仰不专一,但在自己成为"业余基督徒"和"业余佛教徒"之后,发现事情并非那样简单。自己不是信仰不专一的人,但也列名日本佛教和至少两个不同基督教会的名簿。一个人成为不同宗教或者同一宗教不同教派的成员,有各种不同的契机和偶然因素。宗教各有不同,但在尊重生命、崇尚诚实、强调人类爱这一点上无论是基督教还是佛教都是相通的。除了麻原彰晃的"奥姆真理教"之类的所谓"新兴宗教",大部分的宗教都劝人向善。也许,超越个别宗教的"大宗教"才是真正的宗教。日本人能够同时信仰不同的宗教,这是日本文化的强大包容性在普通国民身上的体现,也是泛神论的一种变形。我在与日本人交往的过程中发现,宗教生活是不少日本人(特别是家庭主妇)生活的重要组成部分,教团已经成为一种重要的社会组织形式。在社会心态比较封闭、排外的日本，能够坦诚地向异乡人敞开家门、敞开心扉的，主要也是那些日本教徒。如果日本人都变成基督徒或者佛教徒，日本国内的某些问题乃至中日两国间的某些问题，都可以顺利解决。

曾经有过的"业余教徒"生活在某种程度上改变了我，让我至今难以忘怀。

2000年10月3日写，8日改。于北京西郊花园村。

难见江东父老

（"两京通信"之十五）

长声学兄：

从羊羹谈到纳豆，谈到日本人的"肉食史"，饮食文化已经说得不少。这次我转换一下话题，接着前信提及的"穿洋马褂回国"往下说。留日、旅日的同胞们也许对这个话题更感兴趣。

不久前，回北京探亲的旅日同胞 W 女士来电话，云打算和先生一起回国，问我回国后的感觉并有征求我意见的意思。我当时阻止了她，说："只要能在国外活下去，尽量不要回来，回来也许会后悔的。夫妇俩都在东京，都有工作，既无两地分居问题又无吃不饱饭的问题，回来做甚？"类似的话我后来还对另一位留学东大、倦鸟思归的同胞说过。这倒不是因为我不爱国，——其实我非常爱国，是一位具有人类主义精神的民族主义者。拿了学位就回国，好几位日本人表扬我呢。——而是因为我不愿意看到他们重蹈某些归国者的覆辙，更不愿意由于怂恿他们回国而在他们回国后悔之后被骂作"居心不良、自己快淹死了也拉别人下水"。

归国者中自然不乏如鱼得水者。人家钱学森，从美国回来不是还成了"两弹之父"？只是能造原子弹、氢弹的归国者毕竟不多，归国后由于适应不了国内环境再次走出国门者亦时有所闻。在外呆久了回到国内，就像一棵树从江南移到塞北，不仅要伤根、要有一段时间的悬空，再植之后适应水土气候也需要时间。就像器官移植，一颗肾从一个躯体移到另一个躯体，排异反应是个痛苦的过程。这倒不是说国内环境污染严重、空气污浊、生活水平低，也不是说国内社会秩序乱、大家购物乘车不排队、售货员售票员脸色难看，——其实大陆近年的环境治理颇有成效，北京的某些商场与东京的商场相比毫不逊色。问题是，某些国内同胞对归国者缺乏一种平常心。虽然只是"某些"，也够可怕的了。

旅日作家蒋璞（您认识否？）在其长篇小说《东京有个绿太阳》中写及某些国人对打算回国的同胞的冷言冷语，曰："在外面赚了钱，又想回来占位子，天下哪有这么便宜的事！""恐怕是混不下去了，否则，怎么会想要回来？"蒋璞对某些国人心态的把握很准确，类似的准确把握是我对那部小说产生好感的原因之一。仅仅是冷言冷语倒也问题不大，如果由冷言冷语进而动手动脚、冷枪冷箭，问题就大了。上月进城购物，在一家商场里随手拿了一份北京音乐厅的广告杂志《今日艺术》（今年八月号），从中读到了著名青年音乐家叶小纲的几篇杂文。叶氏自美留学归国，不止一次领教了某些国人的明枪暗箭。有人甚至往中央音乐学院各部门的信箱里投放诽谤他的传单。叶氏将那些小手段称为"大片儿刀"。几次被砍之后，他感慨不已，道："我想这大约是中国音乐界自文革以来对一个归国音乐家、一位华侨所做的最骇人听闻的事。这种事情居然发生在一个堂堂社会主义大学,风气会到如此地步,简直是知识界的耻辱"。按照我的理解,叶氏屡遭厄运,与其"归国音乐家"身份关系甚大。因为经常有人问他:"在美国活得不赖,为什么要回国?"环顾四周,类似的例子还真不少。一位在日本获得博士学位的年轻同胞,联系去北京某大学工作,各种手续已基本齐备,只因个别人从中作梗,便被卡了将近一年。一位在欧洲的大学任教多年、理论上颇有建树的著名学者打算回国工作,却被人使了手脚,在北京找个接收单位都屡屡碰壁。此可谓滑天下之大稽、荒天下之大唐。

蒋璞揭示的那种心态,其实是中国式的妒嫉与崇洋媚外心态的复合体。我在这里耗着,你出了国赚了钱,又想回来占位置,凭什么?——此谓之妒嫉;人家外国那么好,你没留下来却回了国,可见你无能,你失败!——此谓之崇洋媚外,因为这种看法的前提是蔑视中国。我总觉得某些国人对归国者的态度颇有历史文化渊源,与中国传统的功名意识有关。既然你出了门(出了国),你就必须放道台、八抬大轿、洋钱花花响、衣锦还乡。平平淡淡地回来就是无能。其实,楚霸王项羽乌江自刎,并非仅仅是因为四面楚歌。杀死他的并非只是刘邦的汉军,还有那些"衣锦还乡"意识颇强的江东父老。我想起了三年前在新宿车站撞电车自杀的那位年青女同胞。她的死与项羽的乌江自刎有些类似。她在承受不了生活重压、走投无路的时候,她有勇气撞死在异国,却没有勇气回来。对于她来说,那比死亡更可怕的是什么呢?

其实，某些国人在他们能够用平常心对待归国者之前，他们不可能成为现代意义上的国民，也不可能成为有民族自尊心的中国人。颇为遗憾，回国这大半年，我还真发现一些病态国民。某些知识分子的堕落尤其让人吃惊——无聊、无耻、无责任心，人格低于街头卖菜的小商小贩。

早就注意到，国外的同胞比国内的同胞爱国热情高得多。此谓之"出国爱国"。不过，现在我觉得国外同胞的爱国心至少应当从两个方面进行再认识。第一，那种爱国心很难与实际的归国行动统一起来。回国并不是拿着中国护照进了海关就了事，而是要到具体的工作单位为国效力。而"回国"一旦变成"回单位"，问题就来了。国家政策再好单位未必执行，归国者的命运不是掌握在国家手里，而是掌握在个别人手里。第二，国外同胞的所谓"爱国心"真的可以称作"爱国心"吗？未必。本质上它或许只是对异文化环境的一种抗拒，一种对自己所熟悉的社会环境与生活方式的怀恋，一种故乡情怀的变形。其实，出国之后没有获得"超国家"的开放心态反而强化了爱国心，作为文化心态而言这也许是个悲剧。如果自觉地意识到自己的"边缘人"、"异类"身份（对于祖国和所在国两方面来说），旅外同胞或许能活得更轻松、更幸福一些，对中外交流的贡献也许会更大一些。故乡其实是一种遥远的东西，她不仅存在于遥远的过去，而且存在于遥远的未来。十四五岁的时候就读过鲁迅先生的短篇名作《故乡》，在中学当老师的时候也给学生讲过《故乡》，但直到最近，我觉得自己才真正读懂了《故乡》结尾处鲁迅那段关于"希望"的名言。鲁迅所谓的"希望"其实不过是"故乡"的暗喻。那段话可以改写为:"故乡是本无所谓有,无所谓无的。这正如地上的路,其实地上本没有路,走的人多了,也便成了路。世上本也没有故乡,一个地方住得久了,也便成了故乡"。老兄以为然否?

　　说到这里,您也许会以为我在为回国而后悔。其实不然。人各有志,人各有路。每个人都会做出适合于自己的选择。一路扯来只是为了与学兄及旅日同胞们交流思想罢了。今天上午去单位上班,从办公室里看到窗外许多架新式战斗机从长安街上空呼啸而过,那大概是国庆节飞行表演的预演。当时我觉得在走向强盛的祖国有一张属于自己的书桌,心里很踏实。那种踏实的感觉是在国外时不曾有、也不会有的。对 W 女士说的那些话,也许有些绝对了?

董炳月
1999 年 9 月 14 日夜
(载 1999 年 10 月 1 日《留学生新闻》)

国境线上的忧郁

（"两京通信"之十七）

长声学兄：

10月3日大札拜读，受益良多。看来我对W女士说的话确实有些绝对。《留学生新闻》在北京颇有几位读者，上次的信刊出后即有两位自日本归国的朋友来电话，一位云"深有同感"并以自己为例，一位则批语我主张别回国是"胆怯"，云："留学生回国是自己的权利，在乎别人什么？他们又不是国家主席。"说的也是。窝里斗等国民痼疾确非仅仅用国人与归国者的关系所能全部解释，旅外中国人的情况本身亦太复杂。何况从日本归国与从欧美归国不同，回国进大学、进国家机关与回国开公司、当"洋买办"不同，出国五年与出国五个月亦不同。还是发扬"实事求是"精神，从个人情况出发，持"人各有志、人各有路"的态度更民主一些。不过，学兄所谓"跟不正常的权利作对"的"红灯"在中国是很少亮的。靠权力出国者同样可以靠权力回国占位置。没有好位置人家未必回国。不少当权者的公子公女还携巨款去国外当"贵族"呢。成为权力牺牲品的主要是细民百姓。在中国总是这样。本世纪上半叶中国存在过"留日共同体"（至少在文学界是这样），我曾经试图把新时期的留日者也作为一个共同体来把握，看来很困难。

前信寄出后尚觉意犹未尽。其实，由出国（离乡）造成的"故国的丧失"这一问题具有历史性与国际性。在贺知章的"回乡偶书"中，儿童一个"笑问"就把"少小离家老大回"的老人赶到故乡之外去了。用民俗学大师柳田国男的话说，就是"五十年之后无故乡"吧。只是到了近代，留学这种跨国行为把乡愁化为"国愁"，越境者也在国家的夹缝中呻吟起来，而且呻吟得内容丰富。中国如此，日本人亦如此。连夏目漱石，到了英国都一度精神异常了。几年前曾在一本杂志（好像是那本帮助留学生学日语的《日本》）上读到一篇谈"弃国青年"的文章。说是一些日本青少年长期随在海外工作的父母生活，回国后适应不了日本的生活方式与人际关系，便独自以留学或其他方式再去国外。于是"归国"变成"弃国"。"归国"与"弃国"的日语发音都是"きこく"，便有日本人玩文字游戏，将此类青少年称为"弃国青年"。本来环境与人互为因果，社会环境与文化环境变了，生存于其中的人自然要变。只是由于中国的环境有其特殊性，因此中国人的变化与烦恼中就多了些内涵。这个问题颇值得研究。

在八月末召开于北京的日中人文社会科学交流协会（会长是日中学院院长安藤彦太郎，曾译《毛泽东选集》第五卷为日文）成立二十周年纪念会上，日本大学教授小岛淑男作了题为《中华民国时期留日学生归国后的动向》的报告，颇有新意。过去的留学生问题研究者更多关心留学生留学期间的情形，而较少注意归国后的情形。小岛在口头发言中对中日两国政府留学生政策的比较，很有启发性。中国留学生未能像日本留学生那样在本国的现代化建设中充分发挥作用，本质上或许是两国不同的政治文化传统造成的。现在中国政府的留学生政策倒是好多了，如果留学生的作用仍不能充分发挥，确实就要越过政治问题去看国民性了。

小岛氏没有论及的中国归国者的心灵问题也许更有意思。"爱国"曾经是中国留学生（无论是留日者还是留英美者）共有的热情，但归国留学生中又不乏在一段时间内怀"怨国情结"者。胡适和闻一多这两位，可以看作代表。

胡适留学美国康奈尔大学、哥伦比亚大学等名校，获得许多个博士学位后回国，执教于北京大学并成为五四新文化运动的旗手。尽管如此，1918年他愤懑于政治形势的黑暗，在一首题为《你莫忘记》的诗中摹仿一位濒死的老者嘱咐儿子的口气，说："你莫忘记／老子临死时只指望快快亡国／亡给'哥萨克'，亡给'普鲁士'，——／都可以，——／总该不致——如此！"这种大逆不道、惊世骇俗的诅咒背后，大约有异国生活提供的与中国现实之间的距离这个参照物。闻一多留美期间痛感于华人受歧视，"中国人意识"日益增强，不仅成了国家主义者、参与组织"北京国家主义团体联合会"，并且写下了许多炽烈的爱国诗篇。广为人知的应当是那首浪漫华丽的《太阳吟》。"太阳啊——神速的金乌——太阳！／让我骑着你每日饶地球一周，／也便能天天望见一次家乡！"1925年初夏乘船回国，轮船临近上海驶入吴淞口时，他甚至把在美国穿了几年、代表西方社会的西服脱下来仍进江里，以至于到了上海不得不向哥哥借外衣穿。刚回国时看到"五卅"惨案发生后蓬蓬勃勃的群众运动，他心潮澎湃，在《一句话》一诗中高喊"咱们的中国！"然而半年未到，他的爱国心就被"漆黑一团"的现实击碎。在《发现》一诗中他发出绝叫："我来了，我喊一声，迸着血泪，／'这不是我的中华，不对，不对！'""我会见的是噩梦，哪里是你？／那是恐怖，是噩梦挂着悬崖"……

　　胡适、闻一多式的悲剧在本世纪的中国似乎一直未停止上演。不知您是否注意过冰心老人1988年写的短篇小说《远来的和尚》。小说中的钱清四十年代末留学美国，非常爱国，并与一位同样对"祖国母亲"一往情深的台湾姑娘结婚，还给双胞胎女儿分别取名"纪中"与"念华"（合在一起就成了"纪念中华"）。一位叫钱宓的大陆人也来同所大学留学，受到钱清的关照，与一位美国姑娘结了婚。钱宓也有了两个女儿，一个取名"琳达"、一个取名"露西"，但钱宓不教女儿说中国话。后来钱清回了国，钱宓继续留在美国。二十几年过去，两位姓钱的在北京见面了。"纪念中华"的爹是一位普通大学教师，穿着一身褪色的旧中山装，只有可怜兮兮在台下听领导作报告的份儿，而琳达和露西的爸爸是访华的美藉华人，西装笔挺皮鞋锃亮，报纸电视抛头露面，忙于被领导接见。连他自己都对钱清苦笑，道："这真是远来的和尚好念经"。在二十世纪八十年代末的中国，八十八岁高龄的冰心老人能写出这种作品并敢于发表，只能用"伟大"这个词来形容。常听到留日归来的同胞说自己在欧美归来的留学生那里感到低人一头，有被社会抛弃的感觉，但想想胡适、闻一多和冰心笔下的钱清，或许能找回一些心理平衡吧。尚在国外的同胞则应为自己仍是"远方的和尚"感到欣慰了。

小岛先生论及的那些运用在国外学到的自然科学知识为祖国建设作贡献的这里不谈，人文科学方面的归国者的人生价值取向主要有两种类型。一种是在超越了失望与绝望之后投身于社会改革运动。这方面胡适和闻一多依然可以作为典型。胡适在钻研学问的同时参与政治，甚至去竞选总统。闻一多为了建设民主自由的中国不惜与政府作对，以至于被国民党特务枪杀在街头。另一种则是在失望于现实之后回归"自我"。这可以举周作人为例。他认为中国打不过日本，"七七事变"后仍留在北京当"遗民"，最终被日本侵略者利用，当了汉奸。"苟全性命于乱世"在周作人这里既是人生观又是世界观，而且其后面隐藏着某种留学体验。

许多在海外留学或工作的中国人的快乐和苦恼，似乎都是起因于跨越国境线。正是在这种不可逆转的跨越之后，自我认知与自我定位才又成了问题。安德森把国家定义为"想象的共同体"，很高明。说得具体一些：国家是一种被想象创造出来的共同体。胡适与闻一多，都曾被这个想象之物撞晕过。国家意识太强也是国家无处不在的原因之一吧。不过，我觉得留日、旅日同胞的"中国人意识"与爱国心具有某种程度的真诚性。因为那种意识往往是日本人过于强烈的"日本意识"的折射，有时甚至是日本人的强加。也是由于这个原因，某些日本人对我回国的"表扬"才让我不愉快（这个问题下次详谈）。在中国人与日本人互相认知的过程中，"泛国家意识"有时是"桥"有时也是"墙"。

大同世界的到来只能以"边缘人"的出现为前提。如果人们能够抛弃"泛国家意识"，大同世界也许会早日到来。我知道这样的世界终究不会到来,但仍然有所期待。两年前东京华人界曾讨论过"加入日本籍是否就是不爱国",我看这讨论的前提就值得商榷。中国人拿了日本护照也未必就能成为日本人,甚至那些血管里流着大和民族鲜血的日本残留孤儿都未必能。持中国护照者亦未必个个爱国,祸国殃民的家伙多得很。使用日本护照和使用松下电器也许不应有太大的区别。

徘徊在国境线上的人无须把自己撞死在一堵想象的墙上,还是走一条"边缘化"的"超国家"的路为宜。当年留法的吴稚晖等人曾经走过的无政府之路与此有些类似。虽然这条路不那么好走,但一直走下去也许能看到新世界的曙光。学兄应当是能够较早看到这曙光的人。

董炳月
1999 年 10 月 18 日于北京。
(载 1999 年 11 月 1 日《留学生新闻》)

扶桑二度

——《我在东京当主编》序章

如此富饶的风景在我面前展开。阿——门！　——题记

2000年10月28日，东京时间午后1时40分左右，中国国际航空公司ＣＡ925航班平稳地降落在东京成田国际机场。25A座位上坐着的是一位面色肃然的男士，几天前他刚刚度过四十周岁的生日。

这位男士就是我。

身旁，乘客们纷纷取下行李往外走，一片机舱行李柜开合的啪啪声，而我坐着没有动，无声地看着机窗外。在其他乘客眼中我也许是在故作深沉状，其实我心里确实有几分感慨、几分怅然。

哦，居然回到了东京……

40分钟之后，我推着行李车走出海关，行李车上堆着我的两个行李箱。亚太交流集团的董事长、《留学生新闻》发行人麻生润已经等在海关出口处，看到我，他"嗷——"地一声大叫，一

著者与麻生润（左）

边走过来拥抱、抢行李车，一边不停地说："欢迎欢迎辛苦了辛苦了你真的来了这该不是做梦吧！"他的拥抱和声音我都已经熟悉。他把行李车推往停车场，他的车停在那里，那是一辆银灰色的奔驰。

奔驰车在公路上向东京开去，我坐在助手席上。早上从北京出发的时候北京正在下雨，而东京没有下雨，只是天有些阴。窗外的风景和从前相比看不出什么变化，公路北侧，田野里依然伫立着那架巨大的荷兰风车，但我的日语许久没有使用，有些生涩了。我想起1994年2月17日第一次来东京，那天是K大学的中国文学教授苇野先生开着他的"斯巴鲁"带着西田小姐来接我，因为飞机晚点，他们在成田机场从中午一直等到晚上。而现在，苇野教授和西田小姐在哪儿呢？

我是在1998年11月8日结束四年零十个月的留学生活,从东京返回北京。算起来,从1998年11月8日到2000年10月28日,我在北京生活的时间两周年还差10天。自己也没有预料到会这么快返回东京。

因为,回国的时候我是那样决绝。

漫长的留学生活使我身心两倦,写博士论文写到十二指肠溃疡,两次独自一人一大早空腹挤一个多小时的满员电车到我就读的东京大学的附属医院做胃镜检查。伸直脖子侧身躺在医院的病床上,我能感觉到胃镜像一条冰冷的水蛇一样从我的食道钻进去,在我的胃肠中游动、窥测。被麻醉的喉咙好像不是自己的,胃里已经无物可吐,紧闭着眼睛眼泪还是不停地往外流。为了转移注意力,我便用十分清醒的头脑想象出耶稣慈祥的面容,在心底发出无声的呼唤:"主,保佑我!主,保佑我!"我想,我那时候可能像是一条在阳光照射的沙滩上垂死挣扎的鱼。留学期间,妻子独自一个人等在北京,只来探过几次亲,我也非常怀念北京的学术环境。如果回到自己的国家,使用自己的母语思考、写作,我这条鱼就可以从岛上回到水里,我的思维就不会短路。日本社会从90年代开始出现并日益高涨的反华情绪,让我难以忍受,某些傲慢、暧昧、轻蔑、嘲讽、阴湿、丑陋的日本人的脸,我也早已看腻。回国之前,我模仿鲁迅先生的《论中国人的脸》写了一篇《论日本人的脸》,拿到《留学生新闻》上去发表,并且不止一次在想象中上演自己"告别日本"的悲壮剧:办完出国手续,登上飞机,在机舱入口处停下,拿出一台录音机,当众播放抗日歌曲《大刀进行曲》:"大刀——向——鬼子们的头上砍——去!……"然后庄严、豪迈、斩钉截铁地一挥手,说:"永别了!日本!"

所以,领到博士学位证书之后,我就立即去办理退房、行李托运、订机票等琐事。其实,那时候我的签证还剩下三个多月,可以拿两年的日本文部省学习奖励费只拿了半年。回国前两天最后一次去学校,我居然肆无忌惮地把载有《论日本人的脸》的那期《留学生新闻》扔在指导教官藤井省三先生的信箱里。我是想用这种方式告诉他我对某些日本人的看法,但他也是日本人,未必能理解我的真意,我的文章也许伤害他了。其实他对我不错,为了我的留学和学位,花了很多心血。后来,每当想起他那张苍白的、有些憔悴的脸,我都感到内疚。11月8日回国那天班机误点,到达北京的时候已经是夜里十点多。在首都机场

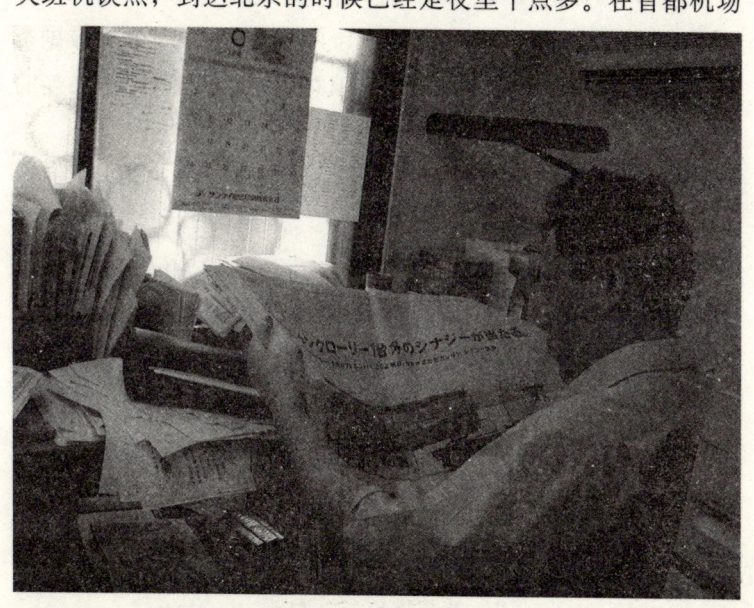

2001年夏著者坐在报社的办公桌前看报纸

嘈杂的接机人群中看到妻子瘦弱、孤独的身影,我长长地叹了一口气:回来了!

然而,接下来的事情并不如意。"祖国母亲"似乎并不是那么需要我,因此也不是那么欢迎我。我终于意识到,在那将近五年的时间里,自己和周围的一切都已经改变。我可以回到北京,但我无法回到五年前。在某些同胞眼中,自己已经成为"异类"。对于他们来说,"外国回来的人"甚至比原汁原味的"外国人"还要可恶。就像蒋璞在小说《东京有个绿太阳》中归纳的:"在国外赚了钱,现在又想回来占位置,哪有这么好的事!"特别是从日本回来的人,言谈话语之间不时掉出几个"哈依",躬又鞠得不那么标准,一副"二鬼子相",让人看了就烦。那个在异国奋勇捍卫的"祖国"也梦一样消失,具体化为某些大小官僚、新旧权贵蛮横、荒淫的脸与不负责任的嘴唇……

寂寞呀寂寞,沙漠一样的寂寞呀!我真的要和当年置身北京的盲诗人爱罗先珂一样发出尖叫了。

一个有阳光但非常寒冷的上午,我和妻子进城购物。走在迷漫着汽车尾气的寒风中,看着空空的树枝上北国荒凉的天空,我完成了那首写了好几天的打油诗:

扶桑五年终为客
故国回首亦枉然
冬眠无梦钓台冷
春度梅柳江水寒

> 醉眼看人还看鬼
> 秃笔画虎又画犬
> 空忆上野樱花雨
> 再到阳台望西山

那一天是 1999 年 2 月 11 日。2001 年夏天，扶桑二度半年多之后，我把这首打油诗抄赠给一位在大阪行医、未曾谋面的忘年交，订诗题为《九九祭》，意即"祭奠我的 1999 年"。

好事多磨，苍天有眼。回国半年之后的 1999 年初夏，我终于花六百元人民币从我出国前的工作单位取出档案，如愿以偿地进入中国社会科学院文学研究所。因此，我对接纳我的文学所领导和大力推荐我的老师们深怀感激之情。我在这个世界上活一天，这种感激之情就会存在一天。就是说，我的寿命以七十五岁计，2035 年我离开人世，这种感激之情还将存在三十三年。据说，由于接纳我，当年中国社会科学院研究生院毕业的文学博士生们都未能留下。

然而，学术界已经不是当年的学术界。手里掌握一点小小权力的人，也要用那点权力拉帮结伙，排斥异己，守着自己的地盘像是乞丐守着自己的一只破碗，像孔乙己叉开五指护着剩在盘子里的几颗茴香豆："多乎哉，不多也。"评一个"长江读书奖"，学者们也会闹得不可开交。为了争一个破职称，也要用尽心机、造谣生事、挑拨离间，或者一级一级上告，拼个你死我活。更荒谬的是，二十多年前钱钟书、杨绛夫妇因为住房问题和林非、萧凤

2001年9月著者在首届世界华文传媒论坛上发言（王瑶／摄）

夫妇打了一次架，居然也被人旧事重提，成为学术界的热门话题，还有人煞有介事地搜集相关资料。

无聊呀无聊！只有在无聊的人们那里，无聊才能成为话题！
无知的文人学者，比无知的白痴更让人悲哀。庸俗的精英分子，比庸俗的小商贩更让人厌恶。

中国社会科学院位于建国门立交桥西北角，长安街北侧。沿门前的长安街往西走大约两公里，是天安门广场，再往西走大约八公里，就是八宝山殡仪馆。进文学所不久我发现：如果说社科院代表生存、八宝山代表死亡的话，那么，我从建国门到八宝山的人生道路上好像没有什么风景。退休之前能出几本书、能分几间房、何时能评上研究员职称、年老去世之后追悼会能来几个人，悼词会是怎样的，似乎都能算得出来。

虚无呀虚无！死亡一样的虚无！

茫然之中，我与刘纳老师进行了一次长谈。

在四十年代出生、研究中国现代文学的学者中，刘纳显然是屈指可数的几位优秀学者之一。2000年夏天她被求贤若渴的吉林大学高价挖走，吉林大学也因此成为中国现代文学专业的博士点之一。1994年来日本留学之前，我与刘纳有过大约三年的"准同事关系"。当时我在中国作家协会下属的中国现代文学馆担任《中国现代文学研究丛刊》的责任编辑，她身为中国社会科学院文学研究所研究人员，兼任《丛刊》编委，在稿件往来和编委会上，我们才成为"同事"。在那期间，我们互相有了一定程度的了解，建立了信赖关系。进入文学所工作，她是力荐我的几位老师中的一位。后来从一位老师那里得知她推荐我时对我的评价，我惭愧得无地自容。如果辜负了这些老师们对我的期待，真是没脸见人啊！——当时我想。

2000年4月4日，星期二，每周固定的返所日，我请刘纳到文学所不远处的一家仿膳餐厅吃午饭，感谢她对我的帮助，同时请她对我今后的人生道路做一点指导。她在文学所工作的时间很长，对大陆学术界的情况也很了解，她的指导是必要的并且一定是有效的。

那天中午我才发现她是抽烟的，从她开始变白的头发，我又一次感到将近五年的时间确实很漫长。她谈了很多，她说现在国内真正做学问的人很苦，所以不少搞学问的基本上是走三条路：第一条是体制的路，即当官，把学术成果转化为行政级别，一步一步升上去，房子、车、钱都会有；第二条是媒体的路，即通过新闻媒体（大学老师还可以通过自己的学生）提高知名度，从而获得社会效益和经济效益；第三条路是出国、搞国际交流。然后她对我说："你走第三条路比较合适，你是从国外回来的。可以'挟洋自重'，现在大家认这个。"那时候，李登辉正依仗美、日的背后支持搞"台独"，公然提出"两国论"，被大陆批为"挟洋自重"，而我这个满腔爱国之心的归国者居然也要"挟洋自重"！不知是该哭还是该笑。

对于我来说，"挟洋自重"的机会倒是随时都有。断然回国本来有些"感情用事"，回国之前并非只有回国一条路。回到北京之后，麻生润也一再邀我回东京主持《留学生新闻》的工作。

1988年创刊的《留学生新闻》影响了新时期整整一代中国留日学生，在日本华人界颇有些知名度。有一位中国留学生，在日本完成学业移民加拿大的时候，扔了许多东西，但把一整套《留学生新闻》装箱带往枫叶之国，作为他留日生活的珍贵记忆。但是，1998年4月担任《留学生新闻》主编十年之久的赵海成辞职之后，报社就处于群龙无首的状态，管理和报纸质量都出现了一些问题，在东京日趋激烈的中文媒体的竞争中处于退守之势。我回国的时候麻生挽留我，被我婉拒。回国两天前的11月6日，他请我和旅日多年的李长声先生到港区南麻布有名的日影茶屋晚餐，然后到他家里和电影导演张扬、大使馆领事部的王军、做唱片的蒋涛等人见面。张扬是带着他导演的《爱情麻辣烫》来东京参加亚洲电影节。那晚麻生送给我不少书,离开他家时比较匆忙,他没穿袜子没穿鞋,赤着脚把我们送到马路边。王军的车在路边掉头的时候,一辆过路车没有及时让道,他便指着司机大骂"八格牙路"。看着他矮矮胖胖、赤着脚、黑着脸站在路灯下骂人的样子,我觉得这个日本人很有个性,对中国人很友好。1999年6月下旬,即我刚进入文学所不久,麻生陪同原《朝日新闻》亚洲支局局长吉田实先生到北京访问,下榻建国门外的凯莱大酒店,邀我去谈,又一次请求我回东京帮助他管理报社。谈到动情处他流下眼泪,低着头跑进洗手间,出来之后连声对大家说"对不起"。当时,吉田先生之外,现在名满大陆影视界的摄影"大腕儿"池小宁和原《亚洲周刊》驻东京记者曹光都在。我告辞的时候麻生送我到门外,突然紧紧地抱住我的肩膀,说:"拜托了!请一定……"那种热情和信任是我在其他日本朋友那里没有遇到的。我弄不清他何以如此信任我,因为我和他并没有太深的交往。不过,他的信任已经使我感到了一种巨大的压力。士为知己者死,为朋友两肋插刀,信任重于山!

但我刚刚回国半年多一点,不可能马上去东京。

当年10月,回北京探亲的曹光夫妇打电话来,说回北京之前麻生请他们吃饭,要他们转达他希望我去东京帮助他办报的愿望。11月中旬,麻生和报社营业部长中圭一郎来北京参加留学日本说明会,住在比邻社科院大楼的国际饭店,又约我去谈。那时候我已经动了去东京的心,问他:"我只办过杂志,并没有办报纸的经验,如果不成功怎么办?"

麻生回答："不成功咱们一起死！"。

我一时无言……

既然已经成了"边缘人",就在边缘寻找自由；既然不满足于那种公式化的人生模式,就勇敢地挑战生活,走向未知的世界。去东京吧！对得起麻生润的那份信任！在海外中文报刊史上留下自己的一笔,像梁启超、刘师复、鲁迅那一代人办《清议报》、《天义报》、《浙江潮》那样办《留学生新闻》。博士论文的修改和出版工作需要在东京进行；"日本华文报刊史"这一课题的研究需要使用段跃中在日本设立的"在日中国人资料文献中心"；一些回国时没来得及买的书也想去买；曾经生活近五年的东京也确实让我怀念……

而且,在一次归国人员的会议上,有人公开说近几年回国的留学生和前几年回国的留学生不一样,大多数是在国外呆不下去了才回来的。同所一位北欧归来的博士参加会议,听了很生气,去人事部门抗议。后来,我与几位国外归来的人聚餐,大家谈起此事,我说："气有什么用？最好的回答是走给他们看！"

就这样,我从文学研究所请了两年研究假,从北京回到了东京。再看日本人的脸,觉得可爱了许多。单眼皮儿,眼睛黑白分明,挺清纯的。牙关紧咬,上下嘴唇之间形成一条横线,挺男人气的。至少没有中国那种"官脸"所特有的萎靡、奸邪与专横——那"官脸"并非只有官僚才有。

二度扶桑、到达东京的当晚,我在日记中又写下了一首打油诗:

　　　　忘却阶级苦
　　　　超越民族恨
　　　　二度到扶桑
　　　　来做世界民

我知道自己已经获得了一种相对从容的心态——与留学日本的时候相比。一介草民,连科长都不是,甚至没有入党,大可不必自告奋勇背负历史重担,代表"中华民族"去面对整个日本。"忧国忧民"之前,还是先"忧自己"为妙!

回到东京,我走进涩谷樱丘町的留学生新闻社,成了这份小报的主编。

2002年3月写于东京小松川
(载大阪《蓝·BLUE》2005年11月第20期)

独坐听寒蝉

读书写字为生,总得装得像个文人。包装方法之一,就是给自己读书写字的地方取个名字。鄙人染上这毛病是在十多年前的年轻时代,那时写的某些文章后面,就煞有介事地注明"某年某月某日写于杞人居"。杞人居者,鄙人小书房之雅称也。

朋友G说这斋名取得好,有一点自嘲,有一点"天下兴亡匹夫有责"、"先天下之忧而忧"的儒家文化色彩。没说错。鄙人同属在改革开放之初走进大学校门的"八十年代新一辈",深受奋发昂扬的时代精神之影响,对国家、民族、社会怀有责任感是自然的。女排拿了世界冠军,激动地和同学们一起上街游行;大兴安岭的森林着火了,捐几件旧衣服;听说有官僚搞"官倒",就去贴大字报;在街上看到流浪乞讨者,亦心生"秀才人情"。不过,鄙人之"忧"并非都是那么高尚,相反,某些"忧"近于心理疾患。杞人居被命名的时候只是一套一室一厅的小房子,三十多平方米,妻子从她工作的学校分到的。刚搬进去的时候,我担心宿舍楼的建筑质量不过关、万一踩断楼板会摔着自己砸着楼下的人,因此在房内走动都有些如履薄冰。在我这种"科盲"看来,十几公分厚的水泥板里穿了几根钢筋,就能够支撑起这么多人和

本文发表于 2005 年 6 月号《书城》时张亮先生所绘插图

家具，还一层一层叠上去，着实有些不可思议。房子住了一段时间，放开脚走路或者锻炼的时候原地跑动，并未造成坍塌事故，于是知道自己是"杞人"。"杞人"居住的地方，自然就是"杞人居"。

在杞人居里住了大约四年之后，天上掉馅饼，跌倒捡了个出国留学的机会，就到东京去了。留学不到五年，居然搬了四次家。租来的房子不过是多住几天的旅店，自然是无权命名的。日本多发地震，房子建得结实。不止一次看到吊灯被地震震得荡起秋千，房子却没有出问题，我的心理疾患因之彻底痊愈。出国之后明白了世界有多大，明白了一个小老百姓是多么渺小，并且认识到小老百姓无论怎样"忧天下"也于天下无补。既然如此，还是独善其身吧。于是老老实实上课、写论文，有了闲暇便与友人一起喝酒，或出门旅游、上街看风景。"忧天下"的旧疾偶尔复发，倒是不怎么严重。学业结束之后要向日本人表示"中国人的自尊心与骨气"，所以拿到学位证书便立刻到我国驻日使馆开相关证明，办理退房、托运行李、订机票、与师友告别诸事宜。从拿到学位证书到回到北京，仅用了三十八天。那时候北京的家已经从杞人居搬出，搬到了同一座宿舍楼的一套两居室，就是现在住的房子。

说来惭愧，回国之后的自我感觉，居然是"贫穷落后"四个字！在东京留学那几年，国内的同龄人正处于突飞猛进的好时期，或当教授，或发财，或升官。自己呢？一纸空文凭，几箱日文书，一颗受伤的心，一个溃疡的胃。如此而已。从奖学金里节省了几张日元，又逢日元大贬值，买不起车更买不起房。住同一宿舍楼的许多家都买了车，轿车在宿舍楼下排成一排，像是对我示威。于是独自叹息："出国四年半，回来个穷光蛋。"实际出国时间是四年零九个月，说"四年半"是为了押韵合辙。给东京的朋友写信发牢骚，曰："北京的鲤鱼三块钱一斤，一张十元纸币能买三斤半重鲤鱼一条。我这张文学博士学位证书连一条鲤鱼都换不来，不值十元钱。"总而言之两个字：寒碜。衣着也不讲究，妻子的狐朋狗友都看不过去了，曰："看你们家老董，穿的跟民工似的！还归国博士呢！"早知今日，何必当初。如果留学期间把上课、写论文的时间用来打工挣钱，或者毕业之后在日本工作两年，也不至于弄成那局面吧。尊严保住了，日元没挣着。国际面子有了，国内面子没了。双重的死要面子活受罪。

寒碜归寒碜，文人还得继续装。去年年初重新给自己读书写字的房间命名，就想到了"寒碜书房"。"寒碜"二字不是那么雅观，换成发音差不多的"寒蝉"，于是"寒蝉书房"出现了。为此还写了四句打油诗，曰：杞人不忧天，独坐听寒蝉。清风吹菩提，明月到窗前。——这算是彻底告别了"杞人"时代。马齿日增，宗教情怀渐长，清风寒蝉之境倒是与我相宜。生性耿直，缺心眼儿，说话容易得罪人，"寒蝉"二字与"噤若寒蝉"一词的关联也能提醒我注意管理自己的嘴巴。不久前，特意请琉璃厂萃文阁的书法家刘铁宝先生题写了"寒蝉书房"四字。铁宝先生为白石老人得意门生刘冰庵之侄，字写得好，篆刻更是集齐派刀法之大成。求得他的字，也算对得起这个斋名了。

出国之前的工作单位是中国现代文学馆，回国之后就到文学研究所来了。图文学所什么？图它的自由、清静、时间充足，图它的名流云集、人员素质高、学术环境好。当然，还图它"国家最高文学研究机构"的虚名。不过，文学所恐怕也是当时北京最穷的科研机构。我进文学所是在1999年6月，当时的月薪约七百四十元，比北京的清洁工人差五百多，不足中型公司接电话小姑娘月薪的一半。"远看是讨饭的，近看是捡破烂的，仔细一看是社科院的。"——这句曾经在京城文化界流传的俗说实际上最适合文学研究所（或哲学所、历史所）。寒碜博士来到贫穷的文学所，与和尚进庙、尼姑入庵一样顺理成章、天经地义。

值得庆幸，文学所并未因贫穷而失去其优势、魅力或价值。就说今年吧，只有三个进人名额，前来求职的博士就有十五个之多，且多为名校出身者。这里钱是少了点，但时间绝对富裕、绝对自由。只有星期二才去单位上班，且不妨九点去、十点回，其他时间没有人管你。可进可退，可隐可出，可国内可国外，可学可商可媒体，……此种自由就是在美国、日本等资本主义国家，大概也难以获得吧。

对于真正做学问的人来说，穷未必全是坏事。"穷而后工"者并非仅限于诗，学术亦然。再说，文学所所谓的穷只是相对于商界或大学的人们而言，并未穷到饥寒交迫的程度。衣食无忧，时间自由，如果还拿不出东西来，那肯定是太懒，或者智商有问题，或者打零工去了。人生的目的在于快乐，爬、踩、钻谋官位是为快乐，骗、诈、炒求金钱是为快乐，如果能够省略那许多麻烦的动作与过程、通过读书写字直接获得快乐，则既有益于个人又有益于社会。老老实实呆在房间里，不会给社会添什么麻烦；写出有价值的东西来，能够促进学术事业的发展甚至促进国际文化交流。这样说在某些人看来也许是精神胜利法、是吃不到葡萄说葡萄酸,但我确实是这么认为的。如果地球上的人都采用同样的方式生活,那也够没劲儿的。多元化应当包括生活方式的多元化,保留几个穷酸学者,也算是大千世界的点缀。Q先生有过"三个一"的人生理想——一间房、一本书、一杯茶,我全盘接受,并且加上"三个一"——一杯酒、一支曲子、一台电视机。有了后三者,厌倦了书本的时候就能够"沉迷声色"。声者音乐之旋律也,色者彩电之屏幕或葡萄酒之颜色也。

不知是托哪位爷的福,社科院这两年好像不那么穷了。岗位津贴发了,科研经费多了,新图书馆建起来了,院内的花园整修一新。院部食堂也满像那么回事儿,四元钱四菜一汤,主食随便添,够优待的。午餐往来于院部大楼与食堂之间,从花园中走过,小桥流水,曲折回廊,还真有那么点情调。

社科院会越来越有魅力,文学所这地儿也真不错。

2004年11月1日写于寒蝉书房
(载2005年6月号《书城》)

笔名弥生

本为朴实无华之草民，不幸读了几天书，来到北京，生活在学者文人的圈子里，便染上了一些读书人的酸腐气息。表征之一，就是给自己取一些煞有介事的笔名。回头望去，王雨、王静涛、秋水、禾木、胡天、莫迦、沙子、弥生……之类，用过的笔名随手数来就有七、八个。使用这些笔名有的是应景——比如十多年前编《中国现代文学研究丛刊》的时候，经常写一些"新书推荐"、"论文摘编"之类的东西，总用本名有给自己做广告之嫌，不太合适，便开始使用笔名。更多的情形是把笔名当掩体。批评别人而又想隐藏自己以免遭到报复，乱谈国事却又没有勇气承担政治风险，于是便用笔名当掩体，躲在笔名后面品味一点小得意与小满足。往坏处说这是卑怯，往好处说大概就是鲁迅所谓的"壕堑战"了。不过，尽管如此每个笔名也都是有点讲究的。改姓氏为"王"是随母亲的姓，多用"雨"、"水"、"涛"等字是因为怀疑自己性格浮躁、锋芒毕露与本名中的"火"有关，想用水浇灭自己的火气。更多包含在笔名中的则是调侃与自嘲。"胡天"者"胡乱添加"之谓也，"沙子"者"傻子"也。而"莫迦"，则是日语"ばか"（读音baka，意为愚蠢、糊涂）的汉字写法之一。中国式日语"八格牙路"中的"八格"实际上是"ばか"的音译。"ばか"的日语汉字在一般情形下是写作"马鹿"的,很科学。指鹿为马、马鹿不分,则既愚蠢又糊涂。但"马鹿"二字用做笔名有些不雅,而"莫迦"无论是字形还是读音都较为雅致,有几分神秘感,故以之为笔名。

这些笔名基本都停用了。现在,面对这些笔名就像面对几位因为久违而变得陌生的故知。惟有一个笔名一直在使用,并且成为我现在唯一的笔名——这就是"弥生"。从1995年在东京祖师谷留学生会馆里开始使用算起,已经用了十多年。这个笔名诞生自我的留日生活体验,凝聚着十多年来我的某些人生记忆。说的夸张一点,它似乎已经成为我生命的一部分。

从根津地铁站看弥生坂

读过一点日本文化史，知道大约两千年前日本有过一个漫长的弥生文化时代。铁器与农耕技术自大陆传入，经九州岛传遍日本列岛，稻作文化发达起来，生活形态由渔猎向农耕的转变导致了建筑、信仰、伦理以及原始艺术的剧变。不过，切身感受到"弥生"离自己如此之近，则是1994年2月到东京大学留学之后。初到东京是居住在目黑区驹场的东大国际学生宿舍，而文学部所在的东大本乡校园是在文京区。从住处去本乡，是先乘井之头线的电车，到涩谷换乘地铁银座线，到赤坂见附再换乘地铁丸之内线。从本乡三丁目下车，徒步五、六分钟，就是赤门（东大旧正门）。坐两家公司的车，两次换乘，既费车票钱又费时间。不久，研究室的助教告诉我，如果从驹场宿舍步行十二分钟左右，走到代代木上原坐地铁千代田线，到根津车站下车，徒步八分钟左右就是本乡校园，中途无须转车。试了一次，果然方便。省了时间，省了转车的麻烦，往返一次还可以节省车票钱大约一百六十日元。驹场的居住时间到期之后搬到了世田谷区的祖师谷留学生会馆，更远，去本乡是先乘小田急线，到代代木上原再换乘千代田线。祖师谷只准住两年，两年之后为节省房租我搬到了东京北面的埼玉县三乡市，但依然未能离开千代田线。从三乡去本乡是先乘武藏野线，然后换乘常盘线，到了绫濑再换乘千代田线。不同在于这次是到了千代田线的另一端。此谓之"留学四年半，穿透千代田"。简言之，在毕业之前的四年多时间里，我每次去本乡都是从地铁千代田线的根津站下车。

从本乡三丁目下车是进赤门，但从根津下车不是，而是进校园东北侧的弥生门。弥生门的命名来自弥生式陶器发掘遗址。发掘遗址纪念碑，就立在距离弥生门大约一百米远的街角，一棵树下。纪念碑是用一块未加雕琢的长条石做成，高约两米，简单朴素。明治十七年（1884），考古工作者就是从这一带的贝冢里发掘出了两千年前的陶器。此处当时名弥生町，因此那种陶器被称作"弥生式陶器"，"弥生"二字也因此被用来命名日本文化史上的那个时代。从纪念碑到根津车站的柏油路是一条漫长的下坡路，谓之"弥生坂"。路边有一块历史遗迹说明牌，为文京区政府所立。说明文题为《弥生坂（铁炮坂）》，正文曰：

> 这一带当年叫做"向冈弥生町"。江户时代，元和八年（1622）八月为德川亲藩水户家族宅邸，毗邻的是信浓守护小笠原宅邸（现为东京大学地震研究所用地），南邻为加贺藩前田家族宅邸（现东京大学所在位置）。
>
> 明治二年（1869）这些地方被明治政府征为公用，成为大学用地。同时，明治五年（1872）周围被开发为商业街，在东大与东大农学部之间，穿过不忍池的新路亦开通。
>
> 坂位于向冈弥生町，故称之为"弥生坂"。
>
> 此外，文政十一年（1828），当时的水户藩主德川齐昭曾经这样歌咏这一带的景色：向冈春风至，花影世无双。
>
> 别名"铁炮坂"，是因为幕末的一个时期坂下曾为铁炮班的射击练习场。

由此可知弥生坂一带百年前乃至三百年前的大致情形。日语汉字之"铁炮",即汉语之"枪"。原来此处不仅曾经花影叠乱,也曾有枪声阵阵回响。但数百年过

弥生陶器发掘遗址纪念碑

去,这一带已经成为闹市区,连地铁都从地下穿过了。

我每次出了根津地铁站去学校,都是走上弥生坂,拐过弥生式陶器发掘遗址纪念碑,然后从弥生门进校园。往返一次要六次经过用"弥生"命名的地方。大概是1995年夏天——那时候我已经搬到祖师谷,应约为东京的华文报纸和港台报纸写文章,想造个日本味儿的笔名,便用了"弥生"二字。随后深究这两个字的含义,方知它本是阴历三月的雅称。三月樱花开,大地回春,万物复苏,多好的季节!不知德川齐昭写出"向冈春风至,花影世无双"这种诗句的时候是否意识到了地名与季节的关系。不仅如此,对"弥生"二字我另有个人化的解释。"弥"有弥勒、弥陀、沙弥之义,"生"有青年男子之义,二字相加即为"小和尚"。只是那时候我的年龄已在而立、不惑之间,以"小和尚"自况有些矫情。我对这个笔名很满意,但后来也发现了美中不足之处。日本同学看了我用"弥生"这个笔名发表的文章,告诉我

日语中"弥生"作为名字只用之于女性。因本名有女性色彩,我曾多次被误为女性,没想到取了一个得意的笔名却依然是女性化的。看来也是宿命。为了补救,曾经把"弥生"作为姓氏,调侃式地在后面加了个"健二郎"的名字。"健二"者,"健儿"也。而且,"健二郎"比"健三郎"、比本乡校园里的"三四郎池"都大。挺好。但考虑到这个名字太"日本鬼子"气,有数典忘祖、叛国投敌当汉奸之嫌,所以一次也没用过。

"弥生"这个笔名是留日生活的纪念,也是在东京的华文报纸上发表文章的时候用的最多。1998年底我结束留学生活、怀着中国人的自尊心回到北京,回来之后发现自己已经成为"海龟"、成为"异类",不是人了。六神无主、彷徨于无地不满两年,便在 2000 年底逃也似地回到东京,去当《留学生新闻》的主编。报社人手不足,时常要亲自动手写一些专题报道、书评之类,用本名觉得有损于"主编"的面子,"弥生"这个笔名便被频繁使用。不久,这个笔名就给了我一种沉重的宿命感。

2001 年 4 月,一位在日本地方城市就职的中国男士给编辑部发来一个电子邮件。男士姓甘,说他很久没有读到留学时代爱读的《留学生新闻》了,想和筱原弥生女士取得联系,因为 1994 年前后筱原弥生在《留学生新闻》上写专栏文章,辅导中国留学生,曾经关照过他。显然,这位甘先生是偶然得到了一份《留学生新闻》,看到了署名"弥生"的文章并回忆起留学时代的事情,所以通过报纸上的编辑部电子信箱发邮件过来。看了他的邮件,我才知道在我之前《留学生新闻》的作者中有过一位名叫"弥生"的日本女性。居然有这样巧的事。为了答复甘先生,也是为

著者留学东京大学时期在弥生门留影

了满足我的好奇心，便去问在报社工作十多年的总务傅冰小姐。没想到傅冰的回答是："弥生早就死了。自杀的。都五、六年了。"原来，筱原弥生是一位年轻女性，在报社帮过忙，做一些类似于留学生活咨询之类的工作。但她患有严重的忧郁症，最后无法忍受精神折磨，触电自杀。她是把电线缠在自己身上，然后接通电源。自杀之前她留下遗书，嘱咐家人处理她的遗体之前别忘了切断电源，以免触电。即将离开人世的时候还是这样细心，关心亲属，可见确实是个好人。傅冰说赵海成（《留学生新闻》第一任主编）的回忆录《我的履历书》写到筱原弥生，我找来《我的履历书》，果然在第35节"并肩奋斗过的人们"中看到了相关记述。筱原弥生自杀的时间写的不具体，好像是四月初，但肯定是春季。也许她选择那个季节自杀与她名叫"弥生"有关。

　　一个弥生死了，又一个弥生鬼使神差地进入留学生新闻社。

这第二个弥生居然是我。算起来，筱原弥生自杀的时候应当是我刚到东京留学不久、即将开始使用"弥生"这个笔名的时候。我有了一种沉重的宿命感。不知是我在用"弥生"作笔名，还是"弥生"在操纵我。"弥生"似乎已经成为阳光下的身影，无法摆脱。

当年秋天，承蒙痴公关照，我便请篆刻名家刘铁宝先生为这个笔名制作了一枚印章。

痴公本名芦川北平，1937年生于北平，故名。地道的日本血统，却被中国传统文化彻底塑造，连日语都得当外语学。痴爱中国北方曲艺，自称"曲痴公"，简称"痴公"。在大阪行医，却好舞文弄墨，文章、书法、篆刻俱佳。他给《留学生新闻》写稿，我给他回信，一来二去就认识了。一个在东京，一个在大阪，未曾见面，年龄差了二十多岁，仅仅是通信、打电话、读对方的文章，却有投缘之感。我在自家报纸上发表的一些奇谈怪论，居然被他整理成"弥生语录"。结识不久他寄来了为我刻的六、七枚印章，有我的名字，还有报纸上我写的专栏的名称。后来才知道，痴公篆刻在大阪的市价是一个字五千到一万日元。给一位未曾谋面的忘年交刻那么多印章，相当地够意思了。2001年夏天，得知我九月要回北京一次，痴公寄来了一块带微雕的石料。石料侧面刻着四首唐诗，行草，一百六十多字，却只占了大约一厘米宽、四点五厘米长的面积。痴公随石料寄来短信一封，大意是："这块石头我没敢刻，刻坏可惜了。你到琉璃厂的萃文阁去找刘铁宝先生，他是齐派篆刻的嫡传，国家特级篆刻家，请他给你刻个名章吧。我已经给他打了招呼。"九月中旬回到北京，我便去找刘铁宝先生。说是请他刻"弥生"二字，他好像兴致高了起来，道："这俩字儿有意思。笔画一个疏一个密，好设计……您信佛吗？"我好像听说过他是信佛的，显然是那个"弥"字引起了他对佛教的联想，于是如实相告："信一点。"十天之后，我从刘先生那里取回了两枚印章。一枚是"弥生"，刻在有微雕的那块石料上，阳文；另一枚是我的本名，刻在刘先生赠送的一块巴林石上，阴文。这两枚印章的分量我很清楚。刘先生是当代齐派篆刻的一把名刀，曾经为多位要人、名人治过印，后来患眼疾，基本不刻了。他办公桌前的墙上甚至贴着写有"刻章题字，免开尊口"的纸条。若不是痴公面子大，我这种小老百姓大概永远也不会想到去请这样的名家刻印章。留日中国人的笔名，痴公赠送的刻有唐诗的石料，齐派嫡传刘先生的篆刻，——至此，对于我来说"弥生"二字算是获得了一个大团圆的结局。

　　生长在新中国，本来是看抗日电影、唱抗日歌曲长大。不幸在大学时代与杜丘、真由美相遇，看到"幸福的黄手帕"并且听到"远山的呼唤"，最后终于走到日本，与众多"日本鬼子"生活在同一个社会中，与"弥生"二字及其相关的历史文化结下难解之缘。这也是人生，偶然而又不可改变的人生。现在，我电子信箱的前半截是"yayoyi0217"，不止一次被问及为何用"雅瑶伊"这种奇怪的发音，其实那不过是"弥生"二字的日语读音。而"0217"，则是我第一次去日本的日子——1994年2月17日。

2006年7月19—21日写于寒蝉书房

"知日"是个词组（编后记）

在编这个集子的过程中，我一直有一种"清理人生"的感觉。这是理所当然的。收在这里的五十多篇文章当中，最早的写于 1994 年 6 月，距今已经十四年，最晚的写于今年（2008）年初。每篇文章都与某个时期的生活情形、精神状态相关联，都在唤起某种记忆。为了查找某些旧文章要翻刊载它们的报纸，而报纸上除了我的小文章更多的是新闻报道、时事评论等，于是过去的年代重新回到自己眼前。自己十四年的人生与那个年代紧密相联。

十四年前的早春第一次去东京，从那以后便与日本"纠缠"在一起。某种意义上，十四年的个人生活史确实是"知日"的历史。一般情况下"知日"一词是被看作形容词。说某人是"知日派"，是说某人懂日本。但在我这里，"知日"并非形容词，而是一个词组，一个动宾结构的词组。在这个词组中，"知"是一种行为，"日"则是这种行为的对象。作为动宾结构词组的"知日"与作为形容词的"知日"的最大不同，就是前者表达的是一种行为、一个正在持续的过程，而后者表达的是一个结果。换言之，在我这里"知日派"是"正在了解日本的人"，而非

"懂日本的人"。

当"知"作为一种行为、一个过程的时候,切肤的生活感觉就进来了。对于不同的"知日者"来说,那感觉与过程大不相同。

我的十四年是怎样的十四年呢?跌宕起伏。五味俱全。

一

和大部分留日同胞相比,我本来十分幸运。去东京大学留学的时候,导师藤井省三先生已经为我申请到文部省的奖学金(所谓"国费"),并且为我安排了学校的驹场国际学生宿舍。在当时日本的各类奖学金中,文部省奖学金的数额几乎是最高的,而且,获得那种奖学金的留学生不用交学费。学校的宿舍每月只交四千多日元的房租,而如果自己在同样地段租同样档次的房子,月租金大概要七万日元。只是国际学生宿舍留学生们要轮流住,排队的人多,每人只能住一年。所幸,我从驹场搬出来之后,申请到了祖师谷留学生会馆的房子。先是单人间,不久又抽签抽到了一室一厅的夫妇房。房租虽然贵了许多,但祖师谷一带是东京的两大富人区之一,中国人熟知的作家大江健三郎、音乐家小泽征尔都住在那里。能够在那样的地段住上阳台外有花园的房子,相当幸福。

讽刺的是,那些幸福成了随后到来的悲惨生活的反衬。

1997年8月,祖师谷留学生会馆的房子即将到期,我必须自己租房子了。市内的房子租不起。按照当时东京的规则,租房要交礼金、押金、预付房租、中介费等,一把就要拿出相当于大约五个月房租的钱。另外还要自己买生活用具。我的奖学金将在半年之后终止,忙于写学位论文,没有时间打工,年近不惑也没有合适的工可打,钱的问题必须考虑。而且,房东是否乐意把房子租给中国人也是一个问题。那时候中国人在日本已经不太受欢迎。更重要的是,按照我当时的计划,是再用一年左右的时间写完论文、尽快拿到学位回国,而一般的租房契约是签两年,两年更新一次。斟酌再三,我离开市区,租下了东京远郊三乡团地的一套一室一厅的公寓。三乡其实已经不属于东京,而是属于东京北面的埼玉县。所谓"团地"就是政府经营的廉租房,房租相对便宜,而且不用交礼金、中介费。我租的那套公寓月租金约三万九千日元,只相当于市内好地段同类住房租金的三分之一。远郊的团地交通不便,生活条件差,居住者多为低收入的日本人。

1997年9月13日,我开始搬家。在东京陪读半年的妻子帮我把家具、行李和图书搬到三乡,第二天回了北京。单位给她的假期已经结束,不回不行。搬家的情形就是本集中《折原兄》一文写到的。两天后的15日,我独自搬完剩余的杂物、办完留学生会馆的退房手续,住进了三乡团地10街区18号楼704室。当天,1997年19号台风已经吹到东京,风雨交加。16日雨更大,我在日记中写道:"真正的凄风冷雨,收音机里全是十九号台风的消息,居然已经有六人死亡。"

艰苦的"三乡时代"就那样在凄风冷雨中开始了。

二

妻子回了北京，日本人的住宅区也不像留学生会馆那样有中国人可以交流，我陷入彻底的孤独。三乡团地是东日本最大的住宅区，已经成为社会学研究对象，但在那个住宅区我一个人都不认识。已经是准备回国的心态，必要的生活用具也舍不得买，什么都是凑合。东京物价高，买了用几天就白白扔掉，可惜。用几个木夹子把床单吊在窗户上，算是窗帘。等到留学生会馆举办定期的跳蚤市场，才回去花一千日元买了一副半旧的麻布窗帘。煤气灶是搬家之前在留学生会馆的垃圾站捡的。团地的房子只有餐厅、过道、卫生间等处有灯，房间里的灯要自己装，但我没装。睡觉的地方无须照明。不久折原兄来探视，看到房间里连灯都没有，便捡了一副旧吊灯送给我。电视也看不清了，屏幕上雪花飘飘，不知是天线的问题还是电视机的问题。但我无心去修。冲刺论文，看电视的时间已经不多。没有写字台，电脑是放在一个矮柜子上。柜子有门，门里有隔板，打字的时候不可能把腿伸进去，所以必须侧着身子。更糟糕的是，在三乡我转向了。我属于那种方向感很强的人，一旦转向思维就会受影响，但是，住在三乡团地的一年多时间里我一直转向。有一天晚上从市内回去，在新松户转车的时候，站在站台上，看到一弯冰冷的月亮居然是悬在北方的天空，忽然觉得世界变得陌生、怪异。

住到三乡两个多月之后，11月25日，发生了804室的青木老人死后数日才被发现的事。804室与我住的704室直上直下，好几天的时间里天花板上居然是一位老人的尸体。我忽然意识到死亡离自己很近。我知道，如果我死在自己的房间里，大概半个月都不会被人发现。日本的习惯是尸体不能用电梯运，只能走楼梯。黄昏我爬楼梯锻炼的时候，在楼梯间碰到抬着木盒子往下走的人。青木老人在木盒子里。几个月之后，我写下了那篇《青木老人的死》。

1997年12月14日，我回到了北京。那是在搬到三乡三个月之后。忍受不了三乡那种清冷、寂寞的生活——特别是在日本人将要过年的时候，心态需要调整，毕业之前国内的工作也要联系，于是就回来了。当时一个月之内的往返机票比较便宜，想省机票钱又想尽量多在家里呆几天，于是就住足一个月。1998年1月14日是回日本的日子，但我不想回去。1月13日的日记中写道："夜失眠。厌恶三乡灰色楼群外荒凉的田野和一个人的寂寞……"14日回到东京，东京刚下了大雪。从成田机场去三乡要转乘武藏野线，我已经记不清是在哪个车站（应当是西船桥）转的车，只记得武藏野铁路线两边大堆大堆的白雪。下午四点半左右回到704室，房间里冰冷冰冷。回国之前吃剩下的一个白菜心和两根葱装在塑料袋里，过了一个月居然没有坏，还能吃。次日又是大雪。新闻说那是东京三十年未见的大雪。

论文压在头顶，须全力冲刺。除了去学校借书、还书，或者偶尔出门参加一些公共活动，平日便闭门读书写字。曾经有过六天没与外界联系的经历，只有下楼取信件或者买食品的时候才能看到几个不相识的人。于是健康被作为代价付出，不久身体出现了多种异常。有一天忽然看到自己一只手的手背乌紫，皮肤下面的血液似乎已经凝固。估计那是天冷、一直保持打字姿势造成的。有一次半夜胃疼，疼得醒过来，睡不着。就在那时候，与日本邻居发生了一次冲突。3月22日出门买食品，看到房门上贴着一张白纸，上面用毛笔写着一句骂语，意思是"马鹿野郎！你体谅一下周围的人！"大概是我夜里睡得晚，洗漱的时候弄出响动，影响了邻居的休息。那在日本确实是犯忌的，但把纸贴到门上骂"马鹿野郎"（混蛋），也太出格。显然是欺侮外国人（门牌上的姓名表明我不是日本人）。要展示一下中国人的不可辱，于是我拿着那张纸，左邻右舍、楼上楼下挨户敲门，要求无礼之徒出来道歉。没有人承认，我便在走廊里大声骂了几句。后来将纸上的笔迹与各家门牌上名字的笔迹（各家门牌都是自己写的）对比，发现滋事者是一位四十岁左右的男子。某日在电梯里遇到他，我直着眼瞪过去，他立刻低下头缩到角落。

从4月1日开始，文部省的奖学金没有了，每月只能领到七万日元的学习奖励费。七万日元是什么概念呢？去掉近四万日元的房租和近八千日元的月票钱（那还是享受学生优惠价），只剩下二万三千四百日元。平均每天约八百日元，只够在餐馆吃一碗面条的。更要命的是，失去国费留学生身份之后要交学费了！一个学期就要二十二万多日元。4月7日凌晨又发生了一件怪事。睡梦中被厅里收音机播音的声音惊醒。我一个人住着，谁会在那时候打开收音机？莫非房里进了小偷？控制住心跳，压低嗓子吼一声"谁？"但除了收音机播音的声音没有任何异常。等了一会儿，便突然跳起来冲到厅里，抄起灶台旁边的菜刀转过身来。依然没有任何异常。检查了厕所、洗澡间，没有人。阳台在我睡觉的榻榻米房间外面，不可能有人。房门是锁着的，防盗链也挂得好好的。房间里只有我一个人在沉睡,而收音机却开始播音了。我不相信有鬼,但无法解释这个事实。到学校说给同学听,没有人相信,都说我是开玩笑。唯一的可能性,是冰箱的抖动。收音机是放在冰箱上的,也许是冰箱开始制冷的时候压缩机起动,收音机的电源在抖动中接通。但是,后来没再出现类似的情况。那是一个长条形的双喇叭收录机,鲜艳的玫瑰红。渐渐地,它在我眼里有了几分妖气,好像是什么精灵变成的。没过多久,我就把它扔到垃圾站去了。

论文论文论文!必须抓紧完成论文,结束那种生活!

1998年6月11日,论文终于写完!当天的日记是这样的(方括号里是非汉语词汇的词义):

> 昨夜失眠。晨七时起,开电脑。晚餐时将饭凉在那里,左手烧饼,右手マウス〔鼠标〕。边吃边操作パソコン〔电脑〕,十一时终于将注释移完。下楼扔垃圾,孤独的夜……浴,改目录并将所有改过的文件copy〔复制〕到フロッピー〔软盘〕上。关电脑时夜一时十分矣!
>
> 这疲于奔命的一天!千里迢迢来到这岛国,悬在东京郊外的空中,为什么?
>
> 想哭。想念妻子。抓紧回家!

那一天我断断续续工作了十八个小时。日记中的"烧饼"当为"烙饼"。我爱吃面食,东京的小麦粉又比大米便宜,所以常常买了面粉自己烙饼。三天后的 14 日晚上地震,公寓楼晃了许久,我又在日记中写道:"抓紧离开这险恶的岛国!"

6 月底将论文修改完毕、装订交出,才去看拖了许久的胃病。7 月 9 日做胃镜,情形就是《扶桑二度》中写及的。那已经是留学期间第二次做胃镜。医生怀疑问题比较严重,做了切片检查,所幸没有大问题。7 月 15 日下午论文答辩,平安通过,我却感到一种难以排解的空虚与凄凉。34 岁出国留学,四年半的苦读,生活的压力,孤独,疾病……答辩结束离开校园,我坐上千代田线、小田急线联运的开往厚木的电车。那与我回三乡的方向相反,住在祖师谷留学生会馆的时候从学校回去是坐那趟车。不知为何,那天我很想看看搬往三乡之前生活过的地方。当天的日记中写道:"走旧路,至登户归。车窗外夜雨中的成城学园、多摩川大桥。这里有我两年半的生命!上次过登户,还是和妻子在一起。归家用 0061 love home card 给妻子打电话报喜。那边今天已放暑假。"

9 月 14 日东京大学文学部教授会进行学位论文投票,我顺利通过。知道投票结果之后我便着手做回国的准备。其实,那时签证还没到期,并且有工作机会,按留日中国人的常规应当换一种生活方式在东京停留一段时间,挣点钱。但我身心俱惫,归心似箭,10 月 27 日拿到博士学位证书,11 月 8 日就回到了北京。

上面这些都是十年前的旧事,但对于我来说却近在眼前。絮絮叨叨地把它们说出来,我觉得自己像是祥林嫂。三乡那段惨痛的生活给我的心理和人生造成了巨大创伤,后遗症一直影响到现在,并且终生无法消除。写在这里,算作一种自我治疗吧。

三

没有想到，对于我来说"三乡创伤"原来仅仅是创伤的开始！更大的创伤居然是回到北京之后遭受的。回国是打算潜心做学问，所以盯着中国社会科学院文学研究所，连北京大学特批给我的博士后指标都放弃了。回国之前自以为工作已经落实，但阴差阳错，回来之后却陷入待业状态。随即而来的是莫名其妙的猜忌、中伤、打压、围追堵截，我好像由归国博士变成了刚刚出狱、需要接受各种审查的另类！有学者名流当面挑衅："你不是出去了吗？怎么回来了？"或曰："出去了你也得回来！"我不知道为何出了国就不能回来。在漫长的等待中，疑虑重重，茫然无措，失眠盗汗，悲痛欲绝。各项审查合格、得以到文学研究所报到，已经是我回国待业七个多月之后！虽为归国博士，有国家政策在，但在那种情况下，文学研究所接收我已经是大恩大德，我不可能再提任何条件。不仅如此，报到之后还主动去献血，主动表示五年之内不参加评职称，主动放弃了最后一次福利分房机会。直到现在，我依然蜷居在妻子1995年从她单位分得的两居室里。那种遭遇在归国博士（并且是那个年代的东京大学文学博士）中非常特殊，所以，2004年3月19日的《东方早报<精英周刊>》做海归专版（第3版《4%海归率，文科研究闭门造车？》）、讨论中国社科院研究员中的海归率为何只有4%（中科院同比高达81%）的时候，我成了"事件人"，那篇报道的题目就是《为苦闷二度扶桑》。记者把我的职称误写成研究员，其实我当时还是副的。

回国之前在东京，一位辞去国内名牌大学教职留在日本的女士曾告诫我:"就这么回去?你不了解现在国内的情况。学术界变了,还是当心一点好!"可惜没听她的话。留日的"原罪"、回国的挫折在我这里转变为认同危机,我弄不清自己的身份了。《扶桑二度》写的就是那时的心境。

四

既然已经成为"异类",就只能在来去之间重新给自己定位。"扶桑二度"是 2000 年 10 月 28 日,距 1998 年 11 月 8 日回国不足两年(差 10 天)。那次去是当《留学生新闻》的主编。

我与《留学生新闻》有一种天定的缘分。1998 年年底回国之前与发行人麻生润先生的有限接触,使我看到了日本的另一面。回到北京之后,在待业、在有了工作之后但每月工资不足一千元人民币的情况下,是来自《留学生新闻》的稿费、顾问费支撑着我的生活。因为给《留学生新闻》写稿,我的文章从内容到文风都发生了改变,并且在东京华人界博得了一点知名度。与李长声先生联手在上面开的专栏"两京通信"(他在东京我在北京)被广泛阅读,直到我"扶桑二度"之后,还不时有人谈起。1999 年,张丽玲拍摄的纪实片《我们的留学生活》在北京引起巨大反响,其中那位虽为黑户口但取得了多种资格证书、起早贪黑打工、供女儿去美国留学的丁尚彪先生给观众留下了深刻印象。我没想到,这位老丁也读过"两京通信",甚至记住了其中的一些话。他在2001 年 7 月 29 日(当时我已经在编《留学生新闻》)写给我的信中说:

记得老师在"两京通讯"里写过的一句话。"鲁迅说世上本没有路,走的人多了,就成了路。世上本来并没有故乡,在一个地方住久了,就成了故乡"(大意)。此名言至今仍记得很清楚。此次关于日本参议院选举的"编集长手记"也写得相当深刻。特别是最后二句,的确道出了国人之难处。也正因为如此,多少优秀的人才都宁在他人屋檐下,而不愿回国。此乃民族之悲剧也!

老丁年长于我,也没见过面,大概是因为我是"知识分子",并且当了一份报纸的主编,所以他以"老师"相称。一位忠厚老实、尊重知识的人。他在日本没有合法身份,属于"不法滞在",有自卑感。读了他的信我有些感慨,有些难过,价值观也受到了一丝触动。对于写字为生的人来说,文章有人记得是愉快的。几句话留在在异国底层打黑工的同胞的记忆中,其价值不比一篇论文在学术界引起反响低。收在这里的《难见江东父老》、《国境线上的忧郁》就是选自"两京通信"。

我在《留学生新闻》只工作了一年多,但收获不比将近五年的留学小。价值观和文体都在向社会、向大众靠近。尽管有学界的朋友(包括日本朋友)对我撂下学术研究去办报纸提出批评,但我并不怀疑自己的选择。报社的生活状态、工作内容确与学术研究不同,但二者作为职业是平等的。而且,与学术界猥琐、阴暗、变态的一面相比,报界阳刚得多并且充满活力。那段生活使我有幸成为"研究对象",至少有两篇研究日本中文媒体的硕士论文已经写到我。《留学生新闻》社位于东京涩谷(那里是东京青年人的天堂）的樱丘町，我把那段生活写成了一本《樱丘四季——我在东京当主编》，一直放在书柜里。

"扶桑二度"在东京呆了十九个月，2002年5月回到北京，基本上找回了心理平衡。四年之后，2006年9月"扶桑三度"，身份是日本国际交流基金会特别研究员，并且是在东京大学随著名的小森阳一先生做研究，国内国外都算是混出了个人样子。"扶桑二度"是居住荒川右岸，在江户川区，靠近东京湾的地方，"扶桑三度"又住到了荒川右岸，只是往上游移了大约二十公里，在板桥区。那年圣诞节傍晚和妻子一起到荒川岸边散步，看着远远近近的风景，想起自己十几年间与日本的"纠缠"，有些感慨，遂写诗四句：

三度扶桑一展眉
荒川夕阳照碧水
芦花空舞浮云静
再把木鱼敲几回

我终于能够平静地面对日本、中国和自我。

五

在我这里，"知日"的"知"就是伴随着上述种种不同的生活体验。毫无疑问，每一种体验都在一定程度上影响到我对日本的认识。1998至1999年间我有关日本的文章，就有些灰暗、激烈,并偏于否定性的叙述。所幸,在经历了第一次回国之后的被边缘化、对自己的身份进行调整之后,看日本的眼光也发生了改变,2001年之后的文章相对从容了许多。

对于每一位"知日者"来说,"知"的过程都会影响到"知"的态度与内容。与"知"这种行为相伴随的情感因素制约着本应表现出高度理性的"知",这是发生在"知"内部的结构问题。不过,认知主体的多元性会导致"知"的多样性,多元"日本观"因之得以出现。在此意义上我肯定任何一种"知"在感觉层面的真实性。只有把感性的"知"作为起点,才能达到理性的"知"。投射在不同人眼中的日本是不同的,投射在同一个人不同时期眼中的日本也有差异。此类日本观具有二重认识价值:日本观自身与日本观的形成过程。

我这十几年间的所谓"日本论",除了《茫然草》(三联书店2009年7月出版)中那二十余篇篇幅较长的,基本上都收在了这个集子里。文章的绝大部分都公开发表过,也有几篇写了之后没来得及发或者没想发的"抽屉文学",现在一并收在这里。敝帚自珍,人之天性。这些文章分为三类,每一类基本都是按照时间先后排序。从前的某些观点现在已经有所修正,但文章还是保持原貌,算是保留自己日本观形成的真实轨迹。

汉语中有"东张西望"一词。如果把"东"界定为"东洋"(日本)、把"西"界定为"西洋"(欧美),那么这个词描述的就是一种放眼东西方的认知姿态。它有助于全面了解东西方文化,建立多元文化观。然而我无法拥有这种姿态。英文早就丢掉,尚未去过欧美国家,研究领域除了中国就是日本。年初给这本集子想名称，颇费了些心思。名不正则言不顺，命名是一件重要的事。1月10日从外面回家，进了单元门开始爬楼梯的时候，想出了"东张东望"这个书名，并且比较满意。这些年我所谓的看"世界"，其实主要是看"日本"，是一直在往"东"张望。

"东张东望"意味着目标专一，也意味着知识不健全。一直朝一个方向扭着脖子，对颈椎也不利。近来我明确意识到了这个问题，并且为了调整知识结构、为了"脖子"的健康改变姿势，开始"西张西望"。不过，由于目光短浅，往西也没有望太远，仅仅是看到新疆一带而已，并且满足于此。2006、2007年两次去新疆探险，并且已经写了几篇文章。与日本纠缠得太久，想摆脱。虽然摆脱已经成为"自我"之一部分的日本是不可能的，但"摆脱"的自觉性至少能够使我与日本拉开距离。我试图在"东张东望"和"西张西望"之间重建自我，并希望"东"与"西"均能在这个过程中获得新的意义。

那么，编这个集子算是暂时给"东"画了一个句号。

董炳月

2008年6月18日写毕于寒蝉书房